掙扎·反思·探索

大陸當代現實主義小說的嬗變

宋如珊————

著

自　序

　　撰寫這本書的想法，緣於這些年對大陸當代文學的研究和講授。

　　其一，是 2003 年底中國文化大學中文系所主辦的「回顧兩岸五十年文學學術研討會」，當時在會議的總題下，以宏觀視角進行半世紀以來大陸文學發展的探究，完成論文〈近五十年的大陸現實主義小說〉。寫作過程中，限於篇幅和時間，僅以大陸社會環境變化和現實主義小說演變為綱，進行小說史的分期和代表作的舉例，雖勾勒出大陸當代現實主義小說的脈絡，但卻無法深入作品本身，進一步解析主題思想和表現手法，並探討作品與時代的辯證關係，因而產生在時代背景下凸出作品風格，以創作特徵印證時代精神的想法。

　　其二，是自 1994 年起在中國文化大學中文系文藝組開設的「大陸當代文學選讀」課程，在文學史為骨架、作品為血肉的教學設計下，帶著學生從認識中共政治社會環境、理解大陸文學發展歷程，到閱讀各時期代表作、尋找資料撰寫報告等。教學過程中，深感最能帶起互動和產生激盪的，往往是作品分析和心得分享，因為文學的最大魅力，來自閱讀本身，而文學研究的基礎，亦無法架空文本建構理論。但 1990 年代以來，兩岸的文學研究都有重理論、輕文本的趨向，或擱置作品文學性的審美分析，或將作品視為文化闡釋的材料，因而期待重新回到文學批評的位置，作為專業讀者，聚焦文本表現，傾聽作品聲音。

　　基於這兩種想法，本書以「掙扎・反思・探索——大陸當代現實主義小說的嬗變」為題，嘗試在大陸現實主義小說發展的架構中，著眼於不同時期的風格變化，選析具代表性和影響性的作品，以創作特徵呈現時代風貌。

　　本書分為緒論、本論和結論三部分：

　　緒論部分——以宏觀視角勾勒大陸當代現實主義小說的發展脈絡。先由毛澤東文藝思想的根源，說明大陸文學的現實主義涵義，並在拙文〈近五十年的大陸現實主義小說〉的基礎上，據近年研究心得，重新調整文學史的分期斷限，將現實主義小說的發展，依中共政經環境的變遷，分為四時期：

一、中共建政後十七年（1949-1966）為社會主義現實主義的擴張時期，以社會主義現實主義為主流，但其間曾出現過主張現實主義深化論的非主流文學現象。

二、文革十年（1966-1976）為激進現實主義的獨霸時期，以激進現實主義為主流，但有知青地下小說手抄本的流傳，延續「寫真實」的精神，成為現實主義創作的潛流。

三、文革後的新時期（1976-1989）為現實主義的復甦時期，發展出從著眼政治議題到立足人道精神的批判現實主義，並在不同文學思潮的影響下，帶動現實主義文學的新變。

四、1989 年後的後新時期，大陸經濟型態轉變，在新的文化生態下，文學走向商品化和大眾化，作家個別性超越流派概念，展現出異於以往的開放新局。

由此可知，大陸現實主義小說的發展，在政治力量和文學本體的角力過程中，逐漸走出一條由迂迴沉潛，邁向復甦開放的道路。

　　本論部分——以微觀視角聚焦不同時期的代表作，析論小說美學，探討風格變化。為能較清楚地呈現大陸現實主義小說的嬗變，此部分依歷史發展的軸線，分章選析六部作品，根據不同時期的創作傾向，凸出個別作品的風格特徵。而各章的撰寫體例，皆以導言說明時代背景和創作環境，然後介紹選析作家的創作理念和寫作風格，進而以新批評的精神出發，兼顧歷史和社會的交叉影響，析論各部小說的主題義涵、表現手法和語言風格，最後總結創作特徵，以印證時代精神：

第一章，以宗璞的中篇〈紅豆〉，表現 1950 年代「百花文學」的風貌，透過革命羅曼史的主題和知識分子性格的塑造，呈現文革前非主流的現實主義深化論的創作風格。

第二章，以李準的短篇〈李雙雙小傳〉，探析 1960 年代初圖解政策的主流小說，藉由鼓吹大躍進的主題和新農民英雄的刻畫，說明文革前深受毛澤東文藝理論影響的社會主義現實主義作品。

第三章，以北島的小說集《波動》，呈現文革後期至 1980 年代初地下文學的樣貌，在悲喜到荒謬的文革敘述變化，以及尋找寫作方向的風格實驗中，不僅可窺見文革地下文學的潛流，也能追索文革後批判現實主義的發展軌跡，及其帶動的現實主義小說技巧的突破。

第四章，以茹志鵑的短篇〈剪輯錯了的故事〉，解析新時期反思文學
　　　的主流，該作不但透過人道主義省思政治亂源，也運用意
　　　識流手法深化現實主義的表現，是立足人道精神的批判現
　　　實主義代表作。

第五章，以劉恆的中篇〈伏羲伏羲〉，分析 1980 年代後期新寫實小
　　　說的特徵，在農村題材的小說傳統中，呈現更深刻的生命
　　　思索，描寫生存本能與文化規範的衝突，也運用敘述聲音
　　　與人物對話的反差，形成不同層次的敘事效果。

第六章，以王小波的長篇《黃金時代》，探討 1990 年代中人文精神
　　　的表現，在自由隨興的敘事和華麗狂歡的語言中，置入追
　　　求存在價值的人本主題，形成書寫個人歷史、消解威權對
　　　立的獨特風格，是後新時期大陸文化界非常重視的文本。

透過各章作品的析論，明顯可見政治壓力與文學發展的消長：在
政治強勢操控文學的前二十七年中，創作者只能在「時代主旋律」
的縫隙間，找尋內容或形式上有限的創作空間；文革結束後的二十
多年間，創作者逐步掙脫文藝政策的箝制，並在改革開放下吸收外
來文藝思潮，從創作題材的突破、現代主義手法的運用，到敘事技
巧的嘗試、語言風格的創新，都呈現出由單音走向複調的多元新
變風貌。

　　結論部分——總結各章對作品思想傾向和創作方式的論述。由
半世紀以來大陸現實主義小說的遞變，歸納出掙扎、反思與探索三
大特徵：

一、在寫作環境上，尤其是 1980 年代以前，創作者受制於政治壓力，
　　無可避免地在文學與政治間掙扎。

二、在寫作題材上，除了文革結束前圖解政策的主流作品外，大陸
　　現實主義小說主要展現出對歷史與人性的反思。

三、在寫作手法上，從人物性格的塑造，到敘事手法的突破等，表
　　現出不同時期現實主義小說對形式與語言的探索。

綜言之，大陸當代現實主義小說的道路，以文革結束為分水嶺：文
革結束前，在政治的話語霸權下，顯現下滑的發展曲線，限縮為單
音獨調的一元模式；文革結束後，在日漸寬鬆的政治氣氛下，則呈
現緩步爬升的趨勢，進而形成眾聲喧嘩的多元風貌。

　　這本書從醞釀到完成，幾年之間，經過多次的反省、修正與定
位，而原本模糊的想法也在不斷的調整中，逐漸清晰明確。雖然其
間不免遭遇瓶頸，或資料搜集困難，或思路停滯阻塞，又有時陷入
工作家庭分身乏術的困窘，所幸在外子建和的關懷督促和女兒翩翩
的加油打氣中，終能一步步地走過來。文學研究工作應是終身的志
業，這條路雖然寂寞而漫長，但我樂在其中。最後，更要感謝秀威
資訊科技公司宋政坤總經理的玉成，使這本書有機會與讀者見面。

宋如珊　於士林芝山岩

2009 年 11 月初稿

2011 年 08 月修訂

2020 年 10 月定稿

目次

參考文獻　/ 253

緒　論

大陸現實主義小說的道路

　　十九世紀三、四○年代，現實主義興起於西方，以盛行自十八世紀後期的浪漫主義為反叛對象，試圖顛覆浪漫主義從主觀內心世界出發，對理想世界的熱烈追求，而極力主張文學創作應客觀冷靜觀察生活，並如實反映現實生活。第一次世界大戰後，現實主義在西方文藝界的主導地位，漸被現代主義取代，但在中國，尤其自 1920 年代開始，由於中國文人投身革命和左翼思想的影響，現實主義便與中國的文學革命、思想革命，甚至政治革命，產生密切關係。在中國特殊的歷史背景和社會環境下，帶有強烈目的性和傾向性的現實主義，自然成為二十世紀中國文學的主流，但也因現實主義被中國文壇接受之初，便與革命活動結合，以致中共建政後的四十年間，大陸現實主義文學的發展，難以擺脫政治的影響和操控，形成政治勢力和文學本體的角力過程。

　　1949 年以後，現實主義文學在中國的發展曲折變化，既不同於歐洲的批判現實主義，也與俄國的社會主義現實主義不盡相同。為能呈現大陸當代文學中現實主義小說的道路，本書以現實主義的發展趨勢為綱，選析中共建政後各時期具代表性和影響性的作品，窺探大陸當代現實主義小說的嬗變。由於中共建政後的大陸文學深受

政治環境影響，因此先針對大陸文學中現實主義涵義的形成發展，
以及大陸現實主義小說的歷史分期，加以說明，便於本書之後各時
期作品的論述，都能在較清晰的文學史脈絡下進行。關於大陸當代
文學的分期，本書同時參照中共政經的變化和大陸文學的發展，將
1949 年以來大陸現實主義小說的歷程分為四時期：一、中共建政後
十七年(1949-1966)，為毛澤東主政時期，是現實主義小說的迂迴期；
二、文革十年(1966-1976)，仍為毛澤東主政時期，是現實主義小說
的沉潛期；三、新時期(1976-1989)，主要為鄧小平主政時期，是現
實主義小說的復甦期；四、後新時期(1989 年以後)，為江澤民和胡
錦濤主政時期，是現實主義小說的開放期。

一、大陸當代文學的現實主義涵義

　　西方現實主義的理論根基，較早可溯至古希臘的「摹仿說」，亞
里斯多德（Aristotle，前 384－前 322）的《詩學》便明確地指出各
類藝術的創作過程都是摹仿：

> 史詩和悲劇、喜劇和酒神頌以及大部分雙管簫樂和豎琴
> 樂——這一切實際上是摹仿，只是有三點差別，即摹仿
> 所用的媒介不同，所取的對象不同，所採的方式不同。[1]

---

[1] 亞里斯多德，《詩學》，收於伍蠡甫、胡經之主編，《西方文藝理論名著選編
（上卷）》（北京：北京大學出版社，1996 年 5 月），頁 42。

十八世紀時，德國的席勒（J. C. F. Schiller，1759-1805）、歌德（J. W. Goethe，1749-1832）也曾從文學的角度論及現實主義與創作風格的形成。席勒 1796 年發表的〈論素樸的詩與感傷的詩〉，便清楚地將現實主義和浪漫主義的創作特徵，區別為「模仿現實」和「表現理想」：「詩人或者是自然，或者尋求自然。前者使他成為素樸的詩人，後者使他成為感傷的詩人」（註：文字的強調標號為作者原有），而這兩種創作方式各有危機，素樸詩人易流於「乏味庸俗」，感傷詩人易有「感受上和表現上的誇張」，他認為真正的審美標準應是二者相合，是「理想中的優美人性、即素樸性格和感傷性格的詩的結合。」[2] 歌德則更進一步闡釋，創作風格的產生是來自模仿自然並加以融會貫通：

> 通過對自然的模仿，通過竭力賦予它以共同語言，通過對於對象的正確而深入的研究，藝術終於達到了一個目的地……它以一種與日俱增的精密性領會了事物的性質及其存在方式……它以對於依次呈現的形象的一覽無遺的觀察，就能夠把各種具有不同特點的形體結合起來加以融會貫通的模仿。於是，這樣一來，就產生了風格，這是藝術所能企及的最高境界……[3]

---

[2] 席勒，〈論素樸的詩與感傷的詩〉，收於伍蠡甫、胡經之主編，《西方文藝理論名著選編（上卷）》，頁 473、483、486、494。

[3] 歌德，〈自然的單純模仿・作風・風格〉，收於伍蠡甫、胡經之主編，《西方文藝理論名著選編（上卷）》，頁 429。

十九世紀中葉，現實主義在歐洲盛行，形成文藝流派，理論系統也臻於完備，與浪漫主義並列為兩大文藝思潮。之後現實主義的概念演變發展，並與其他思潮相互滲透影響，發展出眾多創作觀點，有些雖同樣標舉「現實主義」，但界定的範圍卻差異頗大：如 1930、1940 年代盧卡契（G. Lukács，1885-1971）的「偉大現實主義」，將現實主義嚴格限於十九世紀的批判現實主義；而 1960 年代加洛蒂（R. Garaudy，1913- ）的「無邊現實主義」，則表示所有的藝術都是現實主義。[4]此外，更有形形色色以現實主義為旗幟的創作名詞，如批判現實主義、社會主義現實主義、革命現實主義、心理現實主義、超現實主義、魔幻現實主義等。

現實主義在中國的發展，比西方晚了半世紀多。二十世紀的中國，因內憂外患的特殊歷史背景、中國傳統文化的務實尚用和「文以載道」的思想、現代主義的思想特徵不符中國社會環境等因素，使中國知識分子因歷史使命感而投身革命的同時，將目光略過探索個人內心世界的現代主義，而專注於著眼社會大眾利益的現實主義。自 1920 年代末起，因為俄國革命成功、列寧新經濟政策實施、北伐前期國共合作等因素，馬克思主義思潮風靡中國，現實主義的內涵，便逐漸由來自歐洲的批判現實主義，轉向來自俄國的社會主義現實主義。中共建政後，以文藝政策和文藝整風等政治力量，強勢操控文風，對現實主義文藝的品評標準，大致延續恩格斯（Friedrich

---

[4] 參見錢念孫，〈現實主義研究的困境〉，收於柳鳴九主編，《二十世紀現實主義》（北京：中國社會科學出版社，1992 年 2 月），頁 41-44。

Engels，1820-1895）、列寧（Vladimir Lenin，1870-1924）、史達林
（Joseph Stalin，1879-1953）的觀點，並以毛澤東的文藝思想為圭臬。

（一）恩格斯的現實主義觀點

　　恩格斯在 1888 年致瑪‧哈克奈斯的信中表示，他並不主張作者
透過作品直接鼓吹個人的社會和政治觀點，但他認同現實主義的創
作，並認為巴爾札克（H. de Balzac，1799-1850）的《人間喜劇》是
現實主義的典型作品，該作描述的法國上流社會衰敗，思想傾向正
符合唯物觀和階級鬥爭論：

> 　　巴爾札克，我認為他是比過去、現在和未來的一切左拉
> 都要偉大得多的現實主義大師，他在《人間喜劇》裡給
> 我們提供了一部法國「社會」特別是巴黎「上流社會」
> 的卓越的現實主義歷史……他的偉大的作品是對上流社
> 會必然崩潰的一曲無盡的輓歌，他的全部同情都在注定
> 要滅亡的那個階級方面……他看到了他心愛的貴族們滅
> 亡的必然性，從而把他們描寫成不配有更好命運的
> 人……這一切我認為是現實主義的最偉大勝利之一，是
> 老巴爾札克最重大的特點之一。[5]

5　恩格斯，〈恩格斯致瑪‧哈克奈斯〉，《馬克思恩格斯選集（第四卷下）》（廣
　　東：人民出版社，1976 年 10 月），頁 462-463。

在創作手法上，恩格斯提及現實主義作品需掌握「兩個真實」，即「除細節的真實外，還要真實地再現典型環境中的典型人物」[6]，此觀點對文革後復甦的現實主義小說，產生重要影響。

（二）列寧的「黨的文學」

列寧 1905 年主張的「黨的文學」和史達林 1932 年提出的「社會主義現實主義」，深刻影響毛澤東的文藝思想，也影響了文革結束前的大陸文學發展路線。列寧在革命背景下提出文學應是「黨的文學」，屬於無產階級事業的一部分，必須為黨宣傳，接受黨的管理：

> 這個黨的文學的原則是什麼呢？這不只是說，對於社會主義無產階級，文學事業不能是個人或集團的賺錢工具，而且根本不能是與無產階級總的事業無關的個人事業……文學事業應當成為無產階級總的事業的**一部分**，成為一部統一的、偉大的、由整個工人階級的整個覺悟的先鋒隊所開動的社會民主主義機器的「齒輪和螺絲釘」。[7]（註：黑體字為譯著原有）

據此，文學被定位為黨的革命工具，文學家是以文學作為武器的黨員，須參加黨組織，報紙應成為黨組織的機關報，甚至出版社、書

---

[6] 同上註，頁 462。
[7] 列寧，〈黨的組織和黨的文學〉，《列寧選集（第一卷）》（北京：人民出版社，1972 年 10 月），頁 647。

店、圖書館等各種資訊傳播管道，都應成為黨的機構，並匯報工作
情況。

（三）史達林的「社會主義現實主義」

史達林將列寧「黨的文學」教條化，具體提出「社會主義現實
主義」的口號，最經典的定義見於 1934 年的《蘇聯作家協會章程》：

> 社會主義的現實主義，作為蘇聯文學與蘇聯文學批評的
> 基本方法，要求藝術家從現實的革命發展中真實地、歷
> 史地和具體地去描寫現實。同時藝術描寫的真實性和歷
> 史具體性必須與用社會主義精神從思想上改造和教育勞
> 動人民的任務結合起來。[8]

意即藝術家必須從發展革命的角度去描寫現實，並肩負起以社會主
義改造思想和教育人民的任務。因此「社會主義現實主義」是在「現
實主義」一詞上，明確標舉出「社會主義」的前提，強調現實主義
作品的思想傾向性，以及藝術家的政治革命任務。

---

[8]　轉引自陳順馨，《社會主義現實主義理論在中國的接受與轉化》（合肥：安徽
教育出版社，2001 年 4 月），頁 33。

（四）毛澤東的文藝觀點

1942 年 5 月，毛澤東以列寧和史達林的文藝觀點為基礎，發表〈在延安文藝座談會上的講話〉，強調政治與文藝的主從關係，「就是要使文藝很好地成為整個革命機器的一個組成部分，作為團結人民、教育人民、打擊敵人、消滅敵人的有力的武器」[9]。文中毛澤東關於階級人性論的主張，以及對「人性論」的批判，成為日後中共對文藝作品中「人性」觀點的批評準則，使做為現實主義深厚哲學根基的人道主義，在文革結束前備受壓制，甚至被貼上「資產階級思想」的標籤：

> 在階級社會裡就是只有帶著階級性的人性，而沒有什麼超階級的人性……有些小資產階級知識分子所鼓吹的人性，也是脫離人民大眾或者反對人民大眾的，他們的所謂人性實質上不過是資產階級的個人主義，因此在他們眼中，無產階級的人性就不合於人性。現在延安有些人們所主張的作為所謂文藝理論基礎的「人性論」，就是這樣講，這是完全錯誤的。[10]

---

[9] 毛澤東，〈在延安文藝座談會上的講話〉，《毛澤東選集（第三卷）》（北京：人民出版社，1990 年 5 月），頁 805。

[10] 同上註，頁 827。

文中還論及文藝創作與現實生活的關係，毛澤東認為創作雖源於生活，但人民群眾因無法在生活中獲得滿足，於是轉而需求文藝，雖然現實生活與文藝作品二者皆美，但相較之下，文藝反映的生活卻能更鮮明地表現「六個『更』」，此說法對 1949 年後的大陸作家影響深刻：

> 文藝作品中反映出來的生活卻可以而且應該比普通的實際生活更高，更強烈，更有集中性，更典型，更理想，因此就更帶普遍性。革命的文藝，應當根據實際生活創作造出各種各樣的人物來，幫助群眾推動歷史的前進。[11]

毛澤東的文藝理論，承襲自列寧和史達林，表現出戰爭時期的文化心理，以及二元對立的極性思維。1949 年後，中共政權統治中國大陸，在文藝政策和文藝整風交互運用下，毛澤東的文藝理論定於一尊，強勢操控大陸文學的走向。

　　由上可知，大陸當代文學的「現實主義」涵義，在恩格斯、列寧、史達林等文藝思想的基礎上，逐漸發展成毛澤東的文藝理論，其中清楚可見現實主義涵蓋的兩層面：

　　一、思想傾向，即作者經由何種視角呈現真實生活，其中涉及作者的創作目的、政治傾向等。不論是恩格斯主張的唯物觀和階級鬥爭論、列寧的「黨的文學」涵義、史達林的「社會主義」前提，

---

[11] 同註 9，頁 818。

或是毛澤東具體指出的，文藝家要暴露敵人黑暗和歌頌革命光明等，這些都被認定是文藝創作或批評的首要標準，亦即毛澤東所說的「以政治標準放在第一位，以藝術標準放在第二位」[12]。

二、創作方式，即作者採用何種手法表現他所認定的生活真實，其中涉及作者對「真實」的界定。對此，恩格斯提出了細節真實、真實再現典型環境和典型人物的「兩個真實」，社會主義現實主義概略提及「從現實的革命發展中真實地、歷史地和具體地去描寫現實」，毛澤東則強調文藝反映的生活較實際生活具有「六個『更』」。中共建政後，毛澤東的文藝觀點，透過政治力量，強勢主導現實主義文學的發展，文藝作品的藝術性必須受制於政治性，因而1949年後的大陸現實主義小說不可避免地成為圖解政策的代言者。文革中，文藝為政治服務的觀點被擴張至極，幾乎斷絕現實主義文學的生路。

二、迂迴期：中共十七年的現實主義小說（1949-1966）

中共建政後十七年（1949-1966）的文學發展，延續延安文藝的方向，明顯可見社會主義現實主義的擴張，社會主義現實主義思潮在政治力量扶持下氣勢走強，成為文學主流，現實主義思潮則受到政治壓力被迫邊緣化。文革前，毛澤東推動五次規模漸大的整風運動，以政治力量落實其文藝政策，使強調文學主體性的現實主義思

---

[12] 同註9，頁826。

潮，受到壓制而迂迴消沉，其間雖兩度因政治氣氛鬆動而有活絡的情形，但都為時不長，稍後又遭受更強勢的打壓。而這段期間，反映中共官方文藝觀點的「中華全國文學藝術工作者代表大會」（簡稱「文代會」）曾三度召開，由會中報告的內容，從文藝服從政治、為工農兵服務，以社會主義現實主義作為文藝創作和批評的最高準則，到認可大躍進以來的左傾文風等，可清楚看出，中共以政治力迫使大陸文學逐步向社會主義現實主義靠攏的過程。[13]

　　此時期大陸文藝思潮的發展，可由 1957 年的「反右鬥爭」，分為前後兩期：前期由中共建政後到反右鬥爭前，有三次個人或單一集團的整風事件——對孫瑜電影《武訓傳》的批判、對俞平伯《紅樓夢研究》的批判、對胡風文藝觀點的批判。其中對胡風文藝觀點的批判，是對《武訓傳》和《紅樓夢研究》唯心論批判的延續擴大，此次整風不但首次以「集團」為批判對象，也帶起將學術問題附會為政治問題的惡例。後期由反右鬥爭到文革前，有兩次大規模且全面性的整風事件——文藝界的「反右鬥爭」和「反修正主義鬥爭」。其中「反修正主義鬥爭」是使政治運動全面擴大，導致文革十年動亂的起點，也是將整風運動原本「自我批評」的「革命」動機，激化為「敵我對立」的「反革命」運動的轉折點。

---

[13] 1949 年 7 月，第一次文代會確立以毛澤東〈在延安文藝座談會上的講話〉為日後文藝工作的總綱領，即文藝應服從政治，為工農兵服務；1953 年 9 月，第二次文代會將「社會主義現實主義」確立為文藝創作和批評的最高準則；1960 年 7 月，第三次文代會批判國際修正主義的錯誤，並為大躍進以來的左傾文風背書。

（一）社會主義現實主義的擴張

　　文革前的社會主義現實主義思潮，隨著歷次整風運動而擴張，其中具影響力的事件和理論有二：一是前期對胡風文藝理論的批判，二是後期毛澤東提出的「革命的現實主義和革命的浪漫主義相結合」（簡稱「兩結合」）的創作方法。前者確立了以社會主義現實主義為最高準則的文藝方向；後者擴大了「兩結合」的宣傳效應和社會影響，使文藝進一步順從政治號召的帶領，淪為被政治操弄的工具。

　　對於胡風文藝理論的批判，當時的焦點有二：一是以「主觀戰鬥精神」為核心的現實主義觀點，二是《對文藝問題的意見》中提到的「五把刀子」。1940 年代以來，胡風一直堅持現實主義的「主觀戰鬥精神」，認為「對於客觀事物的理解和發現需要主觀精神的突擊」，因為「主觀戰鬥精神底衰落同時也就是對於客觀現實的把捉力、擁抱力、突擊力的衰落」，所以作為創作主體的作家，需要不斷地「自我擴張」和「自我鬥爭」[14]。1953 年，林默涵和何其芳分別撰文批評其文藝觀點的主觀唯心傾向[15]。次年 7 月，胡風為此撰寫三十萬言的報告書《對文藝問題的意見》上呈中共中央，文中以放在

---

[14] 原載胡風，《胡風評論集（中、下）》（北京：人民文學出版社，1984、1985年），頁 362；頁 10。轉引自華中師範大學《中國當代文學》編寫組，《中國當代文學》（上海：上海文藝出版社，1989 年 4 月），頁 75。

[15] 林默涵，〈胡風的反馬克思主義的文藝思想〉，《文藝報》1953 年 2 期；何其芳，〈現實主義的路，還是反現實主義的路？〉，《文藝報》1953 年 3 期。

讀者和作者頭上的「五把刀子」[16]批評中共文藝政策，因而遭致大規模的批鬥，株連許多相關文人。1955 年初，胡風被迫寫下〈我的自我批判〉，年中《人民日報》陸續公布三批《關於胡風反革命集團的材料》，並由毛澤東親筆加寫按語。

毛澤東的「兩結合」創作方法，以社會主義現實主義為基礎，在中共八大二次會議中提出：「無產階級文學藝術應採取革命現實主義與革命浪漫主義相結合的創作方法」，並在文藝界展開大規模的討論。「兩結合」是以毛澤東文藝思想中慣用的「對立統一」手法，將風格各異的現實主義和浪漫主義統一在「革命」的前提下，所謂「革命現實主義」是反映過去和現在生活中有助於革命的現實，「革命浪漫主義」是刻畫革命的未來美景以增強革命的信心。

文革前的社會主義現實主義小說，在政策主導文學的原則下，承繼延安時期工農兵文學的發展方向，創作題材不外配合政策，宣揚對外戰爭和對內改革的成果。在對外戰爭方面，主要取材自抗日戰爭、國共戰爭和韓戰；在對內改革方面，則多表現農村土地改革、農業合作化以及工商業改革等題材。在此時期的創作中，長篇小說成果豐盛，形成繼 1920 年代末到 1930 年代中之後的另一個長篇小說高潮，當時著名的長篇代表作有「三紅一歌一創」（即梁斌《紅旗

---

[16] 「五把刀子」，是指「作家要從事創作實踐，非得首先具有完美無缺的共產主義世界觀不可」、「只有工農兵底生活才算生活，日常生活不是生活」、「只有思想改造好了才能創作」、「只有過去的形式才算民族形式」、「題材有重要與否之分，題材能決定作品底價值」。參見胡風，《對文藝問題的意見》，收於周申明主編，《毛澤東文藝思想研究概覽》（河北：人民出版社，1992 年 5 月），頁 266-267。

譜》、吳強《紅日》、羅廣斌和楊益言《紅岩》、楊沫《青春之歌》、
柳青《創業史》），以及杜鵬程《保衛延安》、曲波《林海雪原》等，
這些「紅色經典」皆以戰爭或改革題材為主。此外，崛起於延安時
期的「山藥蛋派」趙樹理和「荷花淀派」孫犁，在此時期也都有著
名的農村題材小說，例如趙樹理的《三里灣》以中共建政後的農村
合作化運動為題材，孫犁的《風雲初記》描寫抗日初期的農村故事。
而當時圖解政策的主流小說，多有思維大於形象的缺點，導致故事情
節的公式化和概念化，人物形象的英雄化和完美化，偏離現實主義的
基本精神，例如李準〈不能走那條路〉和〈李雙雙小傳〉、浩然《艷
陽天》和陳登科《風雷》等，由這類作品正可看出文藝政策對作家創
作的限制，再次證明中共政治力對文藝的影響。

（二）現實主義深化論的提出

　　文革前處於非主流的現實主義思潮和創作，在政治情勢的轉折
之下，曾兩度出現活絡現象：一是前期在毛澤東「雙百」方針（即
「百花齊放、百家爭鳴」）號召下，產生的挑戰禁區的小說創作和文
藝觀點；二是後期在政治經濟調整時期，出現的現實主義深化觀點。
前者延續「問題小說」精神，強調人道主義，但被緊接而來的反右
鬥爭，打為「毒草」；後者引發「寫十三年」的論爭[17]，因毛澤東的
批評而噤聲。

---

17 1963 年初，柯慶施提出「寫十三年」的口號，認為文藝應描寫中共建政後十
　三年的生活，但邵荃麟等堅持周恩來的文藝觀點「要寫十三年，也要寫一百
　〇八年」，兩派因而爭論不休。

　　1956 年 5 月，毛澤東在最高國務會議確立「雙百」方針，次年 2 月，再次強調：「藝術上不同的形式和風格可以自由發展，科學上不同的學派可以自由爭論」[18]，於是文壇出現一批「干預生活」、向文學禁區挑戰的小說，為現實主義文學注入一股清新氣象。這些小說突破了原有的題材和視角，有的表現政治的黑暗，如王蒙〈組織部新來的青年人〉、李準〈灰色的帆篷〉和李國文〈改選〉等，有的嘗試愛情的禁忌話題，如陸文夫〈小巷深處〉、鄧友梅〈在懸崖上〉和宗璞〈紅豆〉等，但這些勇闖禁區的作品，不久便在反右鬥爭中受到批判，作者被迫停筆或下放勞改。另有一些在「雙百」方針引導下產生的文藝評論[19]，主張創作應忠於現實和重視人情人性，這些觀點本可解決當時主流文學膚淺僵化的困境，但在反右鬥爭中，這些評論者和文藝觀點大受撻伐，使現實主義的發展再度受挫，間接助長了社會主義現實主義的擴張。

　　1961 年，由於毛澤東政策的錯誤，導致大陸經濟陷入空前困境，中共中央開始清算「三面紅旗路線」，反毛勢力因而抬頭，而毛澤東當時提出的文藝方針，包括「兩結合」的創作方法、作家須定時定量創作的「文藝大躍進」等，亦遭到反毛勢力的批判，中共的文藝政策因而有所調整。1961 年 6 月，周恩來在「新僑會議」中發表〈在

---

[18] 毛澤東，〈關於正確處理人民內部矛盾的問題〉，《毛澤東選集（第五卷）》（上海：人民出版社，1977 年 4 月），頁 388。

[19] 包括何直的〈現實主義──廣闊的道路〉、周勃的〈論現實主義及其在社會主義時代的發展〉、巴人的〈論人情〉、錢谷融的〈論「文學是人學」〉、王淑明的〈論人情與人性〉等。

文藝工作座談會和故事片創作會議上的講話〉,對之前左傾的文風加以修正,主張藝術民主,改進領導作風等。之後大陸文壇陸續出現一些提振文藝、活化創作的主張,例如邵荃麟 1962 年 8 月在「大連會議」中提出的「寫中間人物」、「現實主義深化」等觀點。但是次月,毛澤東開始反擊反毛勢力,1963 年起,文藝界又被捲入新的政治鬥爭,引發兩派陣營「寫十三年」的論爭,最後毛澤東以「兩個批示」強烈批評調整時期文藝觀點的政治動機[20]。於是 1964 年 7 月,文藝界展開反修正主義鬥爭,邵荃麟的「寫中間人物」論和「現實主義深化」論便成為主要的批判對象,9 月起,《文藝報》又陸續發表批判「寫中間人物」論的材料,這波批判一直持續到文革中。在政治的打壓下,主張寫真實和人道主義的現實主義深化論,在文革中銷聲匿跡,政治激進派的現實主義觀點,因而獨霸大陸文壇。

三、沉潛期:文革十年的現實主義小說(1966-1976)

文化大革命十年(1966-1976)的文學發展,因激進的現實主義獨霸大陸文壇,成為大陸文學全面政治化的黑暗時期。1965 年 11 月,由姚文元對吳晗歷史劇《海瑞罷官》的批判揭開文革序幕,而後毛澤東、林彪和江青聯合策畫了更嚴苛的文藝政策〈林彪同志委託江青同志召開的部隊文藝工作座談會紀要〉(以下簡稱〈部隊文藝工作

---

[20] 第一個批示,是 1963 年 12 月 12 日,毛澤東在關於上海組織故事會活動資料上作的批示;第二個批示,是 1964 年 6 月 27 日,毛澤東在整風情況報告草稿上作的批示。

座談會紀要〉），以強悍手段落實政策，將文革前政治對文學的操控
推向極至，因此文革非僅意謂政治鬥爭的全面擴大，也代表文學思
潮由社會主義現實主義，轉向以「兩結合」為名的激進現實主義。
在激進現實主義依恃政治勢力而獨霸的十年中，表現寫實精神的現
實主義文學沒有生存空間，以致有的創作者以疏離的態度面對四人
幫的樣板理論，在夾縫中尋出另類文學的生路[21]；有的創作者轉入地
下，以手抄方式傳播作品，形成現實主義文學的潛流。

（一）激進現實主義的獨霸

　　文革是毛澤東和四人幫為取得政治優勢而發動的全面性政治運
動，以「兩結合」的名義操弄文藝的政治功能，以文藝作為思想檢
查和政治鬥爭的工具，導致極左的激進現實主義成為主流，造成大
陸文學的黑暗期。文革時期的激進現實主義發展，大致可由 1971 年
9 月林彪政變未成墜機蒙古，分為前後兩階段：前一階段的發展，包
括在〈部隊文藝工作座談會紀要〉的指示下，對文藝黑線的批判和
樣板戲的推廣，以及由樣板戲發展出的創作理論；後一階段在周恩
來的指示下，文藝活動逐漸恢復，四人幫趁勢策畫以「寫作組」或
「創作組」為名的集體創作和文論，即文革後評論者所稱的「陰謀
文藝」，藉以吹捧自我醜化政敵。

參見楊鼎川，《1967：狂亂的文學年代》（濟南：山東教育出版社，1998 年 5
　月），頁 117。

　　1966 年 4 月，中共中央批准〈部隊文藝工作座談會紀要〉，使之成為文革時期主流文藝的理論根源，全文以毛澤東的五篇文章為立論基礎[22]，強調文革需「有破有立」，即批判舊路線和確立新路線：在批判舊路線方面，指出中共建政以來的文藝一直被與毛澤東思想對立的「黑線」專政，此「黑線」為資產階級文藝思想、現代修正主義文藝思想和三〇年代文藝的結合，其代表言論為「黑八論」[23]。在確立新路線方面，重申文藝應定位為無產階級文藝，要「標社會主義之新，立無產階級之異」，破除對三〇年代文藝、中外古典文學、蘇聯革命文學等過去文學經典的迷信，建立推陳出新的新「樣板」，例如革命現代京劇和歌頌革命、戰役、英雄的詩歌等。在創作方法上，「要採取革命的現實主義和革命的浪漫主義相結合的方法，不要搞資產階級的批判現實主義和資產階級的浪漫主義」，因此塑造英雄形象和描寫生活，要表現毛澤東所論的「六個『更』」[24]，寫革命戰爭，則要表現我方的正義和敵方的不義。[25]

　　配合〈部隊文藝工作座談會紀要〉的發表，江青等吹捧了八個舊戲重編的「樣板戲」[26]，甚至拍成電影，推廣到各地，要求全民觀賞

---

[22] 包括〈新民主主義論〉、〈在延安文藝座談會上的講話〉、〈看了《逼上梁山》以後寫給延安平劇院的信〉、〈關於正確處理人民內部矛盾的問題〉和〈在中國共產黨全國宣傳工作會議上的講話〉等五篇文章。

[23] 「黑八論」，指寫真實論、現實主義——廣闊的道路論、現實主義深化論、反題材決定論、寫中間人物論、反火藥味論、時代精神匯合論、離經叛道論等。

[24] 參見註 11 的引文。

[25] 參見江青，〈部隊文藝工作座談會紀要〉，收於周申明主編，《毛澤東文藝思想研究概覽》，頁 286-292。

[26] 文革中首先推出的八個「樣板戲」，包括五部現代京劇《智取威虎山》、《紅

學習，又因唯恐「文藝黑線」繼續「專政」，於是陸續停止各類文藝活動，使文藝界和出版界處於停頓狀態，並總結樣板戲的經驗，以「樣板劇組」的名義推出創作理論，其要點有三：一、根本任務論：源自〈部隊文藝工作座談會紀要〉，指努力塑造工農兵的英雄人物，是社會主義文藝的根本任務。二、三突出原則：最早見於于會泳的文章[27]，後經姚文元改定為：在所有人物中突出正面人物，在正面人物中突出英雄人物，在英雄人物中突出中心人物。三、主題先行論：亦為于會泳為達成三突出提出的觀點，指創作應先確立主題，然後按圖拼板，填入人物和情節[28]。這些創作理論在文革中強行用於各類文藝，將文革文學逼入僵化政治鬥爭工具的死胡同裡。

1971 年林彪蒙古墜機之後，中共內部勢力重整，在周恩來的指示下，文藝和出版的活動漸復甦，當時出版的主流小說，大致可分為兩類：第一類是前已提及的文學主流「陰謀文藝」，主要出自四人幫規畫的寫作組之手，多為集體創作，例如 1972 年 2 月由上海人民出版社出版的長篇小說《虹南作戰史》和《牛田洋》，前者作者是「上海縣《虹南作戰史》寫作組」，後者作者「南哨」是廣州軍區的一個創作組，另有發表於四人幫掌控刊物《朝霞》等的短篇小說，其政治意圖更為明顯，例如〈初春的早晨〉、〈第一課〉兩篇，作者都是

燈記〉、《沙家浜》、《海港》、《奇襲白虎團》，兩部芭蕾舞劇《紅色娘子軍》、《白毛女》和一部交響樂《沙家浜》。
[27] 于會泳，〈讓文藝舞台永遠成為宣傳毛澤東思想的陣地〉，《文匯報》，1968 年 5 月 23 日。
[28] 據大可的〈「主題先行」論批判〉（《山東文藝》1978 年 12 期）所稱，主題先行論亦為于會泳所提出。

「清明」，即上海市革委會寫作組。第二類作品雖非直接受制於四人幫，但深受四人幫創作理論的影響，以致作者的創作理念符合政治主流的要求，作品具有強烈政治傾向，例如浩然的長篇《金光大道》和諶容的長篇《萬年青》等。

（二）現實主義的潛流

文革時期是大陸文學全面政治化的時期，在政治對文藝的強勢操控之下，不願依從附和主流文藝的作者，透過另類的題材內容或傳播方式，進行非主流的創作，使現實主義的精神潛隱其中：有些作者採取疏離主流話語的態度，延續文革前的題材構思，寫出政治義涵較低的作品，相較之下，這類作品較具個人風格，現實主義成份也較多；另有些不願受四人幫理論影響、也不想延續舊題材的作者，便放棄公開發表的形式，另闢蹊徑成為地下文學，以手抄本的方式傳播。

以疏離主流話語的文學而言，因這些作品大多在文革前已開始構思或初步完成，所以並未依照四人幫的理論創作，較具個人風格和現實主義精神。例如姚雪垠的長篇歷史小說《李自成》，1963 年出版第一卷，文革時作為「摘帽大右派」的姚雪垠，本無法繼續完成第二卷，卻因毛澤東的關切，使姚能夠繼續寫作，第二卷得以在 1976 年 12 月問市。[29]另有作品延續文革前主流文學的戰爭和改革題材，例如描寫中共革命歷史的小說，有李心田的中篇〈閃閃的紅星〉和黎汝清的長篇《萬山紅遍》等；描寫大陸農工業改革的小說，

---

29 同註 21，頁 118-119。

有克非的長篇《春潮急》和李雲德的長篇《沸騰的群山》（第二、三部）等。

　　以透過手抄流傳的地下文學而言，根據楊健《文化大革命中的地下文學》一書的描述，較早出現的地下小說，是畢汝協幾近長篇的《九級浪》和佚名的《逃亡》，二書皆以批判現實主義的手法呈現，1970 年曾在北京知青間迅速傳抄。[30]文革地下文學的作者和讀者多為知青，許多作品以知青心路歷程為題材，文革中後期出現了文筆結構較細緻的知青小說，如靳凡的中篇〈公開的情書〉和北島以艾珊為筆名的中篇〈波動〉，其中〈波動〉被楊健稱之為「『地下文學』中已知的反映下鄉知青情感生活的最成熟的一部小說」[31]。此外，在1970 年造成大陸各地傳抄熱潮的小說，還有張揚的長篇小說《第二次握手》。1963 年春，十九歲的張揚寫出此書的初稿，之後十多年中多次重寫，也多次改易書名，從「浪花」、「香山葉正紅」到「歸來」，最後因一讀者抄錄時見書名缺漏，便據書中情節題之為「第二次握手」，之後傳抄多用此名，1979 年正式出版時，張揚尊重讀者意見，採用此書名。[32]1990 年代後期，張揚另著有長篇報告文學《〈第二次握手〉文字獄》[33]，披露此作傳抄情形和獲罪平反過程，為大陸文革文學史案例留下見證。

---

[30] 參見楊健，《文化大革命中的地下文學》（濟南：朝華出版社，1993 年 1 月），頁 76-79。

[31] 同上註，頁 167。

[32] 參見宋如珊，〈論文革地下小說《第二次握手》及其事件〉，《中國現代文學季刊》創刊號，2004 年 3 月，頁 13-14。

[33] 張揚，《〈第二次握手〉文字獄》（北京：中國社會出版社，1999 年 1 月）。

這些文革時期的非主流文學和地下文學,在文學價值方面,因
不受四人幫文藝理論的影響,展現出現實主義的真實精神,跳脫僵
化教條的政治宣傳窠臼,獲得讀者的青睞;尤其是潛隱民間的地下
文學,因不需接受主流理論規範的檢驗,純以表達內心感受為目的,
文字技巧雖生澀,但卻呈現最真實的面貌,而與讀者產生共鳴。在
題材突破方面,不論是對文革現實生活的描述,或是青年戀愛情慾
的書寫,都突破激進現實主義和社會主義現實主義的文學禁忌,帶
給讀者真實而深刻的感動,與當時淪為政治鬥爭工具的主流文學相
較,恰成強烈對比。文革雖是大陸文學的黑暗期,但這些屬於現實
主義潛流的文學作品,卻提供了文革後現實主義文學復甦的養料。

四、復甦期:新時期的現實主義小說(1976-1989)

大陸社會以「新時期」一詞概括文革後,尤其是 1978 年底中共
十一屆三中全會後的鄧小平執政時期。「新時期」最早出現於 1976
年文革結束時華國鋒的說法,指中共歷史已進入一個「社會主義的
新的歷史時期」[34];1978 年 5 月,中國文聯全委會擴大會議中,已
有許多與會者廣泛地使用「社會主義革命和社會主義建設的新時
期」;1978 年 12 月 22 日通過的《中共第十一屆中央委員會第三次全
體會議公報》,為正式的官方文件,其中多次提及「新時期的總任

---

[34] 參見王寧,〈繼承與斷裂:走向後新時期文學〉,《文藝爭鳴》1992 年 6 期,
收於謝冕、張頤武,《大轉型──後新時期文化研究》(哈爾濱:黑龍江教育
出版社,1995 年 12 月),頁 441。

務……」[35]。因此在中共歷史和大陸社會中,「新時期」一詞已普遍被接受,用以指稱鄧小平執政時期。

　　新時期（1976-1989）的文學發展,因政治環境丕變而產生重大變化,批判現實主義再度興起,並與其他思潮相互影響,形成新現實主義,是大陸文學由封閉走向開放、由一元走向多元的轉折期,也是文學本體脫開政治枷鎖的關鍵期。此時期可由 1983 年底中共黨內展開的「清除精神汙染運動」,分為前後兩階段:前一階段,1978年底起,中共政權進入鄧小平時期,鄧積極推動平反運動,加速對「文藝黑線專政」論的批判,使受文革影響的文藝組織和文藝刊物加快恢復運作的步伐,大陸文藝界和出版界生機再現。1979 年 10月,鄧小平在第四次文代會上肯定傷痕文學、倡導改革文學的言論,加速推動著眼政治議題的批判現實主義的發展;平反運動的全面擴大,影響層面由政治擴及文藝,帶起立足人道精神的批判現實主義。

　　後一階段,因平反運動的社會效應和西單民主牆運動的擴大,大陸社會隱現「三信危機」[36],1983 年 10 月,鄧小平對現代派、人道主義、「異化」論等提出批判[37],之後中共黨內展開「清除精神汙染運動」,政治氣氛明顯緊縮,直至 1984 年 12 月,胡啟立在中國作協第四次會員大會發表祝辭,重申創作自由,大陸文壇才再度萌發

---

[35] 參見謝晃、張頤武,《大轉型——後新時期文化研究》,頁 30-31。

[36] 「三信危機」指對馬克思主義和毛澤東思想的信仰危機、對社會主義的信念危機、對中國共產黨的信任危機。

[37] 參見鄧小平,〈黨在組織戰線和思想戰線上的迫切任務〉,《鄧小平文選（第三卷）》（北京:人民出版社,1993 年 10 月）,頁 36-48。

創作動力。1984 年後的大陸文學，已漸由政治附庸回歸創作本體，表現出淡化政治議題、立足文學審美的特徵，現實主義也因與其他文藝思潮激盪影響，蛻變為新現實主義，先有結合現代主義的尋根文學，後有結合自然主義的新寫實小說。

（一）批判現實主義的復甦

文革結束之初的大陸文學，仍受政局波動的影響，與政治維持緊密關係，因此政治上對四人幫的批鬥，實為促成批判現實主義風潮的重要因素，而平反運動的推動，更帶起人道主義思潮的發展，將新時期的現實主義創作，由控訴政治的傷痕文學，深化為張揚人性的反思文學。

新時期的現實主義文學，尚未完全脫離政治掛帥的思想限制，雖運用批判現實主義的手法，但創作動機和表現主題仍偏重政治議題，風格近於社會主義現實主義，是將過去直接頌讚當政者和政策的角度，轉為藉由批判文革和四人幫來間接描寫光明新局，正如〈為文藝正名──駁「文藝是階級鬥爭的工具」說〉所指：文革後文學反映出「政治上是反對『四人幫』的，藝術上是模仿『四人幫』的」[38]。1979 年 10 月，鄧小平在第四次文代會發表的祝辭，是當時最具指標性的觀點[39]，文中肯定中共建政後十七年的創作方

---

[38] 《上海文學》評論員，〈為文藝正名──駁「文藝是階級鬥爭的工具」說〉，收於陸梅林、盛同主編，《新時期文藝論爭輯要（下）》（重慶：重慶出版社，1991 年 10 月），頁 1145。

[39] 鄧小平，〈在中國文學藝術工作者第四次代表大會上的祝辭〉，《鄧小平文選

向，批判四人幫的「黑線專政」論，重申堅持「雙百」方針，呼籲文藝界在實現四個現代化的目標下，創新文藝題材和表現手法，克服公式化概念化的缺失。在創作題材上，鄧小平肯定傷痕文學的成果，希望透過文學繼續與林彪、四人幫的惡劣影響進行鬥爭；也倡導改革文學的方向，希望以文學塑造四化建設的創業者，描寫「社會主義新人」。

　　1979年春，大陸文壇陸續展開的相關文藝論爭有二：首先是「文藝與政治的關係」的討論，1979年中《上海文學》雜誌刊載〈為文藝正名──駁「文藝是階級鬥爭的工具」說〉[40]，呼應1978年底以來文藝界對「黑線專政」論的駁斥，引發文革後的第一場文藝論爭。這場論爭促使大陸文藝界開始重新思考文藝的定位問題，雖然其中論點多無法超越文藝的政治功能性，但文藝已從被主政者利用的政治鬥爭工具，轉為作者基於個人理念，透過文藝作品來服務人民、國家和政黨，作者在創作中的主導性已逐漸提升。其次是「現實主義」的論爭，是延伸自「文藝與政治的關係」的討論，由於現實主義的界定影響文學涉入政治的程度，因而成為探討議題。大陸文藝界為了避免重蹈文革時期的極左路線，於是將現實主義的定義，重新回歸史達林「社會主義現實主義」和恩格斯「兩個真實」，並由此探討文學真實性和典型性的問題，質疑毛澤東「兩結合」創作方法的可行性，後又發展出關於現實主義與浪漫主義的討論。這些論爭

（1975-1982）》（北京：人民出版社，1983年7月），頁179-186。
[40] 同註38，頁1144-1154。

雖未產生一致的結論，但解除了「兩結合」創作方法對文藝工作者的束縛，拉開文藝與政治間的距離，拓展了創作的空間。

文革結束之初，最早出現的批判現實主義小說是傷痕文學。由於大陸文學長期受到工農兵文學理論和政治掛帥思想的影響，一時無法跳脫文藝為政治服務的框架，所以傷痕文學的主題仍受制於政治環境，以批判文革和林彪、四人幫為主要訴求，作品背景和故事情節緊貼文革時期的政治運動，描寫文革對不同階層民眾造成的身心傷害。例如劉心武〈班主任〉和王蒙〈最寶貴的〉寫青少年，馮驥才〈啊！〉和宗璞〈我是誰〉寫知識分子，韓少功〈月蘭〉和葉蔚林〈在沒有航標的河流上〉寫農民，盧新華〈傷痕〉寫知青，鄭義〈楓〉寫紅衛兵等。

中共十一屆三中全會後，大陸各界掀起大規模的翻案風，平反對象由文革時期的「牛鬼蛇神」，上溯至反右時期的「右派分子」，大陸文藝界也在批判四人幫文藝理論和平反「黑八論」的基礎上，陸續將反叛的步伐跨進文藝禁區，其中在五〇年代遭受強烈批判、在文革中被禁絕的人道主義，再度成為討論的議題，帶起立足人道精神的批判現實主義。

1979 年秋，朱光潛發表〈關於人性、人道主義、人情味和共同美問題〉[41]，帶起「人性、人道主義與文藝問題」的論爭。朱光潛指出「當前文藝界的最大課題就是解放思想，衝破禁區」，而在文藝創

---

[41] 朱光潛，〈關於人性、人道主義、人情味和共同美問題〉，收於陸梅林、盛同主編，《新時期文藝論爭輯要（下）》，頁 1284-1291。

作和美學領域中必須衝破的禁區，包括以人性論為中心，而擴及人道主義、人情味、共同美感等的觀念，以及「三突出」理論對作品人物性格的限制。此文發表之後，文藝界和理論界陸續展開關於人道主義的涵義、馬克思主義和人道主義的關係、文學作品中人性和人道主義的表現等議題的討論，而後更出現社會主義社會存有「異化」現象的說法，引起中共領導階層的高度重視。1983 年 10 月，鄧小平在中共十二屆二中全會上發表〈黨在組織戰線和思想戰線上的迫切任務〉[42]，對現代派、人道主義、「異化」論等提出批判，認為這些觀點是精神汙染的具體表現；次年初，胡喬木據此在中共中央黨校發表〈關於人道主義和異化問題〉[43]，中共黨內展開「清除精神汙染運動」，政治氣氛明顯緊縮。

　　文革後立足人道精神的批判現實主義小說，以反思文學最具代表性。反思文學因受人道主義思潮的影響，雖繼承傷痕文學發展，但已不再單純浮面地陳述文革苦難，而是從人性人情的角度，較深刻地省思造成文革悲劇的原因，並透過人物的生活悲歡和命運起落，呈現在政治掛帥社會下種種扭曲人性的不合理現象。反思文學的創作，因不同世代作家的參與，表現出不同主題：其中在 1950 年代已嶄露頭角的中年作家，多自反右時期起，因政治因素被迫停筆，文革結束後陸續平反復出文壇，他們透過作品省思過去二十多年來的生活遭遇，反映大陸社會的政經變化，例如茹志鵑〈剪輯錯了的

---

[42] 同註 37。

[43] 胡喬木，〈關於人道主義和異化問題〉，收於陸梅林、盛同主編，《新時期文藝論爭輯要（下）》，頁 1360-1408。

故事〉和〈草原上的小路〉、王蒙〈布禮〉和〈蝴蝶〉、張一弓〈犯
人李銅鐘的故事〉和〈張鐵匠的羅曼史〉等;另有出生於中共建政
前後的知青作家,他們在文革中「上山下鄉」到偏遠的農村邊疆,
接受農民的「再教育」和農村生活的考驗,文革後將知青生活和回
城經驗呈現在作品中,這類「知青寫知青」的反思作品,被稱為知
青文學,例如葉辛的三部曲《我們這一代年輕人》、《風凜冽》和《蹉
跎歲月》、王安憶〈本次列車終站〉和〈命運交響曲〉、孔捷生〈南
方的岸〉等。

(二)現實主義的新變

　　1984 年 10 月,中共十二屆三中全會將黨內整頓重心由政治轉向
經濟,使文藝界自 1983 年起因「清汙運動」導致的緊縮氣氛再度緩
和,1984 年底,「中國作家協會」召開第四次會員大會,胡啟立在會
中發表〈在中國作家協會第四次會員大會上的祝辭〉[44],重申創作自
由,將文藝創作與政治思想加以區隔,使大陸文壇在沉寂一年後,再
度萌發生機。因此自 1985 年起,到 1989 年六四事件前,在再次由
收轉放的政治環境下,現實主義小說受到西方文藝思潮的衝擊,呈
現出開放新變的風貌,有些創作者吸收融合現代主義的技巧風格,
帶起尋根文學,也有些創作者鑑於現代主義因文學實驗而遠離讀
者,而走向更精準實證、貼近群眾的自然主義,形成新寫實小說。

---

[44] 胡啟立,〈在中國作家協會第四次會員大會上的祝辭〉,《文藝報》1985 年 2
期,頁 3-5。

　　1985 年以後的大陸文學已回歸創作本體，政治議題被淡化，之前作為鄉土文學核心的文化議題，至此受到更多的重視。韓少功、鄭萬隆等一群青年作家，歷經反省文革經驗、移植西方文化的大陸文壇，在即將邁入文革後第二個十年之際，思索大陸文學的未來出路，於是在文化思潮的啟發下，探尋中國的傳統文化，以「尋根」為號召，有意識地建構理論，並透過創作實踐理論，帶起尋根文學的熱潮，形成現實主義文學在西方現代主義思潮激盪下的轉折，將新時期文學帶向發展高峰。

　　1984 年底，《上海文學》編輯部、《西湖》編輯部和浙江文藝出版社聯合邀請青年作家和評論家，舉行「新時期文學：回顧與預測」會議（又稱「杭州筆會」），與會者在會後陸續發表相關文章，推動尋根文學的誕生。1985 年 4 月，韓少功率先發表被視為「尋根派宣言」的〈文學的「根」〉[45]，之後許多與會作家也以「根」和「文化」為題，撰文闡述文學理念[46]，帶起「尋根」與文學創作中文化問題的討論。當時討論的議題有二：一、五四以來的文化「斷裂」現象。認同文化斷裂的存在，是提出文化尋根主張的前提，因為文化斷裂才會導致傳統文化的斷層，所以必須「尋根」，以再度繼承傳統。二、文學創作與傳統文化的關係。在韓少功提出「文學之根應深植於民族傳

---

[45] 韓少功，〈文學的「根」〉，收於林建法、王景濤編著，《中國當代作家面面觀——撕碎，撕碎，撕碎了是拼接》（長春：時代文藝出版社，1991 年 5 月），頁 81-88。

[46] 例如鄭萬隆的〈我的根〉、〈不斷開掘自己腳下的文化岩層〉和〈中國文學要走向世界——從植根於「文化岩層」談起〉，阿城的〈文化制約著人類〉，鄭義的〈跨越文化斷裂帶〉，李杭育的〈理一理我們的根〉等。

統文化的土壤裡」觀點後，其他尋根作家鄭萬隆、阿城等也提出類似的看法。尋根文學所主張的傳統文化，雖曾被大陸文化界質疑對推動社會進步有負面影響，但因其跳脫文學的社會功能性，著眼於藝術創作，將文學的定位，由偏重政治功能的「工具說」和「服務說」，回歸藝術本體和文學審美，在大陸文學的發展上，具有重要意義。

　　尋根文學的創作，可由杭州筆會的召開分為兩階段：前一階段的作品多運用現實主義手法，可視為鄉土文學的深化和擴展，是創作者在個別創作歷程中的摸索成果；後一階段的作品明顯可見現代主義文學技巧的運用，是在尋根理論提出後的創作實踐，創作者的揮灑空間較大，作品也較具實驗性，帶有更大的感染力和震撼力。在杭州筆會召開之前，已發表或構思的尋根文學作品，為醞釀尋根文學理念的基礎，例如 1983 年鄭義的〈遠村〉和 1984 年阿城的〈棋王〉，以及烏熱爾圖描述鄂溫克族狩獵文化的作品、李杭育的「葛川江」系列和鄭萬隆的「異鄉異聞」系列等。這些作品大多透過現實主義的手法，呈現較深刻的文化主題，相較於鄉土文學的地域風情書寫，這些作品展現出更多的文化省思和生存意識。在尋根文學主張提出後，一些作者發表運用西方現代主義手法的尋根小說，例如韓少功〈爸爸爸〉、〈女女女〉，王安憶〈小鮑莊〉、〈大劉莊〉，扎西達娃〈西藏，隱秘歲月〉、〈西藏，繫在皮繩結上的魂〉，莫言「紅高粱」系列等。由韓少功和莫言作品中的魔幻寫實情節，以及王安憶和扎西達娃作品中超寫實的運用等，明顯可見尋根文學中現代和後現代主義文學的影響。

　　1986 年後，有些創作者鑑於現代主義因文學實驗而失去讀者，而走向貼近群眾生活的自然主義書寫。自然主義雖仍屬現實主義的範疇，但相較於社會主義現實主義、批判現實主義等思潮，自然主義更注重文學藝術的自覺，既不願像社會主義現實主義做為政治思想的載體，具有強烈的教誨性，也不認同批判現實主義對現實生活做典型的概括，帶有明顯的目的性。自然主義追求絕對的客觀性，在主題思想上，試圖從生物學的自然規律，詮解人的本性本能、人與所處環境的關係；在寫作風格上，崇尚單純描摹自然，真實寫錄生活，而 1980 年代中後期的新寫實小說即為重要的代表。

　　新寫實小說以客觀不加雕飾的自然筆觸，直視人類生存的議題，成為尋根文學之後，最受矚目的文學潮流。1986 年底，大陸文壇在現代主義的先鋒文學熱潮漸退時，一些小說創作者重新回到寫實主義的書寫，立足社會真實，聚焦於人性人生，並力求避免加工提煉的痕跡，有意識地將現實生活依原生狀態予以呈現，在 1986 到 1988 年間陸續出現代表作，例如劉恆以〈狗日的糧食〉和〈伏羲伏羲〉表現人類受制於「食」與「性」兩生存基本要素的無奈；池莉以〈煩惱人生〉和〈不談愛情〉打破對愛情的浪漫憧憬，寫家庭和婚姻的煩惱；方方的〈風景〉寫眾多子女家庭的生活窘境；劉震雲的〈塔鋪〉和〈新兵連〉寫青年為能出人頭地而付出的人生代價等。新寫實小說在創作主題上，注重對生命生存的剖析和揭示，但切入視角不同於反思文學的人道精神和尋根文學的文化意識，反而時常流露存在主義的悲觀無奈情調；在寫作特點上，摒棄先鋒文學的技

巧實驗,選取日常繁瑣的題材,透過平凡人生的圖像,展現生活的真實狀態,形成質樸自然的原味風格。

　　新時期的大陸文學,在逐漸開放的社會環境下流派紛呈,展現出旺盛的活力。文革時潛隱地下的批判現實主義,於文革後快速發展,衝出地表擴張影響,明顯可見在由激進現實主義走向批判現實主義的過程中,代表政治勢力和文學本體的兩股力量開始重整,1985年後,大陸文學回歸藝術審美的本體,脫離政治勢力的操控,現實主義與其他文藝思潮交互影響,產生新變。新時期現實主義文學的創作視角,由歷史的反思擴展到文學的審美,創作主題也由傷痕文學對文革和四人幫的控訴、反思文學對小人物命運的悲憐,蛻變為尋根文學對文化傳統的探尋、新寫實小說對生存本相的直擊,呈現出代表文學本體的創作力量,在新的環境形勢下,不但將創作觸角由激進現實主義伸向批判現實主義,更進一步走向新現實主義,逐漸形成小說創作的新局。

五、開放期:後新時期的現實主義小說(1989 年以後)

　　1989 年六四天安門事件後,國際情勢劇變,社會主義國家陸續解體,而鄧小平提出的「建設有中國特色社會主義」的理論漸成體系,1992 年的南巡講話,更促使大陸社會全面走向市場經濟。在政經情勢的變化下,1990 年代的大陸社會已明顯異於新時期,大陸文學界對於再次社會轉型後的文學走向,提出了「後新時期」的說法:

1991 年，《當代作家評論》於第五期策畫「文學走向九十年代筆談」，
邀集五位學者討論二十世紀末的文學方向[47]，其中張頤武較早使用到
後新時期的概念；1992 年 9 月，北京大學語言文學所和山東《作家
報》合辦研討會，會中宋遂良表示，此會最大的收穫是「後新時期」
名稱的確認，並建議將該會定名為「後新時期：走出 80 年代的中國
文學」[48]；1992 年底，《文藝爭鳴》於第六期推出四篇評論，討論後
新時期的文學現象和特徵[49]；1995 年底，謝冕和張頤武出版專書《大
轉型──後新時期文化研究》，由思潮、文學、大眾文化三方面，綜
論 1990 年代的文學文化現象。雖然「後新時期」一詞，不像「新時
期」因見於官方文件而被普遍接受，但對於 1989 年後文學轉型的分
期概念，大陸文學界已有共識。正如趙毅衡所論，因為社會文化功
能的差異，新時期與後新時期文學已明顯有別，前者服務於主流社
會運轉的需要，後者則為市場化時期的文學。[50]因此，本書在此基礎
上，進行文革後文學的分期。

---

[47] 五位學者的筆談分別為：謝冕〈停止遊戲與再度漂流〉、孟繁華〈平民文學
的節日〉、張頤武〈寫作之夢：漢語文學的未來〉、李書磊〈「走向世界」之
巔〉、張志忠〈批評的陷落〉。

[48] 參見白燁，〈關於「後新時期」文學的研討（報導）〉，《中華文學選刊》1993
年 1 期，收於謝冕、張頤武，《大轉型──後新時期文化研究》，頁 443。

[49] 四篇評論分別為：王寧〈繼承與斷裂：走向後新時期文學〉、趙毅衡〈二種
當代文學〉、張頤武〈後新時期文學：新的文化空間〉、白燁〈「後新時期小
說」走向芻議〉。

[50] 參見趙毅衡，〈二種當代文學〉，《文藝爭鳴》1992 年 6 期，收於謝冕、張頤
武，《大轉型──後新時期文化研究》，頁 439-440。

　　影響後新時期文化轉型的因素，不外政治和經濟兩方面，其中六四事件和南巡講話，即為一隱一顯的兩大因素。1989 年的六四事件，是北京學生帶起的要求民主自由的運動，最後演變為全國性的政治動亂，遭中共軍方鎮壓。六四事件的發生原因複雜，除了因 1980 年代後期蘇聯和東歐社會主義國家動盪導致的中共內部恐慌外，更與鄧小平上台後，對經濟發展和意識形態所展開的既抓繁榮也抓整頓的「兩手策略」有關，因為改革開放對大陸社會的影響，不可能隔絕思想文化而囿於經濟發展中，而原本封閉於社會主義意識形態的大陸社會，在對外交流後，亦無可避免地產生無法逆轉的「和平演進」效應。鄧小平「一手軟，一手硬」的策略，在繁榮經濟發展上，堅持四個現代化，走改革開放的道路，建設有社會主義特色的市場經濟；在整頓意識形態上，則堅持四項基本原則，從人道主義思潮的批判、以清除精神汙染為名的整黨，到反對「資產階級自由化」等，最終引爆六四事件。1987 年初，胡耀邦因表達對清汙運動的不滿和未積極反對資產階級自由化，受到鄧小平批評而請辭；1989 年 4 月，胡耀邦去世，北京學生在天安門廣場展開追悼活動，時間長達兩個月，並擴大為全國性的示威行動，群眾高喊民主自由，引起全球關注，最後中共官方將這次學潮定位為「資產階級自由化動亂」，於 6 月 3 日晚間至 4 日凌晨展開天安門廣場及周邊的軍事鎮壓。六四事件後，政治氣氛明顯緊縮，許多詩人作家和評論者，或流亡海外，或關監服刑，時至今日，「六四」仍為大陸社會的禁忌，是大陸民眾在文革之後另一個沉重的歷史記憶。

　　1978 年中共十一屆三中全會中，確立鄧小平主張的實事求是思
想路線和實現四個現代化的方針措施；1982 年中共十二大會議中，
鄧小平發表開幕詞，首次提出「把馬克思主義的普遍真理同我國的
具體實際結合起來，走自己的道路，建設有中國特色的社會主
義⋯⋯」[51]；1987 年中共十三大的報告，更將中共基本路線具體概
括為「一個中心，兩個基本點」，「一個中心」是以經濟建設為中心，
「兩個基本點」是堅持改革開放和四項基本原則，至此「建設有中
國特色社會主義」的理論輪廓已形成。但六四事件後大陸政經情勢
緊縮，大陸社會對於繼續走向市場經濟出現雜音，而 1992 年初鄧小
平發表的「南巡講話」[52]，不但重申「一個中心，兩個基本點」的基
本路線，也解除市場經濟背離社會主義精神的疑慮，於是 1992 年底
中共十四大之後，中共黨內的工作重心再度由政治議題回到經濟建
設。1993 年起，市場經濟全面開放，後新時期的文化文學在新的社
會型態下，明顯呈現商品化和大眾化、個人化和多元化的特徵。

（一）現實主義的商品化和大眾化

　　1980 年代末到 1990 年代初，大陸社會劇烈變化，由實施四十年
的社會主義計畫經濟體制，轉為社會主義市場經濟體制。經濟上的

---

[51] 鄧小平，〈中國共產黨第十二次全國代表大會開幕詞〉，《鄧小平文選（第三
卷）》（北京：人民出版社，1993 年 10 月），頁 3。

[52] 1992 年 1 月 18 日至 2 月 21 日，鄧小平到武昌、深圳、珠海、上海等地視察，
發表一系列的談話，通稱為「南巡講話」，其內容針對新時期以來大陸社會
對經濟發展方向的疑慮，重申經濟建設和改革開放的重要性與必要性。

改革開放,使商品意識向政治、社會,甚至文化領域滲透擴張,社
會價值觀因而快速調整,新時期以來知識分子的菁英地位,開始向
邊緣滑落,市民階層崛起,而符合市民需求的大眾文化也隨之興起。
1993 至 1995 年間,大陸知識界對於意識形態和文化市場的主導權,
逐漸轉移至大眾文化和傳播媒體,感到失落焦慮,先後帶起相關的
文化論爭,例如「文學和人文精神的危機」、「雅文化與俗文化」、「雅
文學與俗文學」、「後現代主義」等。但文化環境已出現不可逆轉的
新趨勢,文化體制在全面濟經改革下走向市場機制,大眾文化的主
流地位確立,時尚消遣類的文藝以商品之姿湧現,形成新的文化生
態和文學環境。

　　在新的文化生態方面,1990 年代初,中共文化體制轉向市場機
制,作家賴以生存的文化環境異於以往,例如原由作家協會等官方
體制提供生活保障的專業作家員額減少,政府補助雜誌社和出版社
的預算也逐漸降低,甚至要求進入市場自負盈虧,因此在新文化體
制下,文化產業的運作模式迥異於前。其中因版稅制度的實施,暢
銷書不但可為出版社,更可為作者帶來實質效益,以致作家和出版
社的關係變得複雜多樣,在專業作家外,另產生不同身份的創作者:
有的脫離官方體制成為「自由撰稿人」,例如放棄教職的王小波,便
是體制外的作家,在他猝逝後,其人其書在出版社的炒作下,形成
研究熱潮,被視為 1990 年代大陸文化界的重要事件;有的以作家背
景跨足商界或經營傳媒,例如南巡講話後「下海經商」的張賢亮,
1980 年代曾以〈靈與肉〉、〈綠化樹〉、〈男人一半是女人〉等小說聞

名，1993 年起在寧夏投資修建西部影視城，成為擁有上億人民幣資產的「中國作家首富」[53]；有的運用文化媒體經營文創，例如以商業手法經營文藝事業的王朔，因 1988 年有四部作品同時改編電影，當年被藝文界稱為「王朔年」[54]，之後他還成立「海馬影視創作中心」和「時事影視文化公司」等，被視為 1990 年代文藝商品化和大眾化的代表；也有的從小說創作走向影視劇作的編寫，例如與張藝謀合作《菊豆》受到矚目的劉恆，1980 年代中以新寫實小說立足文壇，1988 年起陸續將自己和他人的小說改編為電影劇本，並參與電視劇本的編寫，成為 1990 年代以來的當紅編劇。

在新的文學環境方面，在市場經濟大潮下，讀者閱讀動機改變，嚴肅文學的「轟動效應」不再，大眾對文學的消費性和娛樂性的需求超越教化性和啟蒙性的需求，而作家在新文化生態下，生存需求亦超越精神需求，因而通俗文學、紀實文學充斥書市，嚴肅文學也開始產生質變，與通俗文學、新聞議題、社會問題等結合，以致雅俗文學間的界線逐漸隱沒，而傳播媒體成為製造文化熱點的重要推手。[55]

---

[53] 參見李冰，〈張賢亮：我承認是中國作家首富〉《北京娛樂信報》，2004 年 3 月 27 日），中國網（http://big5.china.com.cn/chinese/feature/524825.htm）。上網日期：2011 年 7 月 26 日。

[54] 1988 年王朔改編為電影的四部小說為：米家山導演的《頑主》、夏鋼導演的《一半是火焰，一半是海水》、黃建新導演的《輪迴》(原著為《浮出海面》)、葉大鷹導演的《大喘氣》（原著為《橡皮人》)。

[55] 參見陳駿濤，〈後新時期，純文學的命運及其它〉，《當代作家評論》1992 年 6 期，收於謝冕、張頤武，《大轉型——後新時期文化研究》，頁 432-434。

關於嚴肅文學與通俗文學的合流，王朔現象和「布老虎」現象最具代表性。王朔自 1980 年代中到 1990 年代初，陸續發表多部受到關注的中長篇小說，如《空中小姐》、《一半是火焰，一半是海水》、《頑主》、《千萬別把我當人》、《我是你爸爸》、《動物凶猛》、《過把癮就死》等，並將作品與影視傳媒結合，而前述的「王朔年」即為王朔現象的首波高潮。1992 年華藝出版社推出四卷本《王朔文集》，開啟許多大陸出版界的先例：這不但是第一套非關經典的在世作家文集，之後帶起作家出版文集的潮流；這也是大陸出版界第一次出現版稅付酬制度，帶動作家出版作品的商業動機。王朔充分掌握商品和消費的關係，以異於以往的商業模式經營自己的文化產業，正如他所說：「雖然我經商沒成功；但經商的經歷給我留下一個經驗，使我養成了一種商人的眼光，我知道什麼好賣。」[56]除商業取向的操作手法外，王朔的小說也充滿大眾文化元素，以鮮活特殊的北京方言，表現玩世不恭的「文化痞子」，在尖銳嘲諷下，消解社會權威和知識分子的主流地位，以戲擬調侃迎合大眾心理，在 1990 年代引發許多爭議。

自 1993 年底起，春風文藝出版社以經營品牌的方式推出「布老虎叢書」，先以百萬人民幣購得「布老虎」書徽，然後透過戰略性策畫、商業性行銷，有計畫地逐步推動長篇小說的創作[57]，希望出版介

---

[56] 王朔，《我是王朔》（北京：國際文化出版公司，1992 年 6 月），頁 20。今轉引自郭寶亮，〈王朔現象思考〉，《河北師範大學學報（社會科學版）》18 卷 4 期，1995 年 10 月，頁 53。

[57] 李復威，〈雅與俗：從疏離走向合流——論九十年代我國文學演進的新走

於嚴肅文學和通俗文學間，叫好又叫座，且具有文化品味的文學，叢書推出後果真獲得讀者的肯定與回響，每部作品發行量可達十萬冊以上，「布老虎」也成為暢銷書的標誌。第一波面市的作品，包括洪峰《苦界》、鐵凝《無雨之城》、趙玫《朗園》、崔京生《紙項鏈》等，之後陸續加入的有王蒙、莫言、蘇童、賈平凹、梁曉聲等知名作家，此現象意味一些知名作家也調整創作方向，開始為市場寫作，嚴肅文學和通俗文學由疏離走向合流，其間的分野逐漸隱沒。

在後新時期，傳播媒體對作家作品的經營和包裝，是影響銷售的重要因素，除了前述的與影視結合增加能見度、以叢書方式打群體戰外，製造新聞熱點也是帶動買氣的方法，例如作家作品非文學性新聞的炒作，以及政府封存禁書造成的搶購效應等。前者包括顧城自傳體小說《英兒》、韓少功《馬橋詞典》、韓寒《三重門》等，後者包括賈平凹《廢都》、衛慧《上海寶貝》、閻連科《為人民服務》等。其中政府封存禁書的效應，常使作品轉而在網路上聚集高人氣，進而成為海外市場爭相簽約出版的對象。

（二）現實主義的個人化和多元化

「流派紛呈」是新時期文學的重要特徵，從傷痕文學、改革文學、反思文學、知青文學，到先鋒文學、尋根文學、新寫實小說等，風格各異的主流文學拼接成 1980 年代多采多姿的文學風景線。但

向〉，收於李復威編選，《世紀之交文論》（北京：北京師範大學出版社，1999年9月），頁113。

1990 年代後，大陸文學的流派明顯消退，雖有一群以「新」為名的創作口號出現，如「新歷史」、「新狀態」、「新體驗」、「新鄉土」等，但都未能帶起文學風潮。後新時期的大陸社會，已呈現後現代文化特徵，創作風格趨向分眾和多元，個人特色鮮明的作家成為書市明星，書寫主題由歷史大敘事轉向個人小敘事，主流文學已不復見，作品風格由單音走向複調，形成眾聲喧嘩的風貌。

　　回顧 1990 年代大陸現實主義小說的發展，有兩個值得注意的寫作現象，一是 1990 年代前期的「女性寫作」，一是 1990 年代後期的「現實主義衝擊波」。新時期的女性小說，例如張潔、諶容、王安憶和鐵凝等的作品，明顯可見由「人」走向「女人」的性別覺醒過程。後新時期的女性小說，則從性別意識走向身體語言，在較年輕一代女性作家的耕耘下，發展出異於集體敘事的個人寫作，如同林白所說：「個人化寫作建立在個人體驗與個人記憶的基礎上，通過個人化的寫作，將包括被集體敘事視為禁忌的個人性經歷從受到壓抑的記憶中釋放出來……」[58]。這類小說通常帶有自傳性色彩，透過第一人稱將內心世界和成長經驗娓娓道出，不著重故事性和情節衝突，而以一種女性特有的敏感纖細，且異於男性作家的筆觸，表現女性化、個人化、私語化的情緒氛圍，這類女性寫作興起於 1990 年代初，並延續至本世紀初，例如陳染〈與往事乾杯〉和《私人生

---

[58] 林白，〈記憶與個人化寫作〉，《林白散文》（杭州：浙江文藝出版社，2001年），頁 104，轉引自邱綉雯，《「在說中沉默，在沉默中說」：林白小說研究》（新竹：清華大學中文所碩士論文，2006 年 6 月），頁 2。

活》、林白《一個人的戰爭》和《說吧，房間》、虹影《飢餓的女兒》
和《好兒女花》等。

　　「問題小說」在現實主義文學中一直佔有重要地位，創作者透
過寫實或紀實手法，傳達新聞議題或凸顯社會問題。例如 1980 年代
中興起的紀實小說，擷取報導文學和新聞寫作的特點，挑選具有新
聞性和震撼性的題材，以真人真事作為描寫主體：有的透過訪談實
錄呈現，如張辛欣和桑曄《北京人》、馮驥才《一百個人的十年》等；
有的將事件現象融入小說，如劉心武〈五‧一九長鏡頭〉和〈公共
汽車詠嘆調〉等。1990 年代後期興起的社會問題小說，或稱「現實
主義衝擊波」、「現實主義回歸潮」等，在中共中宣部的推動下，形
成較受矚目的「主旋律」創作趨勢，進而帶動寫實題材長篇小說的
創作。[59]這類作品多描寫大陸改革開放後經濟轉型衍生的社會問題，
如官僚腐敗、貧富差距、國營企業改革、工人失業等：有的寫國營
企業在市場經濟中面臨的生存困境，如談歌〈大廠〉及續篇、關仁
山〈破產〉等；有的寫實施經濟改革的艱難歷程，如關仁山〈大雪
無鄉〉、何申〈村民組長〉等；有的寫農村在經濟變革中的尷尬處境，
如何申〈窮縣〉、〈縣委宣傳部〉等。[60]這些貼近社會底層的書寫，挖
掘經濟轉型下的民生問題，為工農階層發聲，雖寫作風格仍為新時
期反思文學或改革文學的延續，甚至因帶有官方主導色彩被質疑是

---

[59] 參見洪子誠，《中國當代文學史》（北京：北京大學出版社，1999 年 8 月），
頁 354-355。
[60] 參見王鐵仙等，《新時期文學二十年》（上海：上海教育出版社，2001 年 4
月），頁 369-383。

傳達主流意識形態，但在傾向個人化的後新時期文學中，其創作數量和風格的代表性，亦不容忽視。

此外，後新時期的現實主義小說在不同世代創作者的參與下，形成風格多元的格局，其中長篇小說的創作，歷經 1980 年代文學審美和寫作技巧的醞釀積累，至 1990 年代已臻於成熟，甚至形成寫作風潮。例如 1940 年代出生作家的作品，有二月河「清朝帝王系列」、唐浩明《曾國藩》、凌力《少年天子》、張承志《心靈史》、陳忠實《白鹿原》等。1950 年代出生的作家，有的在新時期文學中已嶄露鋒芒，1990 年代起又推新作，如張煒《九月寓言》、史鐵生《務虛筆記》、李銳《舊址》和《無風之樹》、王安憶《紀實與虛構》和《長恨歌》、賈平凹《廢都》和《秦腔》、莫言《豐乳肥臀》和《檀香刑》等；也有的在 1990 年代推出代表作，開始受到重視，如高建群《最後一個匈奴》、王小波《黃金時代》、阿來《塵埃落定》、閻連科《日光流年》等。1960 年代以後出生的作家，有的在新時期以先鋒文學聞名，1989年後改變風格走向寫實，如蘇童《我的帝王生活》、余華《活著》和《許三觀賣血記》、格非《欲望的旗幟》等；也有的由詩歌走向小說創作，如韓東《扎根》等。另有 1980 年代後出生的更年輕世代，以少年作家身份進入文壇，表現青春的狂飆不羈和新世代的流行文化，如易術《陶瓷娃娃》、韓寒《三重門》、春樹《北京娃娃》、郭敬明《幻城》等[61]。

---

[61] 參見宋如珊，〈少年作家寫狂飆〉，《聯合報》兩岸版，2004 年 5 月 24 日。

　　後新時期的小說創作，在題材風格上，因不同世代作家的參與，明顯呈現個人化和多元化的特徵，大量湧現的各類主題作品，也因個別性凸出，無法以「流派」概念歸納梳理，尤其是 1966 年文革後出生的新生代作家，更以極端個人化敘事抗拒抽象集體概念，表現對非主流的自由和反叛的追求。在寫作手法上，歷經新時期文學的洗禮，作家和作品都漸趨成熟，雖 1980 年代標舉先鋒的實驗作品已式微，但語言的探索已融入新的現實主義風格，形成多樣的敘事手法，並被讀者普遍接受。

六、小結

　　半世紀以來的大陸當代現實主義小說，在政治力量和文學本體的角力過程中，走過一段曲折變化的道路。若由大陸政治的歷史分期觀察，可明顯看出文學價值觀和審美角度的轉變，而不同時期現實主義小說的發展，又因政治介入文學的深淺、社會改革開放的快慢、中共經濟體制的變化等因素，形成四個不同發展階段：

　　一、現實主義的迂迴期：中共建政後十七年為意識形態的改造時期，文學成為政治教育的工具。強調政治功能性的社會主義現實主義，隨著一波波的整風運動擴張勢力，成為文學主流，而自胡風以來強調寫真實和現實主義深化等觀點，被擠壓走向非主流，現實主義文學的創作道路越走越窄。

　　二、現實主義的沉潛期：文革時期為全面政治動亂時期，文學成為政治鬥爭的武器。激進現實主義在政治力的扶持下獨霸文壇，樣板戲和陰謀文藝當道，大陸文學進入黑暗時期。現實主義小說因「寫真實」精神，在肅殺氛圍下毫無生存空間，只能潛隱地下，以另類的手抄方式傳播，而這股潛流卻是醞釀新時期文學的養料。

　　三、現實主義的復甦期：新時期為大陸社會改革開放的過渡時期，文學發揮社會療癒功能，成為撫慰人心的方劑，並逐步脫離政治制約，回歸藝術創作的本體。文革後文學由批判四人幫的罪行，帶起批判現實主義的潮流，創作視角由政治議題探向人道主義，而後在不同文藝思潮的洗禮下，興起風格各異的文學流派，不但拉開文學與政治的距離，也將現實主義小說的發展，由復甦帶向新變。

　　四、現實主義的開放期：後新時期為進入市場經濟的轉型時期，在新的文化體制下，文學趨向商品化和大眾化，呈現個人化和多元化的特徵，嚴肅文學與通俗文學的分野逐漸隱沒。1990 年代後的現實主義小說，在新的文化生態下，因不同世代作家的投入，帶起長篇小說的高潮，作家的個別特色超越流派的主流概念，展現出異於以往的開放格局。

　　整體而言，大陸半世紀以來的現實主義小說，歷經社會主義現實主義、激進現實主義、批判現實主義、新現實主義等潮流，政治力量的主導性由強轉弱，文學的本體意識逐漸提升，呈現出由封閉走向開放，由一元走向多元的態勢。本書以下各章，著眼於現實主義小說的發展變化，選析各時期具代表性和影響性的小說：以宗璞

的中篇〈紅豆〉，表現 1950 年代「百花文學」的風貌；以李準的短篇〈李雙雙小傳〉，探析 1960 年代初大躍進題材的文風；以北島的小說集《波動》，呈現文革末期至 1980 年代初地下小說的樣貌；以茹志鵑的短篇〈剪輯錯了的故事〉，解析新時期反思文學的主流；以劉恆的中篇〈伏羲伏羲〉，分析新寫實小說的特徵；以王小波的長篇《黃金時代》，探討 1990 年代中人文精神的重建。期能藉由作品的主題涵義、表現手法和語言風格等，審視不同時期社會環境下的大陸文學風格，窺探大陸現實主義小說由迂迴、沉潛，走向復甦、開放的歷程。

第一章　知識分子的抉擇
——宗璞與〈紅豆〉

　　中共自建政後到反右鬥爭之前，曾發動三次以個人或單一集團為對象的整風事件，其雖以整頓黨內作風為名，實際卻以改造知識分子思想為目的。1956 年初到 1957 年春夏之間，由於「雙百」方針的提出和執行，知識界尖銳地批判當時的「教條主義」[1]積習，而此歷時一年半的「鳴放」運動，於 1957 年 6 月大規模的反右鬥爭開始後告終。這在政治情勢轉折下產生的非主流文化現象為時雖短，但卻帶起大陸知識分子的思想獨立意識，成為 1950 年代大陸文藝最活躍的時期，出現中共十七年文學最高水平的創作成果。

　　「雙百」方針，指「百花齊放，百家爭鳴」。1950 年代初，毛澤東曾在不同場合分別提出過「百花齊放，推陳出新」、「百家爭鳴」的說法。[2]1956 年 2 月，「雙百」的想法醞釀於毛澤東寓所的一次會議，會中中共中宣部長陸定一批判了蘇聯的教條主義和負面影響，

---

[1]　「教條主義」指盲目遵從某些觀念和原則而不知變通的態度，大陸學界認為這是導致當時文學走向概念化、公式化的重要原因。

[2]　1951 年，毛澤東為剛成立的中國戲曲研究院題辭「百花齊放，推陳出新」；1953 年，又以「百家爭鳴」指示中國歷史研究委員會的相關歷史研究工作。參見洪子誠，〈雙百方針〉，收於洪子誠、孟繁華主編，《當代文學關鍵詞》（桂林：廣西師範大學出版社，2002 年 2 月），頁 44。

認為大陸應破除對蘇聯的迷信，讓學術能自由討論。[3]同年 4 月，中共召開中央政治局擴大會議，毛澤東總結發言時表示：「『百花齊放，百家爭鳴』，我看應該成為我們的方針。藝術問題上百花齊放，科學問題上百家爭鳴」[4]；5 月 2 日，在中共最高國務會議上，毛澤東正式將「雙百」定為施政「方針」。但這透過比喻修辭表達的「雙百」方針，因文學語詞的運用使其涵義存有模糊空間，雖各界解讀不盡相同，然施政者實握有最終的詮釋權。同年 5 月底，中共中央在懷仁堂召集知名科學家、文學家、藝術家參與會議，陸定一發表〈百花齊放，百家爭鳴〉的報告，會後此報告經毛澤東批示，公開發表於 6 月 13 日的《人民日報》，代表中共中央對此方針的表述和定調，其中既主張人民自由，也強調敵我界線：

> 我們所主張的「百花齊放，百家爭鳴」是提倡在文學藝術工作和科學研究工作中有獨立思考的自由，有辯論的自由，有創作和批評的自由，有發表自己的意見、堅持自己的意見和保留自己的意見的自由。
>
> 我們所主張的自由，是同資產階級民主主義所主張的自由不同的……我們是主張不許反革命分子有自由的，我們主張對反革命分子一定要實行專政。但是在人民內

---

3 夏杏珍，〈「百花齊放，百家爭鳴」方針形成過程的歷史回顧〉，《文藝報》1996 年 5 月 3 日，參見孟繁華、程光煒，《中國當代文學發展史》（北京：人民文學出版社，2004 年 1 月），頁 78。

4 同上註。

　　部，我們主張一定要有民主自由。這是一條政治界線：
　　政治上必須分清敵我。[5]

中共將「雙百」的範圍界定在「人民內部的自由」，給施政者保留了
收放操作的餘地，因為「人民」和「反革命分子」的界線，同樣存
有模糊地帶和詮釋空間。雖然不少知識分子對此仍感疑慮[6]，但由於
1955 年中大規模的階級鬥爭基本結束，中共黨內將工作重心轉向經
濟建設，因此「雙百」的鼓舞，使許多知識分子走出胡風事件的陰
霾，也給大陸文藝界帶來短暫的新氣象，例如五四時期作家作品的
出版、人道主義和現實主義深化等理論和作品的發表，以及《文藝
報》和《文匯報》的改版等。
　　本章以「雙百」時期文學風格作為文革前非主流的現實主義深
化論的創作典型，並以宗璞（1928- ，本名馮鍾璞）的成名作〈紅
豆〉作為探討「百花文學」[7]的切入點，除了分析宗璞筆下知識分子
的人生抉擇和性格塑造之外，也由此窺探宗璞這位中共建政後少見
的學者型女作家的寫作風格。

---

[5]　陸定一，〈百花齊放，百家爭鳴——一九五六年五月二十六日在懷仁堂的講
　　話〉，收於馮牧主編，《中國新文學大系 1949-1976（第一集‧文學理論卷一）》
　　（上海：上海文藝出版社，1997 年 11 月），頁 11-12。
[6]　1957 年 3 月 24 日，社會學者費孝通在《人民日報》發表的文章〈知識分子
　　的早春天氣〉，正是這類觀點的代表，充分表現出知識分子既期待又怕受傷
　　害的複雜心態。
[7]　「百花文學」一詞援用洪子誠《中國當代文學史》的說法，參見洪子誠，《中
　　國當代文學史》（北京：北京大學出版社，1999 年 8 月），頁 125。

第一節　宗璞的知識女性婚戀小說

　　「雙百」方針提出後，受到鼓舞而率先勇破禁區的創作者，並非已有文學地位的資深作家，而是出生於 1930 年代前後、成長於 1950 年代的青年作家，他們猶如初生之犢，年輕而有衝勁，卻無法看出理想和現實間的落差。這時期的小說創作，因政治氣氛鬆動的時間僅年餘，所以作品多為短篇，題材大致包括兩類：一類是以批判現實主義揭露社會生活黑暗的「干預生活」小說，創作者以此抵抗主張「無衝突論」[8]的社會主義現實主義主流，例如耿簡（即柳溪）〈爬在旗杆上的人〉（《人民文學》1956 年 5 期）、王蒙〈組織部新來的青年人〉（《人民文學》1956 年 9 期）、李國文〈改選〉（《人民文學》1957 年 7 期）等；另一類是探討人性人情凸顯個人價值的「感情生活」小說，創作者以此抗拒階級人性論並挑戰愛情主題的禁區，例如鄧友梅〈在懸崖上〉（《文學月刊》1956 年 9 期）、陸文夫〈小巷深處〉（《萌芽》1956 年 10 期）、宗璞〈紅豆〉（《人民文學》1957 年 7 期）等。這些小說在發表之初，都因活潑鮮明的題材文風，受到文壇和讀者的矚目，作者也因而嶄露頭角，在個人創作道路上更臻成熟，然而在 1957 年夏反右鬥爭的擴大中，政治風向由放轉收，這些作家幾乎都因作品或言論被打為右派，歷經二十多年的艱辛歲月，

---

[8]　1940 年代以後，蘇聯文壇出現「無衝突論」，認為社會主義社會無限光明，衝突和矛盾都已消失，生活中存有的少數黑暗是資本主義的殘餘，無關社會主義本身，因此社會主義現實主義必須表現社會主義的精神，歌頌社會主義的光明。

有的下放勞改，有的被迫停筆，有的只好轉換寫作風格，而這些作品也因被批為「反黨反社會主義的大毒草」而遭封殺，直到鄧小平上台後，1979 年 5 月，上海文藝出版社才選取當時較具影響性的十七部作品，編為《重放的鮮花》面市，使這些作品得以平反。宗璞雖為其中唯一未被打成右派的作家，但多年後她撰文抒懷，仍不勝欷歔，頗感無奈：「鮮花，而需要重放，這是多麼沉痛的悲劇！……希望以後的鮮花都能及時盛開，不需重放……鮮花重放，一次足矣。」[9]

一、宗璞小說的兩種寫作手法

　　宗璞生長於書香門第，家學淵源，父親是著名哲學家馮友蘭，姑姑是五四時期小說家馮沅君，在父親的啟蒙下，宗璞自小博覽古籍，受到中國哲學和文學的的薰陶，大學畢業於清華大學外文系，而後一直從事文學相關工作，大學校園是她最熟悉的生活環境。宗璞單純的人生經歷，使她一路由學生走向文學研究者，以校園作為她觀察社會的窗口，而數十年的書齋生活使她擅長描寫知識分子，是中共建政後為數不多的學者型女作家。[10]宗璞大學時期開始創作小說，1950 年後，她明顯感到「文學的範圍愈來愈窄，只能寫工農，

---

[9]　宗璞，〈有感於鮮花重放〉，《宗璞文集（第四卷）》（北京：華藝出版社，1996年 1 月），頁 283-284。

[10]　參見盛英主編，《二十世紀中國女性文學史（下卷）》（天津：天津人民出版社，1995 年 6 月），頁 656-657。

而且有模式。寫那些太公式化的東西，不如不寫。」[11]直到 1956 年「雙百」方針提出，她覺得已可依個人意願寫作，於是 1956 年底完成小說〈紅豆〉，次年發表於《人民文學》，不料這卻是災難的開始。

宗璞的成長背景，使她具有強烈的人道主義精神，作品亦呈現五四時期「為人生」的創作傾向，她認為「小說若要有好影響，應具有社會性，可讀性和啟示性。」[12]亦即作品應真實反映大眾的切身感受，感染讀者引起共鳴，並經得起思索，讓讀者有所啟發。換言之，便是她一再強調的「誠」與「雅」：前者指作品的真實性，因為「沒有真性情，寫不出好文章」；後者指作品的藝術性，而耐心修改是苦拙卻唯一的門徑。[13]宗璞的小說創作以現實主義精神為基調，而她受到的西方文學訓練，使她在小說技巧上有更開闊的視野，不拘泥於傳統現實主義的手法，她主張「寫作手法是為內容服務的，怎樣寫要依內容要求而定。」[14]

關於宗璞的小說風格，她曾多次提及自己有意識地使用兩種手法——「外觀手法」和「內觀手法」。[15]以「外觀手法」表現的作品，例如〈紅豆〉、〈弦上的夢〉、〈三生石〉等，是根據生活反映現實，

---

[11] 施叔青，〈又古典又現代——與大陸女作家宗璞對話〉，收於《宗璞文集‧附錄（第四卷）》，頁 457。

[12] 宗璞，〈小說和我〉，《宗璞文集（第四卷）》，頁 313。

[13] 同上註，頁 313-314。

[14] 同註 12，頁 315。

[15] 宗璞有關「外觀手法」和「內觀手法」的說法，參見宗璞，〈給克強、振剛同志的信〉、〈小說和我〉、〈自傳〉，《宗璞文集（第四卷）》，頁 309、314-315、336，以及施叔青，〈又古典又現代——與大陸女作家宗璞對話〉，收於《宗璞文集‧附錄（第四卷）》，頁 462-463。

較傾向於現實主義，也就是所謂的「再現」，是領悟自《紅樓夢》裡眾多卻不重複的人物形象，而她認為自己的現實主義作品實還帶有浪漫主義色彩，但她珍視這點想像空間。以「內觀手法」表現的作品，例如〈我是誰〉、〈蝸居〉、〈誰是我〉、〈泥沼中的頭顱〉等，是透過現實的外殼寫本質，雖荒誕卻神似，較傾向於超現實主義和現代主義，也就是所謂的「表現」，是受到卡夫卡《變形記》、《城堡》等的啟發，她認為文革的慘痛經驗以這種極度誇張扭曲的方式表現最為深刻。另有一些作品呈現出外觀手法與內觀手法的糅合，例如〈魯魯〉、〈核桃樹的悲劇〉等，這種風格趨向原非宗璞有意為之，但因她的外觀手法帶有浪漫色彩，內觀手法又主張細節真實，以致二者似有滙合趨勢。宗璞對此表示，不論二者極端發揮或兩相結合，都是值得嘗試的方向，因為「現實主義和現代主義，再現和表現相結合，似乎是世界性的趨向。」[16]

　　1985 年，宗璞開始創作四卷本的長篇小說「野葫蘆引」——《南渡記》、《東藏記》、《西征記》、《北歸記》。1987 年，完成第一卷《南渡記》（人民文學出版社，1988 年 9 月），這是她創作生涯的第一部長篇小說，獲頒「炎黃杯」人民文學獎；1990 年起，她深受眼疾所苦，身體狀況不佳時，只能口述由別人代勞，因此 1993 年動筆撰寫第二卷《東藏記》（人民文學出版社，2001 年 4 月），直到 2000 年才完成，獲得第六屆茅盾文學獎。這部長篇小說的前兩卷篇幅長達百

---

[16] 同註 11，頁 465。

萬字，花費了十五年的時間，而如今年過八十的宗璞，雖因眼疾被迫告別閱讀，但仍一心懸念未完的寫作志業。

二、從〈紅豆〉、〈三生石〉到〈心祭〉

在大陸當代女性文學的發展中，宗璞與楊沫、茹志鵑等同是崛起於 1950 年代的女性小說家，她們突破政治題材和意識型態的限制，在革命歷史的大敘事下，透過女性視角表現女性處境和命運，成為中共十七年時期女性文學的代表。其中宗璞對女性知識分子感情世界的書寫，不論故事題材或語言風格，都獨具個人特色，從 1957 年描寫校園愛情的〈紅豆〉，到 1980 年描寫中年之愛的中篇〈三生石〉，以及大膽觸及婚外情的〈心祭〉，都是她婚戀題材小說的代表。

1957 年 5 月，宗璞將描寫女大學生江玫在革命與愛情間作抉擇的小說〈紅豆〉，送到《人民文學》雜誌社，編輯部無異議通過這篇「文筆細膩，情文並茂」的小說，於是「這樣一篇佳作便被留在力求體現『雙百方針』的一九五七年七月革新特大號隆重推出」[17]，但不久後，反右鬥爭擴大，同年 11 月，姚文元在《人民文學》刊登〈文學上的修正主義思潮和創作傾向〉一文，將〈紅豆〉歸入「修正主義的創作傾向」之列，認為該作有思想問題，甚至政治罪名，因而帶起對〈紅豆〉的批判。宗璞甚至因此自認思想深處受到資產階級

---

[17] 涂光群，〈宗璞的《弦上的夢》〉，收於人民文學出版社編，《宗璞文學創作評論集》（北京：人民文學出版社，2003 年 10 月），頁 375。

思想的盤踞，於 1959 年下放涿鹿縣溫泉屯村，1960 年改變寫作風格，創作描寫工農兵的小說〈桃園女兒嫁窩谷〉。1963 年起，在政治局勢變化下，宗璞決定不再寫作，直到文革結束，1978 年春才再寫下傷痕小說〈弦上的夢〉，其間擱筆 14 年。

　　1980 年代初，是大陸女性小說發展的黃金時期，除了有 1950年代成名的宗璞、茹志鵑等中年作家推出新作，也有許多不同世代的女作家嶄露頭角，例如生於 1930 年代的張潔、諶容，以及生於 1950年代的王安憶、鐵凝等。隨著人道主義思潮的興起，女作家在面對「人」的問題、書寫文革和傷痕之後，將目光轉向自身，創作出許多探討女性婚戀問題的作品，成為 1980 年代反思文學的特殊現象。1980 年 5 月，宗璞的中篇〈三生石〉[18]發表於《十月》1980 年 3 期，描寫文革時期三位知識分子在患難中建立的友誼與愛情。女主人公是曾發表愛情小說〈三生石〉而受批判的大學教師梅菩提，她因父親是「反動學術權威」被抄家，父親去世後，一人獨居，唯有隣居陶慧韻關懷扶持。當梅不幸罹患乳癌時，除了陶的悉心照顧，還有外科醫生方知的相知相惜，而方知與梅菩提間，正如「三生石」故事的輪迴因緣，因為方知曾在苦澀的青春歲月中，偶然讀到梅的〈三生石〉而鼓舞起人生希望，多年後，梅成為方的病人，兩人相遇相戀，其間雖幾經波折，最後有情人終成眷侶。

　　1979 年底，張潔發表小說〈愛，是不能忘記的〉，以婚姻第三者對一場短暫精神外遇的終生堅守，傳達婚姻中「愛，是不能忘記的」

---

[18] 宗璞，〈三生石〉，《宗璞文集（第二卷）》，頁 306-449。

主題，在大陸社會引起軒然大波。半年後，宗璞的〈心祭〉[19]同樣書寫第三者的心理，刊載於《新港》1980 年 11 月號，但面對理智和情感的抉擇，她提出更真實深刻的思考。〈心祭〉以李商隱〈錦瑟〉的「此情可待成追憶，只是當時已惘然」開場，直接道出女主人公黎倩兮回憶往日戀情的心情。故事場景由黎在辦公室得知程抗去世的消息開始，在黎走出辦公樓、經過胡同、回到家裡的幾個小時內，其間不時穿插她的意識流，追憶兩人從認識到交往的片段，全篇情節在黎的當下心境和過往回憶兩線交錯之下緩緩推進。作者藉由黎的回憶帶出程抗因與妻子志趣不同而對婚姻感到失望，一直有離婚的打算，但當他知道妻子被打成右派後，便打消離婚念頭，而黎也自我克制成全了程的道義，之後黎與徐先生結婚生子，她對過往雖不免遺憾，但更珍惜眼前擁有的生活。宗璞對此曾表示，愛情的追求應受理性的約束，要克制和守本分，並考慮會不會傷害別人，因為這是做人的道理。[20]

　　宗璞的婚戀題材小說，從〈紅豆〉、〈三生石〉到〈心祭〉，其中描寫的女性知識分子，不論是放棄愛情而不後悔的江玫、為革命友人犧牲奉獻的蕭素，或是委屈自己不願牽絆他人的梅菩提、克制自我成全情人的黎倩兮，都表現出女性對愛與美的執著與追求，以及對人生懷抱的理想與希望，而這些正是宗璞人生觀和處世態度的投射。身為女人，宗璞有感於女性長期在歷史長河中失去自我，甚至

---

[19] 宗璞，〈心祭〉，《宗璞文集（第二卷）》，頁 148-160。
[20] 同註 11，頁 462。

「為了獲得做為人的一切，女人似乎得先忘記自己是女人」，而隨著年歲的增長，她深切體認到女性在自我認同後，還需自我性別的認同：「人本該照自己本來面目過活，而怎樣獲得這本來面目，確是個大難題。找回你自己！認真地、自由地做一個人，也認真地、自由地做一個女人。」[21]

第二節　跨進人性愛情的禁區

　　1957 年 7 月，〈紅豆〉在《人民文學》隆重推出後，不僅使宗璞受到文壇肯定，也建立起她獨特的個人風格，雖然之後她還發表過多部重要作品並獲得獎項，但〈紅豆〉仍給讀者留下最初且最深的印象。1957 年冬，反右鬥爭擴大後，被視為「體現『雙百方針』」的佳作而刊出的〈紅豆〉，立刻成為批評的箭靶，先被姚文元歸入「修正主義的思想傾向」之列，質疑帶有政治罪名，後又在北京大學的文學作品座談會中，被《人民文學》主編檢討應要「肅清影響」。[22]之後接踵而來的嚴厲批評，迫使宗璞多次「自我檢查」，甚至轉變風格描寫農村集體化運動[23]，對於這些衝擊，宗璞總秉持著中國文人的溫

---

[21] 宗璞，〈找回你自己——《燕園拾痕》代自序〉，《宗璞文集（第一卷）》，頁 348-349。
[22] 同註 17。
[23] 1960 年代初，宗璞反映農村集體化運動的小說，有〈桃園女兒嫁窩谷〉（《北京文藝》1960 年 11 期）、〈不沉的湖〉（《人民文學》1962 年 7 期）、〈後門〉（《新港》1963 年 2 期）等，其中〈桃園女兒嫁窩谷〉曾受到周揚的大力讚賞。

柔敦厚，從未因個人遭遇撰文訴苦，最多只是淡淡帶過，對於 1960 年代初轉變風格的創作，她也僅表示「沒有什麼代表性，不過是一個過程而已。」[24]只有在〈紅豆〉收入《重放的鮮花》後數年，她撰寫〈有感於鮮花重放〉強調創作自由的可貴，間接表達出政治框限文學的悲哀無奈：

> ……若要讓花朵盛開，必須有真正的創作自由，若要有創作自由，我想可能需要一種政治上的大度……政治上的大度來自以平等態度待人，來自從內心裡承認人人平等，在真理面前人人平等，在藝術、學術面前人人平等，在國法黨紀面前人人平等。可憐這一簡單真理，我們討論了幾十年！[25]

反右時期對〈紅豆〉的批判，主要有二：一是敘事裂隙下江玫的抉擇和心態，仍受制於小資產階級的個人主義思維，如姚文元所稱：作者雖想刻畫在黨的教育下，終於使個人利益服從於革命利益，但是「事實上作者並未站在工人階級立場上來描寫小資產階級知識分子的心理狀態。一旦進入具體的藝術描寫，作者的感情就被小資產階級那種哀怨的、狹窄的訴不盡的個人主義感傷支配了」[26]；二是

24　同註 11，頁 459。
25　同註 9。
26　姚文元，〈文學上的修正主義思潮和創作傾向〉，《人民文學》1957 年 11 期，轉引自洪子誠，《中國當代文學史》，頁 128。

江玫和齊虹間愛情的描寫，不符合階級人性論，是鼓吹超越階級的愛情、宣揚資產階級的戀愛至上，理由不外「愛情被革命迫害」、「挖社會主義牆腳」、「在感情的細流裡不健康」[27]等。但當時〈紅豆〉之所以能獲得讀者青睞，便在於跳脫工農兵文學概念化、公式化的主題內容和寫作風格，而潛隱其後的關鍵因素，便是創作者異於主流的寫作動機。宗璞的成長背景使其並未從政治效應思考創作，而是透過文學表現對人的關注，這種聚焦於人生的視角，使她細膩地表現人性人情，贏得讀者的共鳴。

一、革命與愛情的抉擇

宗璞自發表〈紅豆〉開始，便以「宗璞」為筆名，也由此奠定其文壇地位，而這篇描寫青年在人生十字路口做抉擇的作品，在反右時期被政治解讀，強加罪名；當擺脫政治束縛、回歸文學本體後，不難看出該作實為左翼文學「革命＋愛情」主題傳統的延續，正如作者自述：

> ……我寫的其實是為了革命而捨棄愛情，通過女主角江玫的經歷，表現了一個小資產階級的知識分子怎樣在革命中成長。那個時代確實有很多這樣的愛情，我寫得比較真實。[28]

---

27 同註11，頁457。
28 同註11，頁457。

　　〈紅豆〉以倒敘方式描述中共女青年幹部江玫重返母校工作，搬進大學時的宿舍，因藏在牆內暗洞裡的兩顆紅豆，憶起 1948 年大陸政權轉換前夕，自己在革命和愛情間的抉擇。該作分為七節，首尾兩節為敘事當下，時間在 1956 年冬季，其中五節為故事主體，時間在 1948 到 1950 年間。1948 年，二十歲的江玫大學二年級，在練琴室外遇見男主人公齊虹，開始兩人日漸濃烈的戀愛歷程，其間江玫因為社會環境和家庭情況的變化，開始由備受保護的生活，走向校園、人群和社會，並在親情、愛情、友情等力量的牽引下，選擇自己未來的道路。

　　全篇由江玫的兩種人際關係帶出兩條故事主線，形成江玫人生道路的兩種方向──男友齊虹代表的愛情／小我、摯友蕭素代表的革命／大我。在情節的安排上，宗璞先著力於愛情主題的鋪寫，以「紅豆」作為串聯情節的意象物，表現江玫和齊虹從相遇、相戀、爭執到分離，並將原本潛隱其間的革命主題，透過蕭素、江母對齊虹的看法，以及參加群眾活動等情節，逐漸加溫凸顯，使革命與愛情、大我與小我間的衝突節節升高。最後在江玫心中的天平上，革命的比重一步步超越愛情，她縱有依戀不捨，但仍放棄與齊虹赴美的機會，堅定地對齊虹說出「我不後悔」。關於愛情主線的表現，稍後於「超越階級的愛情描寫」中詳述，在此先著重於宗璞對革命主線的情節設計，此即宗璞所說「通過女主角江玫的經歷，表現了一個小資產階級的知識分子怎樣在革命中成長」。

　　革命主線的情節推展，是以蕭素為主、江母為輔，逐步引導加溫，形成與愛情主線的衝突對照，最後完成於江玫的抉擇。引線最先隱伏於蕭素對齊虹的批評中：「……剛剛我為我們班上的齊虹真發火……老像在做夢似的那個齊虹，真是自私自利的人，什麼都不能讓他關心。」[29]而後在齊虹以文學和音樂打開江玫心扉的同時，江玫也在蕭素的帶領下，開始融入群體生活，參加「歌詠團」和「新詩社」。但在江玫被愛情充滿的心靈裡，她自覺有個難以填滿的「空隙」，而她母親對齊虹的質疑，認為他聰明漂亮，「但做為一個人，他似乎少些什麼」（頁 10），使她內心蒙上陰影。母親的疑問和蕭素的看法，都凸顯了這「空隙」的存在，尤其在江玫參加詩歌朗誦會表演艾青敘事詩〈火把〉後，激起她內心的感動，她感到與「大夥兒」有一樣的認識、希望和愛恨，但蕭素卻反問她：「你和齊虹有一樣的認識，一樣的期望麼？」（頁 11）蕭素一針見血地指出江玫和齊虹因不同背景產生的價值觀差異，使江玫心中的「空隙」更難彌縫。

　　此外，讓她領悟「大夥兒在一起」的意義，並進一步走向革命道路的原因，還包括與她切身相關的家庭因素，這使代表大我無私的蕭素形象和代表小我利己的齊虹形象，在她心裡形成鮮明對照。在江玫得知蕭素賣血救治江母後，兩人建立起死生不渝的友情，她在蕭素身上看到的「大我」意識，在她參加「反美扶日大遊行」時，也被高昂地激發；但在此同時，齊虹卻因找不到她而在宿舍大發雷

---

[29] 宗璞，〈紅豆〉，《宗璞文集（第二卷）》，頁 5-6。本章以下同此出處引文，直接於引文後加註頁碼。

霆,摔茶杯砸玻璃,引人側目。最後將江玫導向革命道路的決定性
因素,是她得知蕭素被捕和父親死於政治迫害,在國仇和家恨的雙
重衝擊下,蕭素的勇敢抵抗和齊虹的冷漠逃避,形成強烈對比,以
致齊虹對她最後挽留:「……走開的人永遠也不會再回來。你會後悔
的。」江玫卻堅定地回答:「我不後悔」。(頁 29)這句「我不後悔」
和她多年後憶往流下的不捨淚滴,思想傾向看似矛盾,以致遭到不
同的政治解讀,但跳脫意識形態的框架剖析人性,便可知這堅強下
隱藏的柔弱,理智壓制下的情感,正透露人物心理的立體性和複雜性。

二、超越階級的愛情描寫

　　宗璞的小說常將中國古典詩詞融入其中,增加意境美感,延伸
想像空間。〈紅豆〉的標題,即來自王維的五絕〈相思〉:「紅豆生南
國,春來發幾枝?願君多采擷,此物最相思。」而「紅豆」也是全
篇最具愛情象徵的意象物,除了帶有「此物最相思」的文化涵義之
外,更是篇中引發江玫回憶、貫穿兩人感情歷程的關鍵物,該作的
愛情主線即由「紅豆」串聯而出。引發江玫回憶的「紅豆」,藏在耶
穌像後的暗洞裡,裝在「一個小小的有象牙托子的黑絲絨盒子」中,
「血點兒似的兩粒紅豆,鑲在一個銀絲編成的指環上,沒有耀眼的
光芒,但是色澤十分勻淨而且鮮亮。」(頁 3)在紅豆/相思、指環
/婚約的意象聯想下,宗璞將故事帶入倒敘,並透過紅豆的變化表
現這段愛情的起承轉合。

　　江玫的「紅豆」原鑲在母親箱底找出的一個舊式髮夾上,「髮夾是黑白兩色發亮的小珠串成的,還托著兩粒紅豆」(頁4),江玫戴著它,初遇齊虹,而齊虹的目光也在此駐留,愛情由此開始,之後兩人春天同遊頤和園,齊虹對江玫剖白:「我看見了你,當時就下了決心,一定要永遠和你在一起,就像你頭上的那兩粒紅豆,永遠在一起,就像你那長長的雙眉和你那雙會笑的眼睛,永遠在一起。」(頁9)在遊園時,江玫想摸湖水,齊虹怕她落水,一把抱住她:「我救了你的命,知道麼?小姑娘,你是我的。」(頁9)這話猶如兩人愛情的印記,齊虹以強烈的占有表達深切的愛意,江玫在滿溢的幸福中流下淚來。

　　就在江玫察覺兩人間存有「空隙」後,齊虹也感受到來自蕭素的強大拉力,他為她編織的兩人童話世界似已挽留不住她,在唯恐失去江玫的不安下,他變得情緒不定,時而忿怒凶惡,時而溫柔渴求,就在他拉住江玫不准她去遊行時,「江玫的頭髮散亂,那紅豆髮夾落在地上,馬上就被齊虹那穿著兩色鑲皮鞋的腳踩碎了,滿地散著黑白兩色的小珠。江玫覺得自己整個的靈魂正像那個髮夾一樣給壓碎了。」(頁14)兩人間的衝突由隱而顯,預示著愛情的變化。看著哭泣的江玫,齊虹一邊道歉,一邊允諾:「我來做個盒了把這兩粒紅豆裝起來罷。做個紀念,以後絕不會再惹你。」(頁14)但在缺乏安全感而導致的不信任中,齊虹不時監視著他們的愛情和江玫,對於江玫而言,「他們的愛情正像鴉片烟一樣,使人不幸,而又斷絕不了。」(頁14)最後由於參加反美遊行、母親病重待醫、蕭素被捕入

獄、得知父死真相等因素，使江玫決定捨棄個人愛情，走向革命
道路。

除了上述以「紅豆」貫穿愛情主線之外，反右時期受到批評的
戀愛細節的描寫，也是全篇頗具特色之處。因為宗璞運用許多浪漫
唯美的意象書寫愛情，使這段跨不過階級藩籬的愛情，不僅讓女主
人公遺憾悵然，也使讀者同情喟嘆。例如宗璞用四季變換壓縮帶過
兩人交往的美好時光：

> 就這樣，他們開始了第一次的散步。就這樣，他們散步，
> 散步，看到迎春花染黃了柔軟的嫩枝，看到亭亭的荷葉
> 鋪滿了池塘。他們曾迷失在荷花清遠的微香裡，也曾迷
> 失在桂花濃釀的甜香裡，然後又是雪花飛舞的冬天。（頁 7）

宗璞也透過大量文學和音樂元素鋪寫兩人的互動，愛情便在這浪漫
的藝術氛圍裡滋長。例如齊虹和江玫的第一次交談，是因為江玫練
不好貝多芬的〈月光曲〉而放棄，於是齊虹指導示範，「……冰冷的
琴鍵在他的彈奏下發出了那樣柔軟熱情的聲音……齊虹神采飛揚，
目光清澈，彷彿現實這時才在他眼前打開似的。」（頁 6-7）在他們
散步的時光裡，他們無止境地談著貝多芬和蕭邦、蘇東坡和李商隱、
濟慈和勃朗寧；他們都喜歡蘇東坡的〈江城子〉，幻想著「十年生死
兩茫茫」，會在他倆身上留下什麼痕跡；他們也喜歡童話故事《潘彼
得》，他想要帶著她到神仙的「絕域」去春遊……。即使對這愛情抱

持悲觀態度，宗璞仍以花、雲、月等美的意象去描繪：「他們的愛情
就建築在這些並不存在的童話，終究要萎謝的花朵，要散的雲，會
缺的的月上面。」（頁 13）

　　在這優美雅致的文字中，作者訴諸的文學美感的表現，實高於
意識形態的宣揚，而讀者對於無法圓滿的愛情留下的感傷嘆息，也
遠多於對階級敵人的譴責撻伐。反右時期，在以階級鬥爭為綱的時
代中，宗璞因作品的藝術標準高於政治標準而受到批判；新時期後，
回歸文學本體，重新解讀〈紅豆〉，更確知宗璞作品的特色和價值正
在於此。

第三節　知識分子性格的形塑

　　宗璞的家庭背景和成長環境，使其對知識分子階層深入觀察、
細膩體會，成為描寫知識分子的能手。她的作品，不論寫實或虛構，
總以知識分子的生活處境和內心衝突為主要題材，而這類題材也自
然地影響她的語言風格。宗璞筆下的知識分子形象，不但多具有藝
術涵養、個性敏感熱誠，也帶有作者人生經驗的投射，正如程薔對
宗璞小說人物的分析：

　　宗璞最擅長寫這樣一種知識分子：對中外文化具有較高
　　的素養（往往除了專業以外，對藝術的某一門類有特殊

愛好），經歷比較坎坷（或遭遇不幸，或感情受挫），身
體有病、性格敏感而內向，對自己從事的事業非常熱愛，
頗有抱負。還往往是一個與作者年齡相仿的女子。[30]

這些人物特點，大多清楚呈現在宗璞小說的女主人公身上，不論是
〈紅豆〉的江玫、〈我是誰〉的韋彌，或是〈三生石〉的梅菩提、〈心
祭〉的黎倩兮，她們都具有學識教養，為人溫柔敦厚，處事理性自
持，堅持理想又努力不懈。宗璞寫她們的矛盾掙扎和成長過程，形
成溫婉細緻而又略帶感傷的文風。

　　〈紅豆〉的主要情節，由三位年輕知識分子交織而出——江玫、
齊虹、蕭素，三人形象性格各異，齊虹的個人浪漫色彩與蕭素的無
私大我情懷，形成強烈對比，江玫則在二者間游離抉擇，並透過三
人的互動關係，描繪其內心成長的過程。其中江玫參加詩歌朗誦會，
擔任艾青詩作〈火把〉中的唐尼，引發她內心的大我意識，為其性
格產生變化的重要關鍵，而〈火把〉[31]對於〈紅豆〉的人物表現，實
具有鏡像投影的潛文本作用，因為〈紅豆〉對〈火把〉的轉化指涉，
不但將作者對人物的隱喻潛藏其中，也擴大延伸讀者對小說人物的
詮釋。

---

[30] 程薔，〈她心頭火光熠熠，筆下清風習習——評宗璞的小說創作〉，收於人民
文學出版社編，《宗璞文學創作評論集》，頁 61。
[31] 艾青，〈火把〉，《艾青詩選》（北京：人民文學出版社，1984 年 2 月二版），
頁 138-180。

一、立體多樣的人物設計

　　〈紅豆〉運用第三人稱限知觀點敘事，以女主人公江玫作為視角人物，間接表現齊虹和蕭素的人物性格，也透過心理刻畫直接展現江玫的內心衝突。宗璞對於〈紅豆〉人物性格的設計，主要透過靜態和動態、內在和外在的描寫呈現，且針對人物的主從差異，給予不同的表現手法和篇幅比重。因此由〈紅豆〉人物的形象和性格，可明顯看出作者的創作動機，是文學考量大於政治考量，這正是該作異於工農兵文學主流所表現出的非主流文學特徵。因為以思想傾向而言，蕭素為正面人物的代表，齊虹為反面人物的代表，江玫是在引導下走向光明的中間人物，蕭素本應是作品表現的核心，然而宗璞描寫齊虹和江玫的篇幅，明顯超過蕭素，兩人性格的設計也較蕭素具衝突性；再以文學審美而言，表現愛情主線的齊虹和江玫，在情節推展下性格都有明顯變化，較為生動、立體感，但蕭素受限於革命者的形象，雖在情節關鍵處對江玫有引導啟發、解除危機等作用，但本身性格變化有限，較為扁平、概念化。

（一）飛出粉紅色夾竹桃的小鳥兒——江玫

　　天真善良的江玫，生長於小康之家，雖經歷父親去世和日寇入侵，但在寡母的盡力庇護之下平靜成長。宗璞以「粉紅色的夾竹桃」作為她安穩生活的比喻，如「母親從擺著夾竹桃的台階上走下來迎接她，生活就像那粉紅的夾竹桃一樣與世隔絕」（頁3），但在遭受愛情磨難、眼見母親病重、得知好友被捕、發現父死真相後，她的

平靜生活徹底粉碎,「借著閃電的慘白的光輝,看見窗外階上的夾竹桃被風刮到階下」(頁 26)。「小鳥兒」是蕭素給江玫取的綽號,帶有追尋人生方向的喻意,正如江玫寫下的詩句「飛翔,飛翔,飛向自由的地方」(頁 6);而小鳥兒飛出粉紅色夾竹桃的過程,便是她從不諳世事的大學生到成熟的革命工作者的成長經歷,也正是宗璞透過革命和愛情兩線鋪寫的江玫性格發展。

江玫是全篇的視角人物,因此宗璞運用許多內心描寫,直接呈現江玫在革命和愛情間的矛盾掙扎,使其性格表現較齊虹和蕭素更為深刻,其中導致江玫成長的因素有三:

一、齊虹帶來的愛情磨難:在與齊虹交往之後,江玫日漸感到兩人的思想差異,其實早在愛情的初始,「江玫隱約覺得,在某些方面,她和齊虹的看法永遠也不會一致。可是她並沒有去多想這個,她只喜歡和他在一起,遏止不住地願意和他在一起。」(頁 9)但逐漸地,除了自己的疑問之外,母親和蕭素的看法,使她愛情心靈裡的「空隙」更無法填滿,而無止境的爭吵和哭泣,讓愛情成為兩人的折磨,她陷入無法取捨的掙扎,「他不知怎麼就闖入了她的生命,她也永遠不會知道該如何把他趕出去。」(頁 20)直到蕭素被捕後,她才清楚意識到兩人間的鴻溝無法踰越,對齊虹說出「是我們自己的道路不一樣」(頁 22),最後在國仇和家恨的交錯下,勇敢地以「我不後悔」(頁 29)為兩人的愛情畫下句點。

二、蕭素引領的革命啟蒙:蕭素以漸進引導的方式,啟蒙了江玫的革命思想,鼓勵她加入歌詠團的《黃河大合唱》、在新詩社讀艾青和田間的詩,帶領她閱讀《方生未死之間》和《大眾哲學》書籍,

邀請她在詩歌朗誦會中擔任〈火把〉中的唐尼，也讓她參與壁報抄寫、遊行救護等工作。她從蕭素身上看到革命的力量：「她隱約覺得蕭素正在為一個偉大的事業做著工作，蕭素的生活是和千百萬人聯繫在一起的，非常熾熱，似乎連石頭也能溫暖。」（頁 12）她也由其中產生對共產黨的認同：「共產黨在她心裡，已經成為一盞導向幸福自由的燈，燈光雖還模糊，但畢竟是看得見的了。」（頁 15）

　　三、母親告知的父死悲劇：蕭素被捕後，江母告訴江玫父親死亡的真相：「要知道你的父親，十五年前，也是這樣不明不白地再沒有回來……只是那些人說他思想有毛病……他反正沒有殺人放火，可我們就這樣糊里糊塗地再也看不見他了。」（頁 24）父親的屈死和母親的眼淚，切身的家庭悲劇，讓她更清楚自己人生的選擇，「彷徨掙扎的痛苦離開了她，彷彿有一種大力量支持著她走向自己選擇的路。」（頁 24）

　　上世紀末以來，大陸評論者重新解讀〈紅豆〉的敘事，論及宗璞對江玫性格的刻畫，在革命和愛情間存有裂隙[32]，然而江玫在人生抉擇所表現的矛盾衝突，實為人性的真實表現，也是該作感動讀者之處。〈紅豆〉中，在 1956 年的敘事當下，江玫以愉悅心情重返校

---

[32] 這類評論觀點，可參見梁燕麗，〈《紅豆》的敘事方式——兼談當代文學 50-70 年代的敘事問題〉，《黎明大學學報》1997 年 1 期；張婧磊，〈政治意識與人性的悖論、融合——解讀《紅豆》〉，《東疆學刊》2002 年 2 期；蕭文，〈50 年代：直面個體話語的尷尬——《紅豆》個案解讀〉，《井岡山師範學院學報（哲學社會科學版）》2002 年 4 期；羅長青，〈《紅豆》——被革命／愛情雙重主題遮蔽的知識分子藝術訴求〉，《湖北師範學院學報（哲學社會科學版）》2008 年 2 期。

園,「她想起六年以前,自己走著這條路,離開學校,走上革命的工作崗位時的情景,她那薄薄的嘴唇邊,浮出一個微笑。」(頁 1)但當她看到房裡仍掛著的十字架,伸手想摸卻又縮回,「像怕觸到使人疼痛的傷口似的」(頁 2-3),看到牆洞裡的黑絲絨盒子時,「緋紅的臉色刷的一下變得慘白」(頁 3),她回憶著這段初戀,「手裡握著的紅豆已經被淚水滴濕了」(頁 30),最後當老趙叫喚她有許多朋友來訪時,「江玫剛流過淚的眼睛早已又充滿了笑意。她把紅豆和盒子放在一旁……」(頁 30)。這種快樂迎向革命生涯卻又感傷往日戀情的複雜心情,除了帶有「此情可待成追憶,只是當時已惘然」的無奈惆悵,也間接傳達當時抉擇的痛苦,這在成熟理性中隱含的傷感遺憾,描繪出成長的苦澀,是江玫人物性格的成功表現。

(二)清秀的象牙色的臉——齊虹

溫文爾雅的齊虹,是物理系四年級的學生,宗璞以「清秀的象牙色的臉」作為這位具有藝術家氣質的男主人公的形象特徵,他的出場掀動了江玫的心緒:

> 他身材修長,穿著灰綢長袍,罩著藍布長衫,半低著頭,眼睛看著自己前面三尺的地方,世界對於他,彷彿並不存在……江玫看見他有著一張清秀的象牙色的臉,輪廓分明,長長的眼睛,有一種迷惘的做夢的神氣。(頁 4)

在這段透過江玫視角呈現的人物摹寫中，宗璞將齊虹性格的三特點置於其中：

一、「清秀的象牙色的臉」，象徵齊虹富裕的家庭環境和平順的成長過程。齊虹的父親是資本家，所以「一提起齊虹的家，江玫眼前浮現出富麗堂皇的大廳，大銀行家在數著銀元，叮叮噹噹響……」（頁13），在這樣的成長環境中，齊虹沒有經歷過貧窮苦難，因此在時局最危急時，他仍能手持赴美機票，要求江玫一起遠走高飛。而「象牙」的意象，在此不但帶有精緻的貴族氣息，例如他在物資短缺時期不時送給江玫的各式禮物，以及他最後為那兩粒紅豆準備的「有象牙托子的黑絲絨盒子」等；「象牙」還隱喻齊虹活在「象牙塔」中自我封閉，不顧社會動盪和民間疾苦，正如臨別時他對江玫說：「我走的路是對的。我絕不能忍受看見我愛的人去過那種什麼『人民』的生活！」（頁29）由此正凸顯兩人因社會階層差異導致的心理鴻溝。

二、「世界對於他，彷彿並不存在」，意指齊虹個人主義、以自我為中心的價值觀。此性格特點，宗璞不但藉由其他人物來陳述，也運用對話由齊虹口中說出：前者如蕭素對他「自私自利」（頁5）、「靈魂深處是自私殘暴和野蠻」（頁20）的批評，以及江母對他的質疑：「做為一個人，他似乎少些什麼……」（頁10）；後者如齊虹對江玫談到「自由」的涵義：「人活著就是為了自由。自由，這兩個字實在好極了。自就是自己，自由就是什麼都由自己，自己愛做什麼就做什麼。」（頁8）以及他拒絕留在國內時，向江玫表示：「我們是特殊的人，難道要我丟了我的物理和音樂，我的生活方式，跟著什麼

群眾瞎跑一氣,扔開智慧,去找愚蠢!傻心眼的小姑娘,你還根本
不懂生活……」(頁25)齊虹的個人主義,也是「象牙塔」意象的延
伸,他的自我封閉,除了來自高傲的貴族心態,也來自對人類的憎
恨,對世界的不滿,而這些使他逃入夢幻的理想世界中。

三、「有一種迷惘的做夢的神氣」,指齊虹對科學和藝術等精神
世界的追求,這種追求是知識分子異於勞動階層的特質。齊虹厭惡
現實世界,醉心物理和音樂:「物理和音樂能把我帶到一個真正的世
界去,科學的、美的世界,不像咱們活著的這個世界,這樣空虛,
這樣紊亂,這樣醜惡!」(頁7)他說貝多芬偉大豐富,音符充滿詩
意,也說蕭邦的音樂是甜蜜的憂愁,這些觀點深深吸引江玫。宗璞
不但用這些藝術元素營造戀愛的浪漫氛圍,也由此塑造出齊虹的藝
術家氣質。

生活平順、活在象牙塔中的齊虹,因為愛情而嚐到痛苦的滋味,
他付出的情感無法留住心愛的江玫,他感到一股來自蕭素的莫大拉
力,最終使他失去所愛。在齊江兩人的愛情中,齊虹雖有大男人的
專橫跋扈,但宗璞也以不小的篇幅,描寫他對愛情的投入和專一,
而他的癡情讓讀者留下深刻印象。例如在頤和園中,「永遠在一起」
的深情誓言、借用莎士比亞詩句表白:「你甜蜜的愛,就是珍寶,我
不屑把處境和帝王對調。」(頁10)等等。此外,在日後的交往過程
中,齊虹悉心照顧江玫,例如江玫得知蕭素被捕而暈倒,齊虹連忙
趕往探視;齊虹隨身帶著江玫的照片,並樂於與家人談論她;齊虹
冒雨找江玫,「自己一點不覺得淋濕了,他只看見江玫滿臉淚痕,連

忙拿出手帕給她擦」(頁 25);赴美前夕,他仍苦苦守候江玫,在她
堅定拒絕後才放棄,他撕碎機票拋入雪花中,「他的臉因為痛苦而變
了形,他的眼睛紅腫,嘴唇出血,臉上充滿了煩躁和不安。」(頁 29)
這場戀愛讓凡事漠不關心的齊虹痛苦不堪,他對江玫的在乎可見
一斑。

　　導致齊虹性格變化的因素,主要來自愛情的挫敗,無法獨占江
玫的苦悶和逐漸失去江玫的焦慮,使他變得暴躁易怒,不通情理,「齊
虹臉上那種漠不關心的神氣消失了,換上的是提心吊膽的急躁和憂
愁」(頁 14)。雖然齊虹最終成為失敗者,但江玫憶往時流下的眼淚,
實道出對這段愛情的不捨,她選擇革命而不得不放棄愛情,並非完
全否定齊虹和這段戀情,因此讀者對於齊虹的處境和結局,反而會
產生幾許同情,以致淡化人物性格的「反面」傾向,而這也與宗璞
小說文學性大於政治性有關。

(三)白中透紅的胖胖的面孔——蕭素

　　坦率純樸的蕭素,是齊虹的同班同學,宗璞以「白中透紅的胖
胖的面孔」凸顯她健康正面的形象,她的人物特徵在出場時亦由江
玫視角呈現:

　　　　江玫很想看見她那白中透紅的胖胖的面孔,她總是給人
　　　　安慰、知識和力量。學物理的人總是聰明的,而且她已
　　　　經四年級了,江玫想。但是在蕭素身上,好像還不只是

　　學物理和上到大學四年級，她還有著更豐富的東西，江
　　玫還想不出是什麼。（頁 4-5）

江玫想不出的「更豐富的東西」，是蕭素革命工作者的身分，宗璞在
此預留伏筆，然後在江玫走向革命的道路中，漸進地鋪寫蕭素與革
命的關係。蕭素是江玫革命思想的啟蒙師，但她本身的性格變化並
不明顯，其人物作用是引領江玫，她不但開啟江玫對革命的認識，
也對江玫的愛情提出忠告。在革命方面，蕭素帶領江玫走向人群和
社會，從閱讀書籍到參與活動，讓她學習「更豐富的東西」。在愛情
方面，蕭素以她對齊虹的認識，提醒江玫愛情的危機，如「他有的
是瘋狂的占有的愛，事實上他愛的還是自己」（頁 11）、「千萬不要跟
著齊虹走，他真會毀了你的」（頁 20）。

　　宗璞在設計蕭素性格時，一出場便以她對齊虹「自私自利」的
批評，表現她與齊虹形象的對立。蕭素的樂觀勇敢、無私正直，迴
異於齊虹的個人主義、以自我為中心，因而深獲江母的喜愛，成為
江玫可以依靠的安定力量，讓困於混亂環境中的江玫，萌發革命的
意念和對共產黨的認同，之後蕭素賣血救治得貧血症的江母，則是
她無私為人情操的高度表現，使江玫視她為死生不渝的摯友。

　　蕭素的革命者形象，在一次次的群眾運動中被強化提升，例如
反美遊行開始前，「蕭素正在人叢裡，她分明是一夜沒有睡，胖胖的
面龐有些蒼白，但精神還是那樣好。她看見江玫和同學們跑來，臉
上閃過一個嘉許的微笑。」（頁 17-18）在局勢緊繃時，她察覺安全

受到威脅，於是交代江玫：「危險得很……我離開你以後，你還是要走我們的路……」（頁 20）為之後被捕留下伏筆。最後蕭素在學校考試中被逮捕，激起群眾的忿恨，江玫心中更是低吼著：「逮走一個蕭素，會讓更多的人都長成蕭素。」（頁 21）蕭素革命者的悲壯，在此達到最高點，帶給讀者強大的撼動力。唯宗璞稍後插入的蕭素後來境遇的補充說明，因無法與上下文平順銜接，而顯得突兀：「後來據蕭素說（蕭素在解放後出獄，在廣播電台做播音員，向全世界廣播北京的聲音）……」（頁 27）這段文字雖轉化了革命者的悲劇，給予光明遠景，也呼應了蕭素的樂觀積極性格，但卻削弱了人物形象帶給讀者的感染力，使之前一路鋪陳的革命者形象，無法得到有力的收結。

二、以艾青〈火把〉為潛文本

　　艾青的長篇敘事詩〈火把〉寫於 1940 年 5 月，當時對日抗戰已三年，艾青正在湖南鄉村師範任教，他以想像中的遊行情境營造氛圍，作為革命的象徵，表現女主人公唐尼在參加遊行活動後的內心成長，以此激勵人心、鼓舞鬥志。全詩分為十八節，以李茵和唐尼準備出發參加「火炬遊行」開場，藉由她倆的視線，呈現街上和會場上民眾的聚集、台上演說帶動起的群眾情緒，當大家舉著火把向前，宣傳卡車上的行動劇成為目光焦點，劇中汪精衛對日本軍官奴顏婢膝，最後被中國兵打倒在地，接著學生的播音掀起活動高潮，表現全詩主題：「各位親愛的同胞！我們抗戰已經三年！／敵人愈打愈弱　我們愈打愈強／只要大家能堅持抗戰！堅持團結！／反對妥

協　蕭清漢奸／動員民眾　武裝民眾／最後的勝利一定屬於我們！」[33]然後各地人潮蜂擁而至，人們舉著火把，大聲唱歌高喊口號，走遍城市角落而後散去。這時唐尼要去找克明，想問他對自己「愛與不愛？」，但卻在半路上看到克明正積極接受革命同志的指導：「目前——我們／激烈地批判——／殘留著的／小資產階級的／劣根性……／以及——妨礙工作的／戀愛……」（〈火把〉，頁 164），唐尼因而傷心落淚，手中的火把也熄滅滑落，但在李茵的勸導之下，她開始懺悔覺悟，最後帶著李茵給她的火把回家，將火把插在死於獄中的哥哥遺照前。

　　宗璞以〈火把〉作為〈紅豆〉的潛文本，並透過〈紅豆〉對〈火把〉的轉化和指涉，深化女主人公的性格，營造革命的氛圍，延伸讀者的想像空間。在〈紅豆〉中，宗璞透過主題和情節，將二者的人物形象加以聯結——唐尼與江玫、李茵與蕭素，例如唐尼從只在意外貌愛情的小我／個人生活，轉向關注國家民族的大我／革命事業，與〈紅豆〉的江玫放棄愛情走向革命相似；而李茵對唐尼的開導，又與蕭素對江玫的革命啟蒙相近。此外，宗璞也透過江玫扮演唐尼時的內心表述，直接呈現人物形象的投影：「她覺得自己就是舉著火把遊行的唐尼，感覺到了一種完全新的東西、陌生的東西。而蕭素正像是指導著唐尼的李茵。」（頁 11）除了人物形象的投影之外，「遊行」在兩篇作品中，都是觸發人物性格轉變的重要情境，不論

---

[33] 艾青，〈火把〉，《艾青詩選》，頁 156-157。本章以下同此出處引文，直接於引文後加註「〈火把〉」及頁碼。

是〈火把〉中的抗日遊行，或是〈紅豆〉中的反美遊行，都促使女
主人公由小我轉向大我，放下愛情走向革命。

（一）〈火把〉對〈紅豆〉人物形象的投影

在〈紅豆〉中，宗璞有意識地選取〈火把〉作為一種表意符碼，
透過二者人物形象的聯結，隱喻〈紅豆〉的故事情節和人物遭遇，
也由於兩篇作品情境的交錯重疊，形成更強的文學張力。在人物關
係的安排上，〈火把〉的唐尼、李茵和克明，與〈紅豆〉的江玫、蕭
素和齊虹可完全對應，唯〈火把〉的克明的形象設計和表現篇幅都
不及〈紅豆〉的齊虹。在〈火把〉中，克明並非主要人物，沒有明
顯的個人性格，其作用是表現唐尼的愛情挫折，形成其性格的衝突，
因此有關克明的情節，僅有由唐尼陳述的兩人相識經過：「前年九月
底　我和母親／從漢口出來　在難民船上／認識了克明　他很殷
勤」（〈火把〉，頁 171），以及透過唐尼視角呈現的克明認真聆聽革命
同志對他的開導，而這一幕如同鐵拳，重擊想向克明確認愛情的唐
尼，於是她的火把最先熄滅，從無力的手中滑下，暗示愛情的挫敗
澆熄了革命鬥志。

雖然〈火把〉以唐尼的性格轉變為主題，但艾青描寫唐尼和李
茵的篇幅相當；〈紅豆〉則以較多的情節安排，將江玫凸出為故事核
心，明顯可見江玫和蕭素間地位的主從。在〈紅豆〉中，除了上述
江玫因扮演唐尼而感到「自己就是舉著火把遊行的唐尼」之外，在
江玫身上還可見到許多唐尼的人物投影。例如兩人年齡相仿，都在

安逸生活中由慈愛的寡母照顧長大,所以唐尼在遊行出發前,不時在意自己的髮型服飾妝扮,卻無法認識到遊行的真諦;江玫與世隔絕的生活則猶如「粉紅色的夾竹桃」。又如兩人都歷經親人因政治迫害致死的悲劇,唐尼的哥哥因革命信仰離家後被捕,五年前死於牢獄中;江玫的父親因思想因素,十五年前被捕身亡。又如兩人都在愛情受挫後,因親情苦難而放下小我,唐尼聽到克明和革命同志的對話傷心不已,後想起哥哥的遭遇而懺悔堅強;江玫因與齊虹愛情間的「空隙」痛苦掙扎,在知道父死真相後得到向前的力量。

這兩篇作品中,李茵對唐尼、蕭素對江玫,都具有革命思想啟蒙的意義,兩人都先以書籍引導對方走出狹隘的生活圈,李茵帶給唐尼《靜靜的頓河》、《大眾哲學》、《論新階段》,蕭素帶給江玫《方生未死之間》、《大眾哲學》;而後兩人再以實際活動帶領對方走入群體生活,李茵邀唐尼參加抗日遊行,蕭素帶江玫參加社團活動和反美遊行等。但以李茵與蕭素相較,李茵的人物形象則較為鮮明,因為艾青藉由「勸一」和「勸二」兩節,由李茵陳述自己人生經驗勸導唐尼,李茵曾愛戀一軍官,但被拋棄後痛苦不堪,她以閱讀改變自己的思想,而後參加革命工作,找到志同道合的革命伙伴,重新體認生命的積極意義:「生命應該是永遠發出力量的機器/應該是一個從不停止前進的輪子/人生應該是/一種把自己貢獻給群體的努力/一種個人與全體取得調協的努力」(〈火把〉,頁 168)。在〈火把〉中,李茵的性格因其人生遭遇的陳述而更加深刻,她以「過來人」的身分,帶領唐尼走向革命道路,使其啟蒙師的形象更具說服力。

(二)「遊行」在〈火把〉和〈紅豆〉中的表現

在〈火把〉和〈紅豆〉中,遊行活動的情境都是女主人公體認革命的關鍵。在〈火把〉中,艾青以火炬遊行作為全詩的主要場景,以一半的篇幅描寫整場遊行的進行,從街上、會場上民眾的聚集,台上慷慨激昂的演說,接著火把傳遞到每人手中,遊行隊伍舉著火把照亮夜空,宣傳卡車上的行動劇帶起活動高潮,最後來自四面八方的人潮,將隊伍帶向城市各處,直到隊伍散去,人們仍在激動呼唱。就在這樣強烈的震撼下,唐尼看到李茵情緒激昂:「李茵　剛才火把照著你狂叫著的嘴/我真害怕　好像這世界馬上要爆開似的/好像一切都將摧毀　連摧毀者自己也摧毀」(〈火把〉,頁160)。而唐尼自己也感受到一種「奇蹟」:「當我看見那火把的洪流擺盪的時候/的確曾想起了一種東西/看見了一種東西/一種完全新的東西/我所陌生的東西……」(〈火把〉,頁160)。在艾青摹寫的遊行氛圍裡,不僅李茵熱血沸騰、唐尼感受到奇蹟,就連讀者也因激勵人心的詩句帶起昂揚鬥志,而也正是這種心靈的震撼,使〈紅豆〉中的江玫領悟出「大夥兒在一起」的真義。

在〈紅豆〉中,宗璞運用三次群眾活動,表現江玫性格的變化,從中清楚可見其內心革命比重逐漸高於愛情,將其導向最後的抉擇。第一次是在詩歌朗誦會中,由江玫擔任唐尼,朗誦艾青的〈火把〉,她覺得自己就是舉著火把的唐尼,「她聽到自己清越的聲音飄在黑壓壓的人群上,又落在他們心裡……她愈念愈激動,臉上泛著紅暈。她覺得自己在和上千的人共同呼吸,自己的情感和上千的人

一同起落……那雄壯的齊誦好像是一種無窮的力量,推著她,使她
想要奔跑,奔跑,──」(頁 11),這是她初次感受到群體的震撼,
體會到「大夥兒在一起」的意義,就是大家有一樣的認識、希望和
愛恨。第二次是在反美扶日遊行中,她參加救護隊工作,心情興奮
激動,當她婉拒同學幫她拿救護包時,她說:「一個兵士的槍,能讓
人家代他背著嗎?」(頁 18)並堅定表示她永遠都要做一個兵;當遊
行隊伍行經天安門廣場時,她心裡升起憐憫又慚愧的情緒,覺得天
安門的紅牆也在盼望著:「新的社會快點來,讓中華民族站起來,讓
天安門也站起來!」(頁 19)這是江玫第一次實際參與遊行活動,雖
只擔任後勤工作,但她感到人民團結的力量,以及對國家民族的責
任。第三次是在抗議「七五事件」的遊行中,江玫不再只是後勤的
救護隊,她打著請願標語走在隊伍前列,帶頭喊著口號:「為死者伸
冤,為生者請命」,她聯想到父親、母親、蕭素和自己的遭遇,「她
渴望著把青春貢獻給為了整個人類解放的事業,她渴望著生活來一
次翻天覆地的變動。」(頁 27)這次遊行使她從積極的行動參與中,
更加堅定地走向革命,也註定了她與齊虹無可挽回的分別。

　　「遊行」情境在〈火把〉和〈紅豆〉中的不同表現,與作品體裁
的特性有關──詩歌直接導引情緒,小說間接描寫人生。因此艾青〈火
把〉藉由遊行情境的描摹和激昂言語的呼喊,鼓舞讀者抗日的鬥志。
宗璞〈紅豆〉則以遊行做為導引人物性格變化的環境氛圍,在三次群
眾活動中,江玫對革命的追求,由隱而顯,從內心的震撼到積極的參
與,在逐步鋪陳之下,江玫性格的變化顯得平順自然且具說服力。

第四節 小結

　　1949 年後，在毛澤東「政治標準第一，藝術標準第二」的原則下，大陸文學的發展明顯向政治力傾斜，呈現文學主張和創作風格的高度一致性，以致無可避免地走向概念化和公式化。1956 年，「雙百」方針的提出，使緊繃的文學氣氛稍有鬆動，於是出現偏離社會主義現實主義的非主流文學現象，創作者以懷疑批判的精神，提出觀念書寫作品，其藝術特徵，正如洪子誠所說，多為「對於闡釋既定觀念的文學寫作方向的懷疑，對於保護和重建質疑和批判現實的『啟蒙意識』，和在解釋、想像世界上的人道主義」[34]。當時的文學成果，除了前已述及的表現「干預生活」和凸顯「感情生活」的小說之外，還有探討現實主義和人道主義的文論[35]，這些觀點原本可為當時文學僵化現象尋得解套方法，然而「百花文學」為時甚短，猶如曇花一現，雖顯現中共十七年文學的最高成就，卻無力改變當時主流文學的困境。

　　宗璞因其特殊的成長背景和人格氣質，形成溫婉細膩又略帶感傷的文風，而〈紅豆〉正為其奠定風格的代表作。〈紅豆〉在「雙百」方針的引導下，不但跨進人性與愛情的創作禁區，書寫革命與愛情

---

[34] 洪子誠，《中國當代文學史》，頁 123。

[35] 這些文論包括：何直，〈現實主義——廣闊的道路〉，《人民文學》1956 年 9 期；周勃，〈論現實主義及其在社會主義時代的發展〉，《長江文藝》1956 年 12 期；巴人，〈論人情〉，《新港》1957 年 1 期；王淑明，〈論人情與人性〉，《新港》1957 年 7 期；錢谷融，〈論「文學是人學」〉，《文藝月報》1957 年 5 期等。

的抉擇，描繪超越階級的戀愛情節，也迥異於當時描寫工農兵的文學主流，以知識分子的性格命運為題材。宗璞對於〈紅豆〉人物的形塑，不論是透過靜態和動態的描寫，設計外貌形象、刻畫內在性格，或是運用潛文本的鏡像投影效果，深化人物心理、延伸想像空間，都達到使人物各有個性、反映多樣人生的效果。在宗璞小說營造的時代氛圍和描寫的人物命運中，讀者的情緒隨著人物的喜怒哀樂起伏變化，這種共鳴不僅來自宗璞作品展現的人道主義精神，也來自她堅持的「誠」和「雅」創作主張，而這正是使〈紅豆〉超脫當時主流文學概念化、公式化弊病的原因。

第二章　農村新人的塑造
——李準與〈李雙雙小傳〉

　　中共十七年文學中的現實主義小說潮流，除了第一章所述，在政治情勢轉折下短暫出現的「百花文學」之外，主要是延續延安時期以來的工農兵文學風格。1957 年反右鬥爭前，以社會主義現實主義為創作主流，依循延安文學的創作方向，透過「宣傳的內容」，即以中共政策為主題，工農民為主角，以及「通俗的形式」，即運用農村口語方言，融入傳統民間曲藝，進而達到教育群眾與吸引群眾的目的。[1]反右鬥爭後，大陸文學的發展隨著政治運動的激化，更快速地向政治功利性傾斜，「為工農兵服務」的創作方向，因為毛澤東「兩結合」方法的提出，而走向「為政治服務」，使文革前的大陸文學只能圖解政策，成為「為政治發聲」的工具。

　　1958 年 3 月 8 日，中國作家協會書記處討論〈文學工作大躍進32 條〉，主要內容有二：一是深入基層生活，到工農兵中去；二是制訂「躍進規劃」，與各戰線一起大躍進。[2]同年 5 月，中共第八屆全國

---

[1]　參見宋如珊，《從傷痕文學到尋根文學——文革後十年的大陸文學流派》(台北：秀威資訊科技公司，2006 年 10 月三版)，頁 27。

[2]　參見何季民，〈中國作家在 1958——50 年前《作家通訊》上 303 位作家的「創作規劃」〉(《中華讀書報》，2008 年 7 月 30 日)，中華讀書報網(http://www.gmw.cn/01ds/2008-07/30/content_812619.htm)。上網日期：2008

代表大會第二次會議在北京召開，會中通過毛澤東提議的總路線
——「鼓足幹勁，力爭上游，多快好省地建設社會主義」，並與大躍
進、人民公社，合為當時的「三面紅旗」。對於文藝創作，在躍進規
劃之外，毛澤東還在會中提出「兩結合」的創作方法，即「無產階
級文學藝術應採用革命現實主義與革命浪漫主義相結合的創作方
法」。9 月起，各地報刊便紛紛發表文章，展開對「兩結合」的討論；
9 月 30 日，《人民日報》發表社論〈爭取文學藝術的更大躍進〉[3]，
強調作家藝術家要在創作中把革命現實主義與革命浪漫主義很好地
結合。11 月，《文藝報》整理出各報刊相關議題的討論綜述[4]，內容
包括提出「兩結合」的現實根據和對於「兩結合」的認識等。於是
毛澤東的「兩結合」創作方法，在文化界的積極討論後，逐步落實
於文學創作中。

　　本章以大躍進時期文學風格作為文革前社會主義現實主義文學
的典型，並以李準（1928-2000，原名李准）的代表作〈李雙雙小傳〉
作為探討大躍進時期文學的切入點，藉由李準 1960 年發表於《人民
文學》的版本與 1959 年小說初稿的對照，分析大躍進題材的表現和
新農民形象的刻畫，並由此檢視「兩結合」創作方法對文學創作的
影響，探討中共十七年文學受到的政治制約。

年 8 月 21 日。

[3]　〈爭取文學藝術的更大躍進〉，《人民日報》，1958 年 9 月 30 日，收於丁景唐
　　主編，《中國新文學大系 1949-1976（第十九集・史料・索引卷一）》（上海：
　　上海文藝出版社，1997 年 11 月），頁 461-465。

[4]　〈各報刊關於革命的現實主義和革命的浪漫主義相結合問題的討論（綜
　　述）〉，《文藝報》21 期，1958 年 11 月，收於丁景唐主編，《中國新文學大系
　　1949-1976（第十九集・史料・索引卷一）》，頁 446-461。

第一節　李準圖解政策的農村小說

1962 年 8 月，邵荃麟在大連的「農村題材短篇小說創作座談會」
表示：

> 在我們這些年來的作品中，以農村的生活為題材的作品
> 數量最大。作品成就較大的也都是農村題材……短篇也
> 是這樣……五億多農民，作家大部分從農村中來，生活
> 經驗比較豐富。另方面，農民問題在中國革命中間特別
> 重要。毛主席說民主革命主要是農民問題，農民百分之
> 八十團結起來革命就能成功……要把人口最多的農民的
> 思想覺悟提高一步，這是社會主義建設重要的一個環
> 節。這個客觀現實一定要反映到作品中來。所以農村題
> 材寫得多是自然的。[5]

由此可知，1949 年後大陸農村題材小說快速成長，這不僅是五四以
來文學傳統的延續，也是政治對文學的號召。文革前大陸農村小說
的發展方向，主要來自中共對 1940 年代農村小說的檢討，認為「國
統區」的創作，無法深入農村生活，從現實鬥爭中表現農民，於是
以延安文學的創作方向為基礎，更進一步地強調對現實鬥爭的表現

---

[5] 邵荃麟，〈在大連「農村題材短篇小說創作座談會」上的講話〉，收於馮牧主
　編，《中國新文學大系 1949-1976（第一集‧文學理論卷一）》（上海：上海文
　藝出版社，1997 年 11 月），頁 514。

和立足於人民大眾的視角。在取材範圍和作家視角的限制之下,中共建政後十七年的農村小說,基本上延續趙樹理、丁玲、周立波等表現北方農村或陝甘寧邊區的作品風格,由農民視角出發,並將農村裡的政治運動和社會事件,例如兩條道路鬥爭、農業合作化、大躍進、人民公社等,作為創作主題和情節背景。[6]簡言之,文革前的大陸農村小說,在毛澤東「政治標準第一,藝術標準第二」的原則之下,不論創作風格或評論角度,都對政治和政策有極強的依附性,「兩結合」創作方法的提出,便是對文藝創作具體直接的框限。

一、〈不能走那條路〉反映兩條道路鬥爭

1949 年後,以農村生活為創作題材的小說家,除了延安時期以來趙樹理為首的「山藥蛋派」作家,如馬烽、西戎、李束為等,還有周立波、柳青、沙汀、李準等多人,其中李準是中共建政後培養出的作家,虔誠信奉毛澤東文藝理論,他 1950、1960 年代的中短篇,主要取材自農村的政策和運動,貼近中共農村改革的過程,馮牧稱其「相當生動地完整地和準確地反映了我們廣大農村中幾年來所經歷的無比激烈而深刻的社會主義改造和社會主義革命運動的基本進程」[7]。李準的小說,從 1950 年代的成名作〈不能走那條路〉,到 1960

---

6 參見洪子誠,《中國當代文學史》(北京:北京大學出版社,1999 年 8 月),頁 82-84。

7 馮牧,〈在生活的激流中前進——談李準的短篇小說〉,《文藝報》1960 年 3 期,收於卜仲康編,《中國當代文學研究資料‧李準專集》(南京:江蘇人民

年代的代表作〈李雙雙小傳〉，再到文革後獲得「茅盾文學獎」的長
篇《黃河東流去》，呈現其長達三十多年的創作路跡，他在不同時期
的農村社會背景下，刻畫出許多鮮明的農民形象，被評論者譽為「繼
趙樹理之後，以短篇小說形式描繪農村生活、刻畫農民心理的一位
能手」[8]。整體而言，李準文革前的小說創作，呈現中共十七年文學
以文學闡釋農村政策和政治路線的典型風格，反映出當時社會的主
流文化意識，正如他對自己十七年時期小說創作的說明：

> 從土地改革後，農民要走什麼道路，到一九六四年前後，
> 鞏固發展人民公社，這十多年間，是充滿著革命嚴峻鬥
> 爭和生活蓬勃發展的過程……由於這十幾年是處於社會
> 主義改造的時期，很多故事中，是反映他們怎樣把「舊
> 中國」的「舊」字，換成「新中國」的「新」字。大部
> 分作品是帶有點喜劇色彩，也就是農民在新的生活鬥爭
> 中的樂觀情緒和幽默感。[9]

　　1953 年 11 月，李準的第一部小說〈不能走那條路〉[10]發表於《河
南日報》，之後三個月內，有四十多家報刊陸續轉載；1954 年 1 月

出版社，1982 年 3 月），頁 191。

8　謝永旺，〈序言〉，《李準新論》（北京：北京十月文藝出版社，1988 年），頁
　1，轉引自萬國慶，〈一道曲折的「轍印」──從李準的創作之路看新中國文
　學坎坷前行的軌跡（一）〉，《喀什師範學院學報》1997 年 2 期，頁 71。

9　李準，〈《李雙雙小傳》後記〉，《李雙雙小傳》（北京：人民文學出版社，1977
　年 12 月），收於卜仲康編，《中國當代文學研究資料‧李準專集》，頁 83。

10　李準，〈不能走那條路〉，收於王蒙主編，《中國新文學大系 1949-1976（第七

26 日，《人民日報》轉載時，特別給予肯定，還頗為罕見地加上「編者按」：「這篇小說，真實、生動地描寫了幾個不同的農民形象，表現了農村中社會主義思想對農民自發傾向進行鬥爭的勝利。這是近年來表現農村生活的比較好的短篇小說之一。」[11]

「不能走那條路」指的是不能走回資本主義的老路，李準透過老農民宋老定與共產黨員兒子東山之間的衝突，表現農村中的兩條道路鬥爭。當時的社會情勢是，中共過渡時期的總路線已提出，農業合作化成為農村社會主義改造的首要任務，但農民對此出現正反兩極的態度，例如宋老定想用近來的積蓄，買下因投機轉賣牲口而負債的張拴的良田，但宋東山卻積極協調信貸社和村民借錢借糧，幫助張拴度過難關，最後宋老定雖氣憤兒子不懂他的心思，但回想自己以前沒田沒地的長工歲月，又想到張拴已逝的父親，最後他改變心意，主動借三十萬元給張拴，化解張拴的賣地危機。

李準曾多次提到創作這篇小說的動機，是起於下鄉時聽到稅務幹部說：「土地交易稅是經常超額完成任務」，之後又看到鄧子恢發表的〈農村工作的基本任務與方針政策〉，文中提及要防止農民兩極分化應引導農民互助，這使他思考到農村賣地問題的嚴重性，於是「準備從這個問題中寫出工人階級思想和農民的自發趨勢的鬥爭，也就是社會主義道路和資本主義道路的鬥爭。」[12]這篇作品在當時獲

集・短篇小說卷一》》（上海：上海文藝出版社，1997 年 11 月），頁 135-146。
[11] 《人民日報》的「編者按」，轉引自吳秀明主編，《中國當代文學史寫真（上）》（杭州：浙江大學出版社，2002 年 6 月），頁 204-205。
[12] 李準，〈我怎樣寫《不能走那條路》〉，《長江文藝》1954 年 2 月號，收於卜仲

得高度重視，主要是順應了當時政治的需要，被視為「為政治服務」的典型。這篇較早出現且直接反映農村兩條道路鬥爭的小說，雖使李準在大陸文壇嶄露頭角，進入大陸當代文學的主流語境，但也因此限制了他的寫作風格，使其難以跳脫以小說圖解政策觀念的創作模式。

二、〈李雙雙小傳〉描繪共產社會圖景

　　1956 年，毛澤東提出「雙百」方針後，大陸文學界曾短暫出現活絡現象，產生一些挑戰禁區的創作和論點。李準在此新形勢之下，也突破之前表現農村合作化歷程的問題小說風格，試著揭示生活的黑暗與人物的內心，創作出〈灰色的帆篷〉和〈信〉等「干預生活」的小說。但不久之後，1957 年反右鬥爭的政治風暴，使李準的這些作品受到嚴厲的批判，做了多次自我檢討，這一挫折壓制了他對現實主義深化的探索，使他重新回到表現政策議題的創作。

　　1958 年初，李準第二次下鄉落戶，在登封縣農村中，他捕捉到時代變化下中國婦女的新形象；1960 年初，他又到鄭州郊區祭城公社落戶，在此更具體地掌握農村婦女的典型，豐富了他筆下的女性人物。李準的〈李雙雙小傳〉[13]發表於《人民文學》1960 年 3 期，全篇描寫 1958 年春到 1959 年春之間，在三面紅旗的政策下，李雙

康編，《中國當代文學研究資料・李準專集》，頁 75。
[13] 李準，〈李雙雙小傳〉，收於王蒙主編，《中國新文學大系 1949-1976（第七集・短篇小說卷一）》，頁 147-173。

雙跟隨著大躍進的步伐，積極進取，先貼大字報建議開辦公共食堂，後又投身食堂的管理與改造。於是在人民公社成立後，她逐漸由丈夫喜旺口中的「俺做飯的」，公社豬場養豬員，躍升為食堂炊事組長，並被吸收入黨，成為公社知名人物，名字也被響亮地登上縣報和省報。這篇作品除了表現農村兩條道路的鬥爭，描寫代表社會主義路線的李雙雙與代表資本主義路線的孫有、金樵的對抗，也在大躍進的題材下，凸顯民眾對農村公社化的支持，對生產建設的熱情參與，以及公共食堂呈現的共產社會美景。

李準的創作觀深受毛澤東文藝理論的影響，堅持創作須先解決立場問題，題材要從生活出發，並由真實人物提煉典型，因此從毛澤東〈在延安文藝座談會上的講話〉提倡的工農兵文學，到革命現實主義與革命浪漫主義相結合的創作方法，都成為他由衷服膺的創作信念。他曾四度到農村落戶，與農民同吃同住同勞動，時間長達十餘年，而他本人的裝束和性格就如同豫西農民般樸實直爽，即使歷經文革苦難和曲折的創作道路，他仍堅信創作應把握四大基本原則：

> 一、熱愛勞動人民。二、堅持革命現實主義和革命浪漫主義相結合的創作原則。堅持用勞動人民生活語言進行創作。努力反映革命的新生事物，為社會主義革命服務。三、學習毛主席的文藝方針，來進行創作。堅持從生活出發，從生活提煉。四、不斷地改造自己的思想、情感，改造自己的世界觀。[14]

---

[14] 同註9，頁82。

〈李雙雙小傳〉正是李準創作信念的具體反映，以服務社會主義革命為前提，透過兩結合的方法，從生活提煉革命時期的新生事物，塑造正面積極的勞動英雄，並藉此改造自己、教育群眾。

　　大陸文學界對於〈李雙雙小傳〉的評價，因文革前後政治環境的變化，而有所不同。在 1960 年代初，該作發表之初，馮牧和茅盾的評論最具代表性，兩人雖指出該作有後半部略顯鬆散、次要人物表現不足等缺點，但都非常讚賞李準對主要人物的塑造和主題背景的表現。馮牧稱該作是對「社會主義新人的一首昂揚響亮、優美動聽的讚歌」，是對「閃發著共產主義光芒的嶄新的精神面貌和思想性格的一幅深刻生動、維妙維肖的人物畫像」，尤其作者在刻畫人物過程中，「時時流露著一種對社會主義革命運動和勞動生活的力透紙背的政治熱情」[15]；茅盾也表示該作通過李雙雙和喜旺夫婦關係的變化描寫大躍進的一角，歌頌三面紅旗，亦即「在三面紅旗的背景前，以個別反映整體的原則，表現了公社運動前後人與人關係的變化——自然也包括人的變化」[16]。

　　文革結束後，大陸社會對文革和反右鬥爭的批判，直接影響評論者的思考角度，於是在新的政治情勢下，興起對十七年文學的重新評價。1979 年初，郭志剛對新版《李雙雙小傳》的評論，已明顯

---

[15] 馮牧，〈新的性格在蓬勃成長——談《李雙雙小傳》〉，《文藝報》1960 年 10 期，收於卜仲康編，《中國當代文學研究資料・李準專集》，頁 292、295。

[16] 茅盾，〈評《李雙雙小傳》——一九六〇年短篇小說漫評（摘錄）〉，《一九六〇年短篇小說漫評》（北京：中國青年出版社，1961 年），收於卜仲康編，《中國當代文學研究資料・李準專集》，頁 289。

略過主題背景的時代意義,將重點放在人物的刻畫與讀者的共鳴:
「作者的可貴之處,就在於他以藝術家的敏感和明快的筆觸,把李
雙雙從生活中和群眾中呼喚出來,在一定程度上回答了時代和群眾
的要求。」[17]1997 年中,萬國慶對李準創作道路的評論,雖同樣肯
定李雙雙形象的成功,表示「這人物帶有了活生生的生活質感,成
為當代文學史上一個經得起時間檢驗的藝術典型」,但對小說中大躍
進的主題,甚至李準的創作動機,都提出強烈批判:「(李準)面對
農村左傾思潮的產物──『集體食堂』,感受卻是這樣的遲頓,甚至
虔誠地相信它是解放農村生產力的必要途徑,不能不引起我們的深
思。從中可以看出,一個時代的思想觀念,對一個虔誠的相信它的
作家,制約力是何等的強大。」[18]

不同政治時期對〈李雙雙小傳〉的評價,不但呈現出大陸文學
思潮的變化,也間接透露政治環境對文學創作和批評的影響。對於
這類社會主義現實主義小說的評論,在頌揚和批判之間,不但需要
以歷久不衰的藝術標準去檢視作品的文學價值,還需藉由作品的主
題內涵透視社會意義,才能對文學自身及其與時代的關係有更深刻
的認識,給予公允的定位。

---

[17] 郭志剛,〈讀李準的小說集《李雙雙小傳》〉,《文學評論叢刊(第二輯)》(北京:中國社會科學出版社,1979 年 2 月),收於卜仲康編,《中國當代文學研究資料・李準專集》,頁 223。
[18] 萬國慶,〈一道曲折的「轍印」──從李準的創作之路看新中國文學坎坷前行的軌跡(一)〉,頁 76。

第二節　大躍進題材的表現

〈李雙雙小傳〉創作於中共政治情勢多變的 1950、1960 年代，政治路線的左右、文藝政策的收放，都深刻影響作家選材和創作的過程。對於文革前的大陸作家而言，如何拿捏尺度，跟上時代腳步，讓作品得以發聲，甚至獲得肯定，其間過程曲折複雜，透露出政治對文學創作的制約。以〈李雙雙小傳〉為例，筆者所見版本至少有三種：

一、收於李準小說集《不能走那條路》（人民文學出版社，1978年 11 月），作者文末註記「1959 年 3 月」。應為作品完成時的初稿。

二、收於王蒙主編《中國新文學大系 1949-1976（第七集・短篇小說卷一）》（上海文藝出版社，1997 年 11 月），作者文末註記「1960年 2 月 7 日深夜，鄭州」，編者註記「原載《人民文學》1960 年第 3期」。為首次正式對外發表的版本，最能代表大躍進時期主流文學的風格，本章亦以此版本作為主要研究對象。

三、收於謝冕、錢理群主編《百年中國文學經典（第六卷・1958-1978）》（北京大學出版社，1996 年 12 月），編者文末註記「選自《人民文學》1960 年第 3 期」。但經比對後，發現並非只是《人民文學》版的刪選，部分內容亦以 1959 年初稿修補。

以下將以 1959 年初稿與《人民文學》版進行對校，透過李準增補修改的情節內容，探討大躍進文風對李準創作的影響，及其對「兩結合」創作手法的運用。

一、「政治掛帥」的創作前提

在〈李雙雙小傳〉中，雙雙因丈夫喜旺擔任食堂炊事員卻無法站穩公正立場而憤怒傷心，作者透過老支書向雙雙表示：「現在不管幹什麼活，非得政治掛帥不行」，並進一步解釋「政治掛帥」的涵義：

> 政治掛帥就是要聽黨的話。不管幹什麼活，都要想到這是革命工作，<u>都是為咱們大躍進幹，為咱人民公社大發展大興騰幹</u>，也是為咱們群眾能早日過幸福日子幹。思想能通到這個線上，就避邪了！就不會推推動動，也不會上那些<u>富裕中農和壞蛋們</u>的當了。[19]（註：底線為筆者所加）

這段文字加底線部分原作「都是為咱們集體幹，為咱們人民公社大辦農業大辦糧食幹……有落後思想人」[20]，由此對照清楚呈現大躍進時期的主流意識，修改部分則可看出作者將政策指示和批判對象直接置入作品，用以表明全篇的主題──要在政治掛帥的前提下，推動生產陣線的「大躍進」，並以公共食堂的興設，反映大辦人民公社的熱潮。

---

[19] 同註 13，頁 164。本章以下同此出處引文，直接於引文後加註頁碼。
[20] 李準，〈李雙雙小傳〉，《不能走那條路》（北京：人民文學出版社，1978 年 11 月），頁 54。本章以下同此出處引文，直接於引文後加註「1959 年稿」及頁碼。

　　在經過 1959 年初稿和 1960 年《人民文學》版的對校之後，發現全篇的改動，包括小部分文句的調整增刪，以及大篇幅的增修：前者例如在雙雙提議辦食堂的大字報中，末句原為「『婦女能頂半個天』」（1959 年稿，頁 30）的口號，後改為更能表現雙雙勇於挑戰性格的「敢和他們男人來挑戰」（頁 148）；又如喜旺伸手撕雙雙的大字報，受到羅書記批評，然後書記和老支書帶著雙雙的大字報離開，作者便對喜旺感到的不解，加以說明，「喜旺這時卻弄得像個丈二金鋼——一時摸不著頭腦」（頁 150）；又如在婦女們爭相吵嚷希望能為食堂貢獻力量的對話中，刪去三句「俺家有個大水缸！」、「我對一個大風箱！」、「我家還有一把大火鉗呢！」（1959 年稿，頁 42），應是這時已進入農業合作化時期，農民不應私存這些大型農具，正如金樵家不應私藏水車，李準為避免正反面人物的混淆，而刪去這些積極婦女存有私物的對話。

　　至於大幅度增修的部分，主要出現在第六到八節，也是茅盾認為文學性不足之處：

　　……七、八兩節雖然寫得靈活，沒有平鋪直敘的毛病，可是，從描寫人物的角度來看，這兩節不起多大作用。正因為如此，這篇小說的後小半部略顯鬆弛，不及前大半部那樣層層轉進，峰巒重疊。

　　……如果後者（指〈李雙雙小傳〉——筆者註）能在適當場合多渲染氣氛，更好地渲染氣氛，同時刪改或壓縮一些

　　平板的敘述和交代（例如第六節的開頭一小段，第八節的開頭五小段），那麼，這篇作品的抒情味將更見濃郁。[21]

這些增修部分正是李準受到社會情勢影響，在「政治標準第一，藝術標準第二」原則下，對小說重新進行的「加工」，明顯呈現對當時政策的依附。關於李準在此「加工」的材料和方式，除了依據故事情節添加的設計之外，似與《人民日報》1959 年 9 月 22 日陳健發自鄭州的一篇新聞有關，而〈李雙雙小傳〉首次發表前的最後修定也是在鄭州完成。這篇報導的主標題為「河南三十多萬個食堂越辦越好」[22]，內文分為六節，其中三節所述題材與〈李雙雙小傳〉相近：「六百多萬婦女解放出來，積極參加農業生產」、「三分之一的食堂實現了炊具機械化和半機械化」、「生產任務愈緊張，伙食搞得愈出色」。大躍進時期，各地爭相評比生產成果，發生許多造假事件和民生悲劇，李準似乎也因依據假新聞「加工」作品，以致背離了人民生活道路和現實主義精神，成為被政治操弄的另種受害者，這是大陸作家無法跳脫政治制約的又一例證。

　　在茅盾提到應壓縮的第六節開頭部分，1959 年初稿只有百餘字，簡單提及水庫河渠修成，村莊周圍改成稻田，但在《人民文學》版中增為三百多字，其中對於公社建設進步的敘述就有百餘字：

---

[21] 同註 16，頁 290、291。

[22] 陳健，〈河南三十多萬個食堂越辦越好〉，《人民日報》，1959 年 9 月 22 日，收於曠晨、潘良編著，《我們的 1950 年代》（北京：中國友誼出版公司，2006 年 12 月二版），頁 356-359。

　　黑山頭水庫下邊蓋了一片幾百間紅瓦廠房，榨油廠、麵粉
　　廠、機械廠、洋灰廠都辦起來了。在山裡，公社還辦了幾
　　個大牧場、林場和育苗場。就在孫莊的西邊魯班廟周圍，
　　一下蓋了幾千間豬舍，這是公社的萬頭豬場，雙雙她們原
　　來在大隊餵的豬，也都集中在萬頭豬場裡。（頁 161）

這段文字的內容也與陳健報導的訊息相近：「現在，全省每個食堂都
有菜園、豬場、雞鴨場等。據不完全的統計：全省食堂自辦的豆腐
坊、粉坊、油坊、醬菜園、食品加工廠等共四萬六千多個。」[23]由此
可看出李準努力跟上社會運動的腳步，把新形勢融入作品中，但卻
無法避免意識形態的牽絆和斧鑿的痕跡。

　　有關食堂炊具機械化的描述，主要出現在第八節中，其中茅盾
提到的此節前五小段，全為《人民文學》版所新增，其中部分情節
在 1959 年初稿中僅簡單帶過，例如喜旺根據舊式燒茶爐灶，連夜創
造多孔台階式煎餅灶，「煎餅灶創造成功了，老支書又親自領著他們
把食堂的吃水用水改成自流化。雙雙和桂英又製成了一種洗碗機和
保暖飯車。」（1959 年稿，頁 67）但在《人民文學》版中，對這些
炊具的改革，做了較長篇幅和有失真實的說明，以致產生「思維大
於形象」的情節鬆散感，例如孫有的水車撥給了食堂，用以發展炊
具機械化，雙雙和桂英等把水車接上兩條水管，又在大鍋和水缸裝

---

[23] 同上註，頁 356。

上水龍頭，使得用水全部自流化，於是婦女們掌握了工具改革的方向，大膽放手去做，她們還用木料做了兩部切菜機和一部淘米機，又仿照醫院保暖飯箱，做了兩部自動保暖送飯車，「她們前後不到半個月時間，就使炊具全部土機械化了」（頁169），雙雙也研究出台階式六孔眼煎餅灶，「這種灶主要是節省人力節省柴，一個人一個鐘頭就能攤四百張煎餅」（頁171），等等。

　　有關改良伙食的描述，雖然兩版本同以「粗糧細吃」為重心，描寫將過盛的紅薯做成煎餅和麵條，獲得民眾的讚賞，也解決了浪費糧食的問題。但在安排情節的手法上，二者卻不太相同，1959年初稿中，是由四嬸、喜旺、老支書等次要人物提出建議和協助改革，但在《人民文學》版中，功勞全部集中於雙雙，也由此設計她和反面人物之間的衝突，以凸顯她改革英雄的形象。此外，在第八節的結尾處，《人民文學》版另增一段關於喜旺養豬的情節，明顯可見大躍進時期的浮誇文風：雙雙看到喜旺以嗩吶指揮豬群，「他吹了一支曲子，一群小豬都規矩的走到豬食槽旁吃起食來。他又吹了一支曲子，一群克郎豬從食槽旁走到一片廣場上，在跑著叫著。」於是雙雙問喜旺如何辦到的，喜旺回答：「……我這支嗩吶叫它們怎麼就怎麼。這些大豬一天長三斤肉！」（頁173）

　　兩版本對照之下，可知受評論者批評質疑的部分，多是《人民文學》版在新情勢下增加的描述，包括炊具機械化、改良伙食、改進生產技術等，由此清楚看出李準在政治標準和藝術標準之間所做的調整，而其增補的材料，都是在三面紅旗之下，對總路線「多快好省」

的響應。這些誇大荒誕的大躍進情節，正是文藝為政治服務的鑿痕，即使當時受到肯定，但終究無法通過時間的考驗。1962 年，李準將〈李雙雙小傳〉改編為電影劇本《李雙雙》時，公共食堂已徹底失敗，於是他加強雙雙和喜旺的人物形象，抽換有關公共食堂的情節，改以評記工分為主線，使該劇成為 1960 年代的經典喜劇片。文革後，李準重編出版小說集，也摒棄當初正式發表的版本，而改用 1959 年的初稿，不難想像時過境遷後，這些虛偽浮誇的文風帶給創作者的困窘。

二、「兩結合」手法的運用

　　「兩結合」指革命現實主義與革命浪漫主義相結合的創作方法，是導致中共十七年文學走向文革時期激進現實主義的重要因素。類似「兩結合」的說法，較早出現在 1938 年 10 月，延安「魯迅藝術學院」成立時，毛澤東的題詞「抗日的現實主義，革命的浪漫主義」。1958 年 3 月，毛澤東在成都會議指示搜集民歌，再度提到中國詩的內容「應是現實主義和浪漫主義的對立統一」；同年 5 月，在中共八大二次會議上，正式定調為「革命現實主義與革命浪漫主義相結合」。「兩結合」的理論精神源於蘇聯的社會主義現實主義，正如茅盾所說：「社會主義現實主義創作方法體驗著理想與現實的結合，也體驗著革命浪漫主義和現實主義的結合」[24]，而毛澤東此時重新提出「兩結合」說法的原因，應與中共與蘇聯關係的惡化有關。

---

24 茅盾，〈夜讀偶記（節選）——關於社會主義現實主義及其它〉，《文藝報》

　　1960 年，周揚在第三次文代會中，提出〈我國社會主義文學藝術的道路〉的報告，總結 1958 年以來關於「兩結合」的討論，為大躍進文風背書：在革命的現實主義方面，認為文藝的革命理想並不損害文藝的真實性，反對藉真實之名描寫灰色的小人物、卑劣的反面人物和內心的複雜衝突，強調真實性必須與革命傾向相互統一；在革命的浪漫主義方面，則要用豪邁語言、雄壯調子、鮮明色彩，歌頌描繪各種當代的英雄事蹟，表現樂觀高亢的革命氣氛。[25]簡言之，「兩結合」便是將風格各異的現實主義和浪漫主義統一在「革命」的前提下，所謂「革命現實主義」是反映過去和現在生活中有助於革命的現實，「革命浪漫主義」是刻畫革命的未來美景以增強革命的信心。

　　李準的創作深受毛澤東文藝理論的影響，認為創作要「敢於提煉，敢於虛構」[26]，由生活提煉，以想像虛構。他表示唯有「從生活出發」，「才能真正發揚革命現實主義和革命浪漫主義相結合的方法」，而深入生活具有兩重要義，一是「通過在生活中的鬥爭實踐，改造我們自己的世界觀，從而能夠認識到生活中最本質的主題和思想，也就是能夠更深刻地理解廣大革命人民的要求，使作品反映出強烈的時代精神。」二是「因為文藝作品總是通過具體形象反映思想的，所以要寫出真實生動的人物，也就是『典型環境中的典型人

　　1958 年 1、2、8、10 期，收於洪子誠主編，《中國當代文學史‧史料選：1945-1999（上）》（武漢：長江文藝出版社，2002 年 7 月），頁 414。

[25] 參見南帆，〈兩結合〉，收於洪子誠、孟繁華主編，《當代文學關鍵詞》（桂林：廣西師範大學出版社，2002 年 2 月），頁 19-20。

[26] 李準，〈從生活中提煉〉，《奔流》1959 年 5 期，收於卜仲康編，《中國當代文學研究資料‧李準專集》，頁 16。

物』。」[27]由此可知，李準以觀察生活作為創作基礎，透過反映時代精神的事件題材，以及提煉典型環境下的典型人物，實踐「兩結合」的創作方法，而這些都在〈李雙雙小傳〉中清楚呈現。

以革命現實主義的表現而言，李準貼近大陸社會當前的政治運動，描寫農村新起的改革英雄故事，在大躍進的背景之下，以人民公社的公共食堂為題材，由食堂的創辦到管理、改革，表現正反兩種勢力的衝突，以及化解危機的過程，並在逐漸加壓的戲劇張力中，塑造出農村新人李雙雙的形象，側寫農村婦女積極參與勞動，躍進不落人後的共產社會圖景。全篇情節的鋪排，由對李雙雙的各種稱呼破題，帶到一張署名李雙雙的大字報上，然後切入興設公共食堂的情節主線。該小說的第二節到第三節中，有一大段倒敘，以喜旺視角回想雙雙的變化，以及雙雙貼出大字報的緣由。之後便以「危機→解決」的模式，帶出三波的情節高潮：首先是孫有利用喜旺，為其亡兄準備供菜而占食堂的便宜，喜旺因此受到批評而推辭食堂工作，當雙雙知道真相後，進入食堂擔任炊事組長；其次是雙雙改革食堂衛生時，無意間發現孫有私藏的水車，雖然孫有拉攏喜旺被拒，但雙雙得知後立刻向老支書報告，當夜召開群眾大會，孫有被迫悔改認錯；最後是食堂面臨民眾浪費粗糧的困境，雙雙積極改良伙食和炊具，雖受到金樵的嘲諷，但卻得到群眾的肯定。這一波波的危機，由枕邊人喜旺徇私、舊勢力孫有關說，到雙雙直接面對食堂管理困境，一波高過一波，層層向她逼近，在「時勢造英雄，英

---

[27] 李準，〈從生活出發〉，《光明日報》，1978 年 6 月 17 日，收於卜仲康編，《中國當代文學研究資料・李準專集》，頁 28-29。

雄造時勢」之下,雙雙在新形勢下學習成長,也成為開展前景的改革推手。

　　以革命浪漫主義的表現而言,為表現大躍進「鼓足幹勁,力爭上游」的社會氛圍,帶起群眾的革命情緒,除了前已述及的公社建設進步、炊具機械化等情節外,李準也描繪鄉民參與勞動的熱情,例如:作品開頭提及 1958 年春,群眾修水庫過年,「全鄉群眾打破常規過春節,發動起來一個轟轟烈烈向水利化進軍的高潮。孫莊的男女青年們,都扛著大旗、敲著鑼鼓上黑山頭修水庫去了⋯⋯」(頁147)。又如雙雙眼見村民挑燈夜戰挖渠的熱鬧景象,激起她貼字報建議成立食堂的勇氣:

> ⋯⋯正在這時,忽然村東一片火光把她家的窗戶紙都映紅了。一陣人聲喧鬧和歡笑,緊跟著是雨點子般的钁頭鐵鍬挖著石頭塊的響聲,一陣陣地傳送過來。
>
> 雙雙從窗戶洞裡往村東看了看,知道這是引紅水河的人們在搞夜戰上工了。燈籠吊了一長行,像一條火龍。在燈籠下邊,是一條黑黝黝的人群,钁頭和鐵鍬揮舞著,起落著。石夯重重落下的聲音有節奏地響起來,小伙子和姑娘們的清脆夯歌聲,像一股潮水一樣,一股腦兒向著雙雙家的窗子裡擁進來。(頁153)

此外,李準還勾畫未來美景,激發群眾高昂的鬥志,例如透過雙雙和喜旺的對話說出:「你也不要吹你那個(指舊社會時喜旺在飯館工

作的經驗——筆著註），我想著咱要能這樣大躍進，將來糧食大豐收了，豬餵得多了，魚養得多了，總有一天，非超過你們那館子飯不行。」（頁 160）又如最後一節中，作者以美麗春色為背景，描述大隊桃樹園開得粉紅燦爛如雲霞，路邊柳樹搖曳金線般枝條，小麥田中淙淙流水伴著人們歡笑聲，映襯著雙雙參與集體建設的成就感和期待未來美景的歡欣：「……她忽然感到她們在食堂裡滴下的汗珠，好像也隨著清清的泉水，流到這茁壯茂盛的豐產田裡，變成了小麥和米糧。」（頁 172）這樣的語言風格，洋溢著樂觀高亢的革命熱情，充分表現出革命浪漫主義的精神。

第三節　新農民形象的刻畫

〈李雙雙小傳〉的人物塑造，尤其雙雙和喜旺兩個主要人物，歷來受到評論者的肯定，李準個人也對這兩個人物特別偏愛，他曾表示：「李雙雙和喜旺是我在探索農村新人物過程中塑造出來的兩個人物（就允許我把喜旺也列入農村新人物，我是這樣看待他的），也是我最喜愛的兩個人物。」[28]因此當原著小說改編為電影時，即使「情節百分之八十都變換了，但人物——雙雙和喜旺，性格沒有變，還是他兩個。」[29]

---

[28] 李準，〈我喜愛農村新人——關於寫《李雙雙》的幾點感受〉，《電影藝術》1962 年 6 期，收於卜仲康編，《中國當代文學研究資料・李準專集》，頁 126。

[29] 李準，〈寫作電影劇本的一些體會——《電影劇本選》序〉，《北京文藝》1978

　　對於小說人物的刻畫，李準主張要能反映時代和生活，認為「一個新人物的成長，是和他的環境分不開的」，因此他必定從生活中成長，身上帶有濃厚的「時代特徵和階級特徵」，成為典型環境下的典型人物。[30]但這些典型的塑造，必須以「立場」為前提，他明白指出：「塑造無產階級的英雄人物，歌頌勞動人民在三大革命運動中的鬥爭事蹟，是我們無產階級文學藝術重要的任務」[31]，因此「典型化的意義並不在於機械地綜合材料，而是以鮮明的政治觀點，賦予作品充沛的內容。」[32]在這樣的創作理念下，李準小說的人物，多提煉自周遭生活，並據原型加以集中處理，帶有清晰的時代性和階級性，又因李準堅持立場的態度鮮明，以致人物設計深受中共意識形態下的二分思維影響，形成非正即反的兩極對立。

一、從生活中提煉典型

　　李準曾多次談到塑造雙雙和喜旺的過程，這兩個人物從小說到電影經過多次修改，前後醞釀時間長達四年多。早在 1950 年代合作化運動時，他就想寫出這樣的婦女形象，因為他看到許多婦女在「翻身」後，當上組長、隊長，一改過去見到生人就害羞的傻呆模樣，變得聰明機智漂亮[33]，於是他進一步思考導致農村婦女產生變化的社

年 5 期，收於卜仲康編，《中國當代文學研究資料‧李準專集》，頁 102。
[30] 同註 28，頁 129。
[31] 同註 27，頁 30。
[32] 同註 26。
[33] 參見李準，〈情節、性格和語言——在旅大市業餘作者座談會上的講話〉，《鴨

會環境型態，決定將人物放在大躍進、人民公社的時代背景下書寫，
並將雙雙設計為「不同於土改中的積極分子，也不同於互助組、合
作化時的家庭婦女，她是在我國新的政治形勢下產生的新人。」[34]在
動筆創作前，李準先依據原型反覆揣摩，提煉人物特點，確定雙雙
的性格基調和個性特色：

> ……李雙雙的性格，她的性格基調是大公無私、敢於鬥
> 爭、見義勇為。為了把她這種鮮明的階級特質比較生動
> 地、多彩地體現出來，又研究設計了她的個性特色。那
> 就是心直口快、潑辣大膽、純潔樂觀、天真善良等。[35]

　　這些人物特點，主要脫胎自李準所見的農村婦女：例如小說中
喜旺提到，雙雙不但在外貼大字報，平常在家裡也貼滿小字條，字
條上寫著「我真想學習呀，就是沒時間」、「褲子的褲字，去掉一邊
的衣字，就是水庫的庫」（頁 149-150）等，這些字條的內容是李準
1958 年在一個婦女隊長家看到的，雖然他沒有機會當面見到這位婦
女隊長，但這些字條卻是他孕育李雙雙這個人物的開始；又如小說
中雙雙處事大公無私的風格，以及情節主線的安排，喜旺先當炊事

綠江》1963 年 1 月號，收於卜仲康編，《中國當代文學研究資料‧李準專集》，
頁 46-47。

34　同註 28，頁 129-130。

35　李準，〈向新人物精神世界學習探索——《李雙雙》創作上的一些感想〉，《李
雙雙——從小說到電影》（北京：中國電影出版社，1963 年 9 月），收於卜仲
康編，《中國當代文學研究資料‧李準專集》，頁 140。

員，之後因鄉愿徇私，轉由雙雙接任，並與管理員展開鬥爭等，這些都源於李準探訪食堂時，碰到一位主動來訪的女炊事員，這位女炊事員提到許多她的個人狀況，包括她丈夫雖會做菜但在食堂總做「好人」，於是她代夫入食堂著手管理與整頓，以及他們夫妻倆從吵架、打架到和好等。這位女炊事員的經歷，使李準將人物形象和故事情節組織起來，以雙雙接替喜旺的工作為小說的轉折，把衝突點放在家庭關係和夫妻變化上，並藉此反映時代特徵。[36]

至於喜旺人物的誕生，則緣於李準在農村碰到一位能幹的黨員婦女隊長，她的丈夫不愛勞動，好玩樂遛鳥唱戲，夫妻倆雖不相配，但感情很好，丈夫在台上唱戲，她在台下看得得意，兩人雖有口角，但仍相愛互信，觸動李準由此構思出喜旺這個人物，進而鋪寫雙雙和喜旺間既衝突又和諧的關係。[37]喜旺是全篇最接近真實且帶有喜感的立體人物，雖既非英雄，也非反派，沒有強烈的針對性，曾被評論者批為「中間人物」，但其複雜而不扁平的性格特點，正是這人物的成功之處：

> 喜旺很信服她（指雙雙——筆者註），他很天真、憨厚，又有點自私，好浮誇……喜旺很和善、很憨厚，又有小缺點，自高自大，還有男權思想，他的性格是複雜的。有鮮明的階級特色，又有舊習慣勢力的烙印。[38]

---

[36] 同註28，頁126-127、130-131。
[37] 同註33，頁48。
[38] 同註33，頁48。

喜旺的小人物性格與雙雙的英雄形象，明顯形成矛盾，但夫妻關係
和家人情感又將兩人緊緊相繫，產生密切互動，這使李準思索到「這
主題上還蘊蓄著更加重大的東西，那就是這一對普通農民夫妻中的
關係變化，反映了我們這個社會的變化。他們兩個中間的鬥爭，反
映了兩種思想、兩條道路的鬥爭，而且又是這麼深刻。」[39]在兩人性
格的對照下，不但反映時代變化和社會現象，襯托雙雙積極向前的
正面形象，也藉由喜旺的成長變化，表現雙雙帶給他的影響，從喜
旺拒絕加入食堂，徇私圖利孫有，到拒絕孫有關說，擔心雙雙安危，
再到積極參與集體事業，請教建立豬檔案、訓練豬群等。全篇逐步
鋪寫喜旺的成長路跡，使其人物性格的變化歷程，比雙雙更鮮明完
整，正如李準所說，喜旺的進步是「步步為營」的，「從自私自利到
潔身自好，從潔身自好到勇敢地維護集體事業」[40]，成為全篇中非常
具可看性的人物。

　　關於喜旺與雙雙夫妻間相處的描寫，在兩版本的對校下，1959
年的初稿明顯較為生動細膩：例如喜旺看到雙雙地位日漸提升，心
裡頗不是滋味，但雙雙好言相勸後，他體會出勞動能改變人的道理，
並讚美雙雙變得聰明能幹、通達事理，像換了個人似的，而雙雙也
感動地表示，他也變了，使她更愛他，說完後，雙雙自覺這些對話
像在談戀愛而不禁發笑，喜旺則正經表示，青年們是先戀後婚，他
倆則是先婚後戀！類似的對話和情節，1962 年改編電影時仍保留，
但《人民文學》版中卻刪除，改以交流公事來表現夫妻情感，例如

---

[39] 同註 35，頁 136-137。
[40] 同註 35，頁 141-142。

喜旺勸雙雙不要與金樵爭鬥，以免招惹事非，雙雙則強調自己是為群眾、為公社大躍進，有理走遍天下，無需擔憂，然後喜旺向雙雙請教如何建立豬檔案，雙雙也向喜旺詢問如何把紅薯麵條桿得又細又長。李準在政治掛帥下，將夫妻間私下調笑的幽默對話，改為以公事為主的請教，不但使人物性格和夫妻關係失真僵化，也降低了作品的閱讀趣味。

二、人物性格兩極對立

中共建政後十七年的現實主義小說，在文藝服務政治的原則和戰爭文化心理的影響之下，創作者無法脫離政治制約，又為求掌握立場和傳達意念，以致作品多呈現正反兩極敵我對立的二分概念。李準筆下〈李雙雙小傳〉的環境背景與人物性格，也不能例外地去除了色譜的灰階地帶，凸顯黑白兩端的衝突性，形成絕對性的畫分，而這些情形在《人民文學》版中尤為明顯。

在敵我對立的環境背景方面，李準以「解放前」的痛苦折磨和「解放後」的幸福甘甜，作為新舊社會的對照，並透過雙雙和喜旺的人生經歷，表現他們「解放」前後家庭成分和社會地位的變化。例如「解放前」，雙雙的娘家是赤貧，結婚之初她時常挨打；土改後，貫徹婚姻法，喜旺不太敢打她，有兩次喜旺招惹她，被村幹部批評，此後他便不再對她動手；合作化後，男女同工同酬，雙雙參加生產，喜旺行事也多與她商量；大躍進時，她從炊事組長、中共黨員，到

孫莊司務長、全縣特等勞模等，一路爬升，成為知名人物。又如也是貧苦出身的喜旺，「解放前」在飯館當學徒，因打破瓷盤怕掌櫃打，逃到村外吹鼓手班子混了兩年；「解放後」，才重回村裡；大躍進時，被推舉為炊事員，之後轉到豬場餵豬，他在養豬任務上積極向前，努力向雙雙看齊。由此可知，雙雙和喜旺的人生歷程，都從「解放前」的人生低點，逐步向上提升，表現出新中國下小人物的當前幸福和未來希望。

在正反兩極的人物性格方面，李準在《人民文學》版中，刻意淡化其他人物，凸出雙雙的英雄形象，並以反面人物孫有、金樵父子的自私自利，對比她的大公無私和認真負責。李準對雙雙人物性格的刻畫，除了由喜旺視角陳述她的火辣爽快、好管閒事、手腳利落、富正義感等，也淡化或轉移其他人物的表現，將情節焦點集中於雙雙。除了前已述及關於食堂炊具機械化的描寫外，還包括雙雙革命衝勁的表現，例如雙雙進入食堂後，開始整頓衛生，她提議：「……咱們做罷飯，突擊幹它一下就行了。」但金樵以要結帳推拖，雙雙說：「你忙，我們幾個幹。」喜旺也說：「這點活兒，不算啥。咱們自己幹。」（1959 年稿，頁 58）但在《人民文學》版中，不但去除喜旺的部分，還以雙雙的對話，凸出大躍進的不眠不休、夜以繼日：「……咱們白天做飯，夜裡搞突擊！突擊幹它幾晚上就行了。」「你忙，我們幾個幹。破幾夜上不睡怕什麼。」（頁 166）

又如雙雙眼見每頓飯都剩下許多紅薯，不知如何改良伙食解決浪費糧食的問題，便把喜旺、桂英、四嬸召來開會討論，最後由四嬸提出煎餅和擀麵的建議，但在《人民文學》版中，改由雙雙對金樵談到

紅薯問題，並且自己想出做煎餅和麵條的方法，但卻被金樵嘲諷：「我沒聽說麵條也能創造！這是幾百口人的大伙，不是你家裡那個小煤火眼……叫我看是吃的太飽了，放到從前，他們得吃這飯不得？如今一家大小來吃著還挑眼！……」（頁170）李準由此強化金樵的不與勞苦大眾同甘苦的負面形象。李準對反面人物的描寫，不論是金樵批評雙雙改良伙食，或是孫有向喜旺關說水車，其作用不外乎凸顯富裕中農的自私自利，表現不同階級思想的對立，進而對比出堅持社會主義道路的雙雙，不畏挫折勇於改革，大公無私拒絕資本主義道路。

　　整體而言，導致小說人物走向正反兩極的內在因素，是李準受制於「主題先行」的概念，刻意凸顯兩條道路鬥爭所致，因其試圖以人物立場和情節衝突表達意識形態，以致無法跳脫模式化的窠臼。雖然當時馮牧認同李準透過鬥爭表現雙雙的性格特徵，但也批評鋪排情節的手法不夠細緻，認為雙雙與孫有父子進行的兩條道路鬥爭，「是描寫得不夠精煉和略嫌拖沓的；因此，整篇作品的後一部分比起前面來就顯得有些粗疏和草率了。」[41]關於其他次要人物塑造上的缺點，茅盾特別指出代表共產黨形象的老支書，認為「作者沒有把這篇小說的第三個人物寫好。這就是每逢故事發展的關鍵性場面必然出現的老支書，這位老年持重的支部書記的性格有一般化的毛病，小說中安排這樣一個人物好像只是為了故事發展的方便，也為了不能不寫黨的領導。」[42]茅盾的批評，是當時作品常見的現象，

---

[41] 同註15，頁297-298。
[42] 同註16，頁290-291。

將共黨領導置於極高地位，身分重要且具決策性，但人物描寫卻過於簡略，甚至性格扁平毫無特色。此問題的關鍵仍在於政治的制約，作者受到潛在創作規範的影響，不能不寫黨領導的重要性，又不能寫得過於平凡或神化，也不能遮擋英雄人物的光環，還得避開負面訊息的描述等，這些框架使這類人物被模式化，這種現象甚至在新時期的改革文學中仍不時可見。

第四節　小結

中共建政後，大陸文化界歷經多次整風運動，毛澤東的文藝理論逐漸定於一尊，成為創作和批評的圭臬，許多五四以來的現代作家因而停筆噤聲，但趙樹理、周立波等來自「解放區」的作家，則因社會主義現實主義的作品基調與政策路線相合，而擁有創作空間筆耕不輟，於是藉由農民生活反映農村運動和政治路線的圖解政策小說，成為中共十七年農村小說的主流。在當時的農村小說作家群中，崛起於 1950 年代初的李準，深受毛澤東文藝理論的影響，從工農兵文學到「兩結合」創作方法，都是他信守的準則，創作風格在同代作家中頗具代表性。

李準主張創作須堅持政治立場，題材要從生活出發，據真實人物提煉典型，表現有助革命的主題思想和社會意義。其成名作〈李雙雙小傳〉，人物故事醞釀自 1958 年，正式發表於 1960 年初，其間

政治局勢變化，李準曾多次修改該作，之後改編為電影《李雙雙》時再度大幅增刪。本章以 1959 年的初稿和 1960 年發表於《人民文學》的版本進行對校，從中探析該作呈現的大躍進文學風格：在題材的表現上，基於政治掛帥的創作前提，李準刻意「加工」情節表現大躍進運動，包括公社建設的進步、炊具的機械化、生產技術和食堂伙食的改良等，此雖響應了三面紅旗的政策，卻不免虛偽浮誇；在人物的刻畫上，為能塑造無產階級的英雄人物，李準將採自現實生活中的農民原型，加以集中處理，表現典型環境下的典型人物，但受限於鮮明的政治立場，以致英雄人物正義崇高，反面人物自私自利，形成正反兩極的對立，缺乏立體的真實感。

〈李雙雙小傳〉的創作過程和評論角度，不論是李準對該作的多次修改，或是文革前後論者評價的差異，都可看出中共十七年文學所受的政治制約，其中「文學為政治服務」的觀念，更猶如緊箍咒，強勢操控大陸文學的發展道路。正如大躍進時期，因毛澤東「兩結合」創作手法帶起的浮誇文風，使大陸文學逐步走向文革時期的激進現實主義，最後完全背離「書寫真實」的基本精神。綜言之，文革結束前的大陸文學因政治力不斷擴張，文藝創作的空間被迫壓縮，創作者和評論者或自覺或不自覺地受到政治制約，逐漸脫離文學本體，向政策路線靠攏，成為附屬「革命機器」的零件，縱使有心創作的作家，也只能帶著銬鐐跳舞，在夾縫中尋求生機。

第三章　反叛意識的浮現
——北島與《波動》

　　文革時期，激進現實主義獨霸文壇，是大陸文學全面政治化的黑暗時期。1966 年，毛澤東、林彪和江青聯合策畫更嚴苛的文藝政策〈部隊文藝工作座談會紀要〉，以強悍手段落實政策，將文革前政治對文學的操控，推向偏激和極至。1971 年，林彪蒙古墜機後，四人幫透過「寫作組」的匿名集體創作方式，將由「樣板戲」發展出的理論，套用於文學作品，使文學淪為政治鬥爭的工具。文革中，知識分子的群體精神已被徹底打垮，喪失發聲的權力，但從紅衛兵成為知青的年輕一代，卻透過另類管道以文學宣洩情緒、呼喊苦悶。

　　1970 年代初，被迫「上山下鄉」接受農民「再教育」的知青，在物質和精神都極為貧乏的生活中，逐漸萌發對高壓政治的反叛意識。這種反叛意識在知青的交流互動中，日漸形成屬於青年世代的地下文化，於是冬季農閒時，下鄉知青回到北京，彼此串聯組成小團體，悄悄進行非官方的地下藝文活動，如違禁書籍的傳閱、地下藝文沙龍的聚會、手抄作品的流傳等。[1]其中知青手抄作品的流傳，雖以詩歌為主，但也有部分小說，因都不以公開發行為目的，不受政治主流的檢驗，而能真實地反映社會和刻畫人生。這些地下文學

---

[1]　參見楊健，《文化大革命中的地下文學》(濟南：朝華出版社，1993 年 1 月)。

活動的思想傾向，反映出對依附政治的虛偽文宣的反彈，以及對表露心聲的真實文藝的渴望，而這股厭棄虛偽、追求真實的文學潛流，便是孕育文革後文學回歸現實主義的土壤。

文革後，地下文學的潛流，因「西單民主牆運動」而有新發展。因為文革結束之初，許多外地人到北京「上訪」[2]，當時長安街西單北側有面灰磚牆，許多上訪者在此張貼個人冤情和訴願，其中亦有關於政治社會訴求的文字。1978 年中起，大陸政局較為寬鬆，非官方的民辦報刊開始出現在西單民主牆上，如《四五論壇》、《北京之春》、《探索》等，其中由北島和芒克、黃銳創辦的《今天》，是最早出現的民刊之一，也是當時唯一的地下文學刊物。[3]《今天》[4]在大陸雖只發行九期，但該刊將文革中醞釀地下十年的知青詩歌，由邊陲帶向中心，形成朦朧詩派，推動文革後詩歌的變革，在中國現代詩歌發展上具有重大意義。雖然小說創作在《今天》中並非強項，不如詩歌因十年潛伏而臻於成熟，表現出現代主義傾向，但是《今天》為數不多的小說作品，已在現實主義的基調上，遠遠超越當時主流的傷痕文學，開啟創新的文風，而北島在其中的努力是不可忽視的。

2　「上訪」為大陸民眾對中共政府和政策表達不滿的特殊方式。民眾離鄉遠赴北京，向中央政府申訴冤情、反映民意，中共國務院亦有上訪接待處，上訪高峰期在北京的上訪者多達數十萬人。

3　參見鳳凰網，〈北島回憶《今天》的故事　有些事讓他憤怒〉，2009 年 1 月20 日，金羊網（http://ycwb.com.cn/big5/misc/2009-01-20/content_2050850_7.htm）。上網日期：2009 年 10 月 13 日。

4　《今天》1978 年 12 月創刊，在大陸發行兩年，1980 年 12 月停刊，1990 年春在海外復刊，文學界多以老《今天》和新《今天》區分之。本章所論為「老《今天》」，指文革後在大陸發行的地下油印刊物。

　　北島曾在訪談中提及，他因籌辦《今天》而投入短篇小說的創作，當時創刊艱辛，不但設備缺乏，連稿源也不足，他說：「詩歌是現成的，缺的是小說，於是我開始寫短篇小說。」[5]在發行僅九期的《今天》中，有七期刊載北島的小說作品，可知北島小說與《今天》的密切關係。本章聚焦於北島（1949- ，本名趙振開）的小說創作，以其小說集《波動》（中文大學出社，1986 年），作為 1970 年代中到 1980 年代初代表地下潛流的非官方文學的典型。北島的小說為其早期創作，不但可在其中窺見與其早期詩歌（1989 年以前）相近的對抗主流的《今天》寫作精神，也可由此看出「通過寫作尋找方向」[6]的北島，在現實主義的基礎上，對不同小說風格的探索。

第一節　詩人北島的小說創作

　　北島成長於平凡家庭，父親為職員，母親為醫師，並未經歷太大的政治衝擊。1965 年，他考入北京四中，1969 年，分配到北京六建，擔任建築工人，時間長達 11 年，他自此對文學產生興趣，開始寫作。1978 年秋，他向芒克、黃銳提議籌辦文學刊物，由芒克定名為「今天」，1978 年 12 月 22 日創刊號油印完成後，張貼於西單民

5　查建英主編，〈北島〉，《八十年代：訪談錄》（北京：生活・讀書・新知三聯
　　書店，2006 年 5 月），頁 71。
6　唐曉渡、北島，〈「我一直在寫作中尋找方向」——北島訪談錄〉，《詩探索》
　　2003 年 3-4 期，頁 165。

主牆、政府文化出版單位和大學等處，第 2 期起徵求訂戶，公開販售，之後銷量曾多達六、七百份。[7]1979 年春，北島原載《今天》的詩作〈回答〉，發表於中共官方大型刊物《詩刊》，將朦朧詩風帶進大陸主流詩壇，成為朦朧詩人的重要代表。1989 年，北島因支持「六四事件」學生示威，漂泊海外二十多年，其間 2001 年曾因父喪短暫回京，2007 年起擔任香港中文大學講座教授定居香港，但直至 2011 年夏才在中國作協主席鐵凝的擔保下，重返大陸至青海參加國際詩歌節。

北島的創作，除了詩歌之外，1980 年代中曾將小說作品結集出版，近年則有多部散文集問世。大陸學界的北島研究，二十多年來歷經「熱－冷－漸溫」的過程[8]，已累積許多研究成果。但整體而言，仍以詩歌研究為主，包括背景思想、文本技巧、作家作品比較等；至於小說和散文的研究，雖然許多文學史都論及北島的中篇〈波動〉，也有專書在評論北島其人其詩之外兼及散文[9]，但相較於北島詩歌的研究，二者都還有值得開拓的研究空間。尤其北島小說，除了〈幸福大街十三號〉和〈交叉點〉寫於《今天》停刊後，其餘皆原載《今天》，而後轉發其他刊物（參見附表），而北島為《今天》小說創作所做的嘗試，不但開創出《今天》小說的風格，也間接啟發新時期小說的先鋒精神。

7　同註 3。
8　參見李林展，〈震響之後的真實──北島研究綜論〉，《佛山科學技術學院學報（社會科學版）》22 卷 5 期，2004 年 9 月，頁 46。
9　徐國源，《遙遠的北島：北島詩、人及其散文評論》（台北：黎明文化出版社，2002 年 9 月）。

§ 北島小說寫作時間與發表概況[10]

篇名	寫作時間	原載《今天》／署名	載於其他刊物／署名
〈波動〉	寫於 1974 年 11 月，1976 年 4-6 月修改，1979 年 4 月再次修改。	連載於第 4-6 期，1979 年 6-10 月，之後出版單行本。／艾珊	《長江文學叢刊》第 1 期，1981 年 2 月／趙振開
〈在廢墟上〉	寫於 1978 年	第 1 期，1978 年 12 月／石默	《拉薩河》第 2 期，1985 年 4 月／趙振開
〈歸來的陌生人〉	寫於 1979 年	第 2 期，1979 年 2 月／石默	《花城·小說增刊》，1981 年 1 月／趙振開
〈旋律〉	寫於 1980 年	第 7 期，1980 年／艾珊	《青春》1981 年第 1 期，1981 年 1 月／艾珊
〈稿紙上的月亮〉	寫於 1980 年	第 9 期，1980 年／石默	《收穫》1981 年第 5 期，1981 年 9 月／趙振開
〈幸福大街十三號〉	寫於 1980 年		《山西文學》1985 年第 6 期，1985 年 6 月／北島
〈交叉點〉	寫於 1981 年		《小說林》1982 年第 2 期，1982 年 2 月／趙振開

10　本表整理自趙振開，《波動·補充資料》（香港：中文大學出版社，1986 年二版），頁 217。

　　北島的小說創作，集中在 1970 年代中到 1980 年代初，曾以筆名艾珊、石默、北島或本名趙振開發表，其中最著名的是他的第一部小說〈波動〉。這部中篇小說 1974 年完成初稿，以手抄本形式在知青間傳抄，後經兩度修改，1979 年先連載於《今天》，後出版單行本，1981 年初正式發表於《長江文學叢刊》。〈波動〉之後，因為創辦《今天》缺小說稿，北島又寫過幾部短篇，1985 年結集為《波動》及英譯本 *Bo Dong*，由香港中文大學同時發行；次年，北島又增補〈幸福大街十三號〉一篇，修訂為二版，本章論述即以此版本為主。1986 年 10 月，該小說集又以「歸來的陌生人」為書名，由花城出版社在大陸地區發行，本章亦參用此版本。關於北島停止小說創作的原因，他曾在訪談中提及兩點：一是創作環境的快速變化，他表示「那時沒怎麼看過小說，膽大，敢寫。到了七〇年代末開始，大量翻譯作品出來，我一下子被震住了，覺得差距太大，乾脆放棄。」二是個人氣質風格的傾向，他認為「詩人和小說家是兩種動物，其思路體力節奏以及獵物都不一樣。」而散文創作則是他在詩歌與小說間的一種妥協。[11]

　　在小說集《波動》中，除了中篇〈波動〉之外，還收有〈在廢墟上〉、〈歸來的陌生人〉、〈旋律〉、〈稿紙上的月亮〉、〈交叉點〉、〈幸福大街十三號〉等六部短篇。綜觀全集，在主題意識方面，該集呈現鮮明的時代色彩，與北島早期詩歌的反叛意識和人道精神相符，其中多篇都以「文革」作為故事的重要切點，從不同角度敘述文革

---

[11] 老槍，〈北島答記者問實錄〉（《詩歌報》，2003 年 3 月 4 日），新華網（http://big5.xinhuanet.com/gate/big5/news.xinhuanet.com/book/2003-03/04/content_757376.htm）。上網日期：2007 年 4 月 1 日。

和詮釋文革。在表現手法方面，各篇風格取材各異，清晰浮現北島追索創新形式的路跡，不但可窺見其對西洋文學的借鑑，也開啟文革後大陸小說的寫作趨勢。在語言文字方面，北島筆下的情境描寫和心理刻畫，往往透過情景交融延伸想像空間，字裡行間浸潤詩意，展現出詩人特有的敏銳細膩，異於文革後同時期小說的乾澀激昂，充分顯現個人的語言風格。

第二節　療癒心創的文革敘述

　　1966 年，中共召開中央政治局擴大會議和八屆十一中全會，標誌中共「文化大革命」的全面發動，歷時十年的文革浩劫，形成大陸地區中國人的集體記憶。文革結束後的大陸文學，幾乎都與文革背景相關聯，甚至在文革結束後三十多年的今天，「文革」還不斷以各種姿態出現在文藝作品中，成為大陸社會特定年代的文化符碼。在新時期以來的大陸文學中，對文革的追憶、敘述、詮釋等，在文學審美的背後，還擔負著群體治療的社會意義，是特殊而值得注意的文化現象。如同許子東的論述：「這種有關文革的『集體記憶』，與其說『記憶』了歷史中的文革，不如說更能體現記憶者群體在文革後想以『忘卻』來『治療』文革心創，想以『敘述』來『逃避』文革影響的特殊文化心理狀態。」[12]

---

[12] 許子東，〈導論〉，《當代小說與集體記憶──敘述文革》（台北：麥田出版社，2000 年 7 月），頁 13。

　　北島小說集《波動》的創作時間，跨越文革中到文革後的數年間，是大陸社會對文革感受最強烈直接的時期，也是大陸文學敘述文革的高峰期，而當時文學造成的「**轟動效應**」，正體現出作者和讀者透過文革敘述獲得的紓解和共鳴，因此文革敘述自然成為北島小說的重要議題，小說集內有關文革的故事，包括〈波動〉、〈在廢墟上〉、〈歸來的陌生人〉、〈幸福大街十三號〉四篇，篇幅近全集的七分之六。在這四部小說中，依創作時間的先後，亦即距離文革的遠近，北島對文革故事的訴說，呈現不同角度的詮釋。這些作品藉由不同身份的視角人物，陳述文革遭遇，從〈波動〉的沉重壓抑到〈幸福大街十三號〉的幽默嘲諷，不但顯現作者個人療癒心創的軌跡，也反映新時期文革書寫的走向。

一、原載《今天》的反思小說

　　在北島的文革敘事小說中，原載《今天》的〈波動〉、〈在廢墟上〉、〈歸來的陌生人〉三篇，風格近於新時期的反思小說。其中最受矚目的是寫於文革的地下小說〈波動〉，該作描述文革中一對男女知青楊訊和蕭凌由相遇相戀到分離死亡的悲劇，楊健認為這是「『地下文學』中已知的反映下鄉知青情感生活的最成熟的一部小說」[13]。北島將〈波動〉的時空背景置於上山下鄉運動開始後的三、四年間，當時有許多知青藉由地區招工，自農村轉進鄉鎮或縣一級的企業，

---

[13] 同註 1，頁 167。

形成新的社群，而「《波動》是反映這些知青處於鄉村與大城市之間
──小城鎮──亞文化區的已知的唯一一部小說」[14]。〈波動〉的地
下文學精神，表現在異於主流文學的主題顛覆性和手法先鋒性：在
主題顛覆性上，北島不但描繪知青感情生活和探討生命存在價值，
更擴及大我與小我、國家與個人的關係和定位；在手法的先鋒性上，
則運用多重敘事觀點（multiple points of view），以五個人物的第一
人稱視角輪流敘事，產生電影運鏡效果，並透過詩化的語言，將人
物心理和外在環境緊密結合。由此可知，〈波動〉的思想深度和藝術
審美，都已遠遠超越同時期的文革文學和稍晚的傷痕文學。

　　「波動」的涵義，來自男主人公楊訊生父林東平內心對情感的
領悟：「感情的波動只是一時的，而後果不堪設想。」[15]全篇由情感
波動引出三段後果不堪的愛情：一是林東平與楊訊母親若虹婚外
戀，生下楊訊，不但導致林東平的家庭失和，他還因若虹的託付，
利用權勢保釋楊訊，導致敵對者的脅逼；二是蕭凌與知青謝黎明相
戀懷孕，謝得到機會回城唸大學，臨別前要求蕭墮胎，蕭不屑謝的
行徑，堅持未婚生女，獨自承擔一切；三是蕭凌與楊訊兩情相悅，
林東平派人調查蕭，發現未婚生女之事，蕭被迫辭去工作，楊訊也
因家裡的安排調返北京，兩人道別後，蕭決定冒著風雨回農村看孩
子，不料卻被山洪吞噬生命，楊雖中途折返，打算回到蕭的身邊，
但一切已無法挽回。

---

[14] 同註1，頁166。
[15] 趙振開，〈波動〉，收於《波動》，頁130。本章以下此書引文，直接於引文後
　　加註頁碼。

　　這三段愛情悲劇，都與文革環境有關，尤其後兩段的知青戀情，更造成不可彌補的人生遺憾，文革經歷使這些知青相遇，也影響這些知青的性格。蕭凌在文革中失去雙親，母親因紅衛兵抄家跳樓，父親無法忍受遊街的恥辱而自殺，她因此變得悲觀孤僻，「家」成為她潛意識中最深沉的渴望，於是謝黎明一句「我們都沒有家」（頁108），攻破心防使她接受謝的情感，這句話其實也是多數離鄉背井的下鄉知青的傷痛，正因為對家的渴望，蕭凌執意生下孩子晶晶，獨自背負責任，也因為晶晶的存在，蕭失去工作，與楊訊衝突，使她重返農村，走向死亡。上山下鄉的艱辛，使知青爭相回城，但對沒有人事關係的知青而言，卻凸顯出另種階級差異，正如蕭凌的兩段戀情，都因對方被家人安排回城而告終。沒有家世背景的蕭凌，對於因個人出身造成的差別待遇，早已認命，她對楊訊自我解嘲：「世界上有兩種人，一種人是為世界添一點兒光輝，另一種人是在上面抓幾道傷痕。你大概屬於前者，我嘛，屬於後者……」（頁23）。除了情感問題的舖寫之外，〈波動〉明顯受到存在主義的影響，作者透過蕭凌和楊訊的對話，提出關於生存環境和存在價值的探討，也間接對文革張揚的「血統論」[16]提出批判。蕭凌負面悲觀的形象，和楊訊形成強烈對比。

　　相較於〈波動〉的沉重憂傷，〈在廢墟上〉和〈歸來的陌生人〉寫於文革後政治氣氛較寬鬆的 1978 年和 1979 年，雖然仍揮不去沉重

---

[16]　「血統論」又稱「（階級）出身論」，指文革時期以家庭出身評斷個人革命思想高低的理論。

的文革陰影，但走過黑暗的慶幸和相信未來的樂觀，自然流露文字間。這兩篇小說分別透過父親和女兒的視角，訴說文革對家庭造成的傷痛，但結尾處都透過父女親情的力量，化解危機或修補裂痕，最後成為破涕為笑的悲喜劇。

〈在廢墟上〉描寫次日將受群眾批鬥的大學教授王琦，他離開家門，不自覺地向圓明園走去，一路上抉擇生死的兩股力量，在他心裡糾結拉扯：一是做人的基本尊嚴驅使他走向死亡，他從劍橋老同學受批鬥的情景和當夜死去的遭遇，看清自己未來的結局，又在校園小徑碰到垂頭掃落葉的歷史系主任吳孟然，而吳被剃出兩道深溝的白髮和恐懼不安的神情，更加強王琦尋死的決心。二是對女兒的摯愛牽絆他的求死意念，這股潛在力量透過王琦的意識流汩汩浮現——出門前他拿起女兒照片放入口袋，憶及女兒要求獨照的可愛神情；半路上由交給他「勒令」的男孩的未來，聯想到女兒說要一輩子跟著他不嫁人的嬌嗔；爬上土坡後他從口袋掏出一根繩子，又想到女兒取笑媽媽愛哭的童言童語。就在他把繩子綰了個結、向樹叉拋去時，出現一位割草的小姑娘，他要她快回家以免父親等待，沒想到她卻毫無表情地回答：「我爹死了……上月初六，讓村北頭的二楞、拴柱他們用棍子打死了。」（頁 147）小姑娘的話使王琦的愛女之情，由隱而顯地暴發而出，成為扭轉危機的關鍵，於是王琦抱起小姑娘痛哭淚流，留下風中擺動的繩套。全篇將圓明園的斷壁殘垣置於秋日黃昏的蕭條氛圍中，烘托王琦徘徊生死邊緣的淒楚心境，最後在親情的牽引下化險為夷，有置之死地而後生的寓意，如

同文中所述:「歷史不會停留在這片廢墟上,不會的,它要從這裡出發,走到廣闊的世界中去。」(頁 144)

〈歸來的陌生人〉描述在文革後的平反風潮中,蘭蘭面對勞改離家二十年的父親,不但感到陌生、不適應,甚至產生反感、排斥。全篇透過蘭蘭的視角,表現政治事件造成的家庭悲劇和親子疏離,不論是直接受害者爸爸,或是間接受害者蘭蘭,都因反右、文革以來的政治作弄,蹉跎歲月犧牲幸福。歸來的爸爸因長期身處高壓之下,性格改變行為怪異,他在垃圾桶中翻找檢查自己隨手丟棄的菸盒,唯恐上面記著什麼被「隊長」發現;他還種植乾巴巴的草、緊盯著玻璃缸裡的魚、燒紙條……;也因對家庭的愧疚,他態度卑微,甚至哀憐乞求。面對陌生的爸爸和空白的父愛,蘭蘭說出心中最深沉的痛:「我爸爸早死了,二十年前,當一個四、五歲的女孩正需要父愛的時候,他就死了——這是媽媽、學校、善心的人們和與生俱來的全部社會教養告訴我的。」(頁 149)爸爸的平反歸來,僅得到「純屬錯案,予以徹底平反」(頁 149)的簡單說法,政治評價和社會地位一夕丕變,不知所措的豈止蘭蘭?作者藉此凸顯在政治風浪中,百姓的無辜和對命運的無奈。故事的主線,是蘭蘭對爸爸不滿情緒的積累,由親見爸爸翻找垃圾桶、被媽媽勸解怒罵,到男友與爸爸暢談甚歡,情節的衝突逐漸升高。最後在父女二人意外獨處時,爸爸邀她同遊兒時的公園,向她道歉傾訴:「這些年我是在為你活著。我以為自己贖了罪,孩子會生活得好些,可是……責備我吧,蘭蘭,我沒有能力保護你,我不配做你的父親……」(頁 164),然後

拿出用舊牙刷柄為她磨製的綠項鍊，蘭蘭在淚眼婆娑中歡喜收下，兩人跨越悲傷冰釋誤解，時間彷彿回到二十年前。

二、《今天》停刊後的荒誕小說

〈幸福大街十三號〉寫於 1980 年，是在《今天》停刊後遲至 1985 年才發表的作品，該小說雖同樣訴說文革故事，但敘事筆調已異於之前作品的現實主義風格，明顯受到先鋒文學和荒誕小說的影響。北島透過疏離旁觀的局外人視角，串連紛雜的人物和情境，運用黑色幽默和戲擬手法，勾畫文革社會的高壓氣氛，在美其名的「幸福大街」上，門牌十三號的瘋人院隱藏其中，在神祕、偽裝、瘋狂、猜疑、死亡等社會亂象中，民眾無所適從喪失理性，猶如一齣社會荒謬劇。

〈幸福大街十三號〉將故事時間置於文革末期的 1975 年深秋[17]，記者方成為找尋放風箏失踪的外甥，在幸福大街四處查訪。大街的一排洋槐樹被鋸倒，路人脫口說出「聽說昨兒風箏掛樹梢上了，有個野孩子爬上去夠……」（頁 202），方成因此注意到洋槐後有堵高牆，門牌寫著「幸福大街十三號」。此戶因門鈴虛設無法使用，方成便向路人詢問，但眾人回以驚恐神色，不敢作聲。他只好向公家單位查問，但單位人員都「不務正業」，未能提供協助。例如「紅醫站」打毛衣的小姐只管開立死亡證明、「居委會」老太太們開會閒聊死

---

[17] 此時間「1975 年」係依據《歸來的陌生人》，頁 215；《波動》第 201 頁則未標出此年代。

亡、「房管所」王所長熱中建造墳墓般的穴居房屋。他只好去「房管局」借閱地圖，沒想到地圖上的幸福大街十三號，竟是一塊空白；於是他轉向「公安局」求助，卻因「刺探國家機密」罪名遭到審查，劉局長告訴他：「誰都不知道的就是機密」（頁 212）。他被釋放之後，到圖書館去查書《關於歷代盜墓技術的研究》，卻覺得受到監視，嚇得驚慌逃離；於是他買了高倍望遠鏡，爬上烟囱，想親眼看個究竟，但難以置信的是，他竟然什麼都看不到。他爬下烟囱後，被送進瘋人院，當他看到院區圍牆時，才恍然大悟，原來這裡就是人人避談的幸福大街十三號。全篇的情節主線，即方成追查幸福大街十三號的過程，猶如一連串荒謬事件的組合。

北島以瘋人院象徵失序的文革社會，運用接連不斷的離譜情節，表現高壓政治下的非理性亂象，透過死亡意象和高壓氛圍，營造陰森恐怖、令人窒息的效果。死亡意象以冷筆穿插全篇，帶有黑色幽默筆調，死亡的沉重與嬉笑的輕浮，形成強烈反差，凸出時代的荒謬。除了「紅醫站」開死亡證明、「居委會」閒聊死亡、「房管所」建屋如墳之外，「房管局」丁局長談論冠心病、方成翻查盜墓書籍，也都散發著死亡氣息，尤其管烟囱老頭談到目睹多人自殺時的神色自若：「給家裡人留下字條了？……你算第十二個，昨天剛蹦下一個姑娘……」（頁 215），最具代表性。高壓氛圍具體呈現於人際關係的緊繃，身穿皮夾克、頭戴綠軍帽的監視者，猶如蓋世太保（Gestapo），不時出現在人群中，民眾惶恐走避，最後方成也是被穿皮夾克的人送入瘋人院；其中最具戲劇性的跟監情境，出現在方成

在圖書館時，他發現周圍悄悄坐滿了人，每個人都用厚書擋臉，而他們翻查的書籍全都與方成相同，於是他逃出圖書館，卻又「發現有個影子似的人緊緊跟著他」（頁213）。以「影子」比喻監視者，數次出現文本中，有如影隨行的寓意，呼應無法逃離的高壓氛圍。而以「幸福大街」比喻動輒得咎的文革社會，嘲諷意味十足。

　　從〈波動〉的愛情悲劇、〈在廢墟上〉和〈歸來的陌生人〉的親情悲喜劇，到〈幸福大街十三號〉的社會荒謬劇，北島小說的文革敘述明顯可見創作心境的變化，而這些變化與大陸政局、社會環境的變動密切相關。1985年以前，大陸文學多難擺脫政治的魔籠，知青作家的創作歷程多是如此，北島的小說亦不例外。〈波動〉寫於文革末期，在政治黑暗中，北島把對未來的悲觀疑惑，投射其中，蕭凌的喪生和楊訊的遺憾，深刻反映知青內心的苦悶絕望，不但透過蕭凌和楊訊宣洩知青一代的憤世不平，也藉此澆灌個人心中塊壘，抒發情感療癒心創。〈在廢墟上〉和〈歸來的陌生人〉寫於改革開放之初，政治黑暗結束、新時期來臨，正是對未來充滿期許、懷抱希望的時刻，雖須面對過去十年的滿目瘡痍，但仍難掩重生的欣喜，不論是王琦激發愛女之情，放棄尋死念頭，或是蘭蘭和爸爸誤會冰釋，重溫兒時情景，都充分顯現相信未來、迎向光明的樂觀。

　　1980年9月，《今天》收到公安局的停刊通知，於是改為「今天文學研究會」繼續運作，但12月受到更嚴厲的警告，只好被迫停刊。[18]在此危急情勢下，北島陸續完成〈幸福大街十三號〉和〈交叉點〉，之後小說創作便處於停頓。1982年初，〈交叉點〉發表於《小說林》後

---

[18] 同註3。

不久，中共黨內展開「清除精神汙染運動」，政策明顯緊縮，文藝活動多受影響，直到 1984 年底「清汙運動」結束後的次年，題材敏感的〈幸福大街十三號〉才刊載於《山西文學》。〈幸福大街十三號〉的風格與之前作品迥異，其中作者個人的情緒投射明顯減少，代之以冷靜旁觀的視角和筆觸，間或運用嘲諷戲擬的手法，表現局外人的疏離，創作技巧更臻純熟，但潛隱文字間的則是期待落空後的失望無奈，甚至冷漠解嘲。

第三節　探尋方向的風格實驗

　　北島說：「我是通過寫作尋找方向，這可能正是我寫作的動力之一。」[19]而他的創作之路，正是不斷追尋探索的歷程，因自青少年起，北島自覺生活在迷失之中，有信仰、感情、語言等種種的迷失，但他認為在尋找方向的過程中，借鑑他人是不可避免的，但最終目的是寫出自己。北島認為「『方向』只能是借來的，它是臨時的和假定的，隨時可能調整或放棄……也可以說這是一種信念，對不信的信念。」[20]這種對不信的信念，表現在文學創作上，形成一股向前追索實驗的動力，這股力量使北島的詩呈現不同時期的風格，也表現在小說創作的多樣面貌上。

---

[19]　同註6。
[20]　同註6。

北島回顧《今天》時表示：「小說在《今天》雖是弱項，但無疑也是開風氣之先的……而八十年代中期出現的『先鋒小說』，在精神血緣上和《今天》一脈相承。」[21]北島的小說創作，便是《今天》反叛意識和文學實驗精神的具體表現。以表現手法而言，呈現多種文風的探索，有的可見西方作品的精神面貌，有的帶領文壇的寫作風潮，也有的呼應社會的新興議題。以語言風格而言，北島充分展現詩人對文字的敏銳精鍊，透過詩歌意境的塑造、電影運鏡的手法等，使情境描寫和心理刻畫，情景交融，形成個人的小說語言風格。

一、探索題材文風

在封閉的文革時期，北島受到的文學影響中，令他印象最深的，「包括卡夫卡的《審判及其他》、薩特的《厭惡》和艾倫堡的《人‧歲月‧生活》等……」[22]這些西方文學作品對精神生活貧乏的知青而言，猶如打開通向世界的窗，北島的小說也同樣受到影響，唯阿便曾論及北島向西方現代主義文學的借鑑：「〈波動〉……它的體例與現代派大師福克納的《在我彌留之際》完全相同……〈幸福大街十三號〉，這是徹頭徹尾的卡夫卡《審判》的具體而微的中國翻版。」[23]

---

[21] 同註5，頁74-75。
[22] 同註5，頁69。
[23] 唯阿，〈解讀詩人北島〉（2003年8月24日），左岸文集（http://www.eduww.com/lilc/go.asp?id=2499）。上網日期：2007年4月20日。

　　福克納（William Faulkner，1897-1962）的《在我彌留之際》，
台灣譯為《出殯現形記》[24]，全書運用多重敘事觀點（multiple points
of view），藉由班家和親友十多人的視角，描述班母靄荻六天的出殯
過程，每節都透過單一人物的意識流或內心獨白，以第一人稱敘事，
在多人的主觀敘事和揭示內心之下，出殯的莊嚴肅穆和人物的各懷
鬼胎，形成情節衝突，甚至產生荒謬效果。〈波動〉全篇分為十一章，
每章分為若干節，每節同樣以該節視角人物為標題，運用多重敘事
觀點，呈現男女主角楊訊、蕭凌、楊生父林東平、林女媛媛、社會
黑幫白華等人的內心世界，透過同一事件不同視角的對照，不但交
代情節、說明因果，還凸顯人物性格的差異。雖然〈波動〉的衝突
性和荒謬效果不及《出殯現形記》，但這種直接展現各個人物主觀感
受的敘事手法，有助於多面向摹寫情感，正切合北島寫作當時的心
境，能更有效地宣洩情緒。

　　卡夫卡（Franz Kafka，1883-1924）的《審判》[25]，以主角 K 莫
名被捕後的連串荒謬遭遇為主線，包括 K 因追查被捕原因而生活陷
入混亂，法庭審判過程失序異常，還因備受監視惶惶不可終日，最
後被兩身份不明男子帶到郊外，以利刃刺心而死。〈幸福大街十三號〉
是將卡夫卡筆下第一次世界大戰後歐陸的動蕩不安，微縮成文革末
期大陸社會的恐怖高壓，兩者同是透過對社會的批判，思考民眾身
處混亂時代的無奈，以及奮力與命運搏鬥卻徒勞的悲哀。這篇作品

---

[24] 福克納，彭小妍、林啟藩譯，《出殯現形記》（台北：桂冠圖書公司，1995
　　年 3 月）。
[25] 卡夫卡，李魁賢譯，《審判》（台北：桂冠圖書公司，1994 年 1 月）。

寫於《今天》被迫停刊之際,北島將 K 從無辜被捕到私刑斃命的強烈震撼,淡化為方成從旁觀者變為當事人,歷經被捕、釋放、跟監、送入瘋人院等情節,並間雜戲擬幽默筆法,將卡夫卡的批判控訴轉化為象徵隱喻。

文革後尋根文學興起前,新時期文學的主流為傷痕文學和反思文學,北島的〈在廢墟上〉和〈歸來的陌生人〉即屬這類題材。〈在廢墟上〉寫知識分子受到的政治迫害,但未將批鬥過程作為描寫主體,而著重在批鬥前的內心掙扎和生死抉擇,相較於當時直接控訴文革和四人幫的傷痕文學,〈在廢墟上〉深化了傷痕文學的內涵,帶動更深刻的文學表現,之後的一些作品,例如宗璞的〈我是誰〉和馮驥才的〈啊!〉等[26],也都著重主角的內心世界和恐懼下的心理反應,而〈我是誰〉中主角走出家門後,一路上大量意識流的運用,與〈在廢墟上〉的手法頗為近似。〈歸來的陌生人〉和〈在廢墟上〉同樣觸及父女親情的題材,但寫作手法已跳脫凸顯母女親情的盧新華〈傷痕〉[27]的訴苦抗議,而代之以接受苦難、和解衝突的成熟內斂,並將政治造成的悲劇源頭,上推至反右時期,描述造成蘭蘭失去父愛的原因,不僅是文革十年,而是「整整二十年的勞動改造」(頁149),此著眼點與茹志鵑同時發表的反思文學代表作〈剪輯錯了的故事〉[28]相近。

---

[26] 宗璞,〈我是誰〉,《長春》1979 年 12 期。馮驥才,〈啊!〉,《收穫》1979 年 6 期。

[27] 盧新華,〈傷痕〉,《文匯報》,1978 年 8 月 11 日。

[28] 茹志鵑,〈剪輯錯了的故事〉,《人民文學》1979 年 2 期。

　　在反思文學中，除了親情題材之外，愛情題材也獲得熱烈回響，
自張潔〈愛，是不能忘記的〉[29]引發社會討論之後，隨著女作家群的
崛起，女性婚戀成為新興的文學議題，北島的〈旋律〉即屬此類，
為懷念文革中因救人而溺水的妹妹珊珊[30]，北島的女性婚戀作品，例
如此篇和〈波動〉，都以筆名「艾珊」發表，艾珊即愛珊的諧音。〈旋
律〉的主題由如何面對婚姻困境切入，進而思考什麼是維繫婚姻的
力量。全篇透過三對失合的年輕夫妻描述各自的婚姻問題：視角人
物尹潔厭倦繁瑣生活、渴望獨立自由，與丈夫大志爭吵後打算離婚；
送大志回家的陌生人因妻子外遇而分居，他認為「結婚過日子就像
口痰盂，都得朝它啐唾沫」（頁171）；尹潔前男友韋海林與妻子打架
離婚，單親照顧四歲的女兒。北島透過結褵三十二年老夫妻的互動，
為處於婚姻瓶頸的尹潔解惑，尹潔看到老頭每天早晚到車站接送老
妻，並細心呵護，於是開口問他：「您很幸福？」他拍拍心口回答：
「別讓它乾了，像口枯井……」（頁179-180），回家的路上，尹潔聽
見一組柔美的小提琴旋律，在心裡久久迴盪，老頭的話亦如優美旋
律，重新開啟她對婚姻的認識。此作如同對〈愛，是不能忘記的〉
的回應：在婚姻中，愛是不能忘記的，心不能像枯井乾涸。

　　〈稿紙上的月亮〉的主題探討和結構設計都很特別，不同於北
島之前的作品，也異當時大陸文壇的寫作風潮，主題明顯由大我走
向小我，其中已隱約浮現個人尋根意念和作家自我定位。北島將全

---

[29] 張潔，〈愛，是不能忘記的〉，《北京文藝》1979 年 11 期。
[30] 同註 5，頁 76。

篇分為七節，每節透過主角丁與他人的互動，如渴望創作的女學生陳放、妻子娟、兒子冬冬、編輯康明、仰慕者老太太等，呈現以丁為中心的放射狀人際網，藉由第一人稱舖寫陷入創作瓶頸的小說家丁，如何度過低潮期，重新找回創作動力。原本腸枯思竭時無意滴在稿紙上的墨水，被丁隨手勾成一彎月亮，隱喻稿紙裡的世界才是作家真正的追求。文中透過丁的意識流，帶出他是漁民之子的兒時記憶，並由冬冬對爺爺的詢問，呈現丁的自我思索，並由此領悟從漁民之子走向作家的歷程，對其人生的重大意義，於是他一改消極否定的態度，不再認為作家之路是痛苦的「酸葡萄」，轉而接受陳放的說法：「酸葡萄也可以釀成甜酒」（頁184）。

二、形成語言風格

1989年以前的北島早期創作，在語言風格上都表現出積極探索的實驗精神，北島面對新興詩歌寫作手法的快速變化，深刻感受到創作形式的危機。1980年，他在「百家詩會」談論詩歌主張時提到：

> 詩歌面臨著形式的危機，許多陳舊的表現手段已經遠不夠用了，隱喻、象徵、通感、改變視角和透視關係、打破時空秩序等手法為我們提供了新的前景。我試圖把電影蒙太奇的手法引入自己的詩中，造成意象的撞擊和迅速轉換，激發人們的想像力來填補大幅度跳躍留下的空

白。另外,我還十分注重詩歌的容納量、潛意識和瞬間
感受的捕捉。[31]

北島不但將這些激發想像的手法,實踐於詩歌創作,也運用在小說
寫作,藉由意象塑造、情境摹寫、心理刻畫、電影運鏡等技巧的運
用,形成北島獨特的語言風格,使其小說迥異於尚未走出文革文風
影響的新時期小說,而他著重人物主觀情感描摹的手法,也帶動1980
年代小說題材「向內轉」的趨勢。

在意象塑造方面,北島善於藉由物象延伸想像,加深意境。例
如〈波動〉中,北島以星星象徵蕭凌對未來希望的追尋,也作為其
人物形象的延伸。文中蕭凌多次提到星星,她對白華說:「它既是舊
的又是新的,在我們這裡只看到昨天的光輝,而在它那裡正在發出
新的光輝……」(頁36)她與白華舉杯時,覺得空中閃爍的杯子猶如
星光:「……那它們一定是無所不在的。即使在那些星光不可能到達
的地方,也會有別的光芒。而一切就是靠這些光芒連接起來的。」(頁
37)蕭凌喜歡星星,使其形象與星星相連,於是掛念蕭凌的白華,
夜晚夢見了星星。當蕭凌向楊訊提出分手後,她向星空悲傷祈禱:「飄
忽的星星呵,又純潔,又美麗,讓我在你們光芒所及的地方找到一
塊棲身之地吧。」(頁66)星星是蕭凌的化身,也是她孤寂心靈的依

---

[31] 《上海文學》編輯部編,「百家詩會」,《上海文學》1981年5期,轉引自王
光明,〈論「朦朧詩」與北島、多多等人的詩〉,《江漢大學學報(人文科學
版)》25卷3期,2006年6月,頁10。

託。又如〈稿紙上的月亮〉中，北島以月亮象徵個人追求的理想，表現小說家丁對自我價值的重新思考和定位。故事結尾處，冬冬看著又大又圓的月亮，對父親丁說：「這不是你的月亮。……那你的月亮呢？」（頁192）丁沒有說出的回答，隱藏在那張以墨滴勾成月亮的稿紙上，北島將天上的「實」月亮和稿紙上的「虛」月亮加以連結，隱喻創作者追求的月亮／理想就在稿紙／作品中。

在情境摹寫方面，北島運用移情手法，將人物情緒融入環境描寫，營造氣氛，並藉由聽覺和視覺的效果，呈現身歷其境的真實感。例如描寫文革故事的作品，時序多為秋天，透過萬物衰頹的蕭瑟，呼應人物內心的悲苦。〈波動〉中，楊訊和蕭凌在街上巧遇，兩人「穿過殘破的城門，沿著護城河默默地走著。漂著黑色雜草的河水綠得膩人，散發著一股濃郁的秋天的氣息。樹巢中的鳥兒咕咕叫了兩聲，撲簌簌地飛去了。」（頁17）〈在廢墟上〉篇首以摹寫秋景切入，「秋天，田野上卻是一片荒涼的景象。幾隻麻雀在電線上，在一個廢棄的舊窩棚上叫個不停，那聲音在這晴空下顯得過於響亮。」（頁139）〈幸福大街十三號〉開頭直接點明時節，「深秋的某個早晨。大街上冷冷清清。一陣秋風，便道上枯黃的落葉嘩嘩翻滾。遠處，賣冰棍老太太的吆喝聲單調而淒涼。」（頁201）在這些殘破、荒涼、冷清的意象堆疊之外，北島還透過聲音描摹產生聽覺效果，使情境生動逼真，如鳥兒咕咕叫、撲簌簌飛去、麻雀叫個不停、聲音過於響亮、落葉嘩嘩翻滾、吆喝聲單調淒涼等。

　　此外，北島也運用光影摹寫製造視覺效果，使情境豐富立體，例如蕭凌看到孩子們打水漂：「石子激起了層層漣漪，陽光被搖碎，每個浪尖上都浮著一枚亮晶晶的銀幣。」（〈波動〉，頁17）蘭蘭徘徊在外見到城市夜景：「燈光閃閃的大廈宛如巨大的電視屏幕，那些閉燈的窗戶組成了一幅捉摸不透的影像。一會兒工夫，有的窗戶亮了，有的窗戶又暗下來。」（〈歸來的陌生人〉，頁151）王琦回憶結識妻子的舞會：「幽暗的壁燈在旋轉，拖著長長的光影；樂池裡的銅管樂器閃閃發光，那指揮修長的影子疊在牆上，揮舞的手臂伸向房頂。」（〈在廢墟上〉，頁143）北島運用亮晶晶銀幣、巨大電視屏幕等比喻，具體再現陽光下的漣漪、窗戶裡的燈光，以幽暗壁燈、閃閃銅管和指揮身影，交錯搖曳，生動描繪燈影閃爍的舞會情境。

　　在心理刻畫方面，北島常以意識流表現人物心理，並透過主觀視角和客觀環境的交錯運用，增加敘事層次感，風格異於傳統的現實主義小說。例如小說家丁徘徊於創作瓶頸，不時憶及童年生活景象：「我睜開眼睛，輕輕一吹，玻璃板上雪白的烟灰像鷗群掠過水面。每次退潮，我差不多總和小伙伴們去趕海。從礁石上把海蠣子一個個敲下來，倒進嘴裡。還有那些躲在海藻裡或石頭下的小螃蟹……我是漁民的兒子……」（〈稿紙上的月亮〉，頁181）全篇也多次浮現丁內心深處身為漁民之子的童年意象，如放漁具的小黑屋、曬乾的漁網、海風的嗡嗡作響、海潮單調的聲音、腥臭滑膩的地板、接雨水的小鐵桶，以及海鷗、水藻、電鰻、珍珠貝、海蠣子等。此外，夢境的描繪也能側寫潛意識，呈現人物不為人知的內心，例如蘭蘭

的夢境透露出面對父親歸來的恐懼,她夢見自己與父親在椰林山澗遊玩,但她「忽然扭過頭,驚叫起來。背後坐的原來是個小老頭,血肉模糊的臉,穿著囚衣,胸前印著『勞改』二字。他嘶啞地呻吟著『給我口水喝吧,水,水呀!』」(〈歸來的陌生人〉,頁155)蘭蘭的潛意識裡,父親的形象與童年恐怖經驗拼接,地下室裡遍體鱗傷的老頭嘶啞呻吟地向她討水喝,夢境將她的深層恐懼表露無遺。

在意識流和夢境的摹寫之外,北島也善於透過情景交融,描摹人物的情緒和處境。例如楊訊與蕭凌在路口沉默道別:「我們站在十字路口,面對著面。霧,像巨大的冰塊在她背後浮動。黑暗裡挾著寂靜的浪頭撲來,把我們淹沒在其中。」(〈波動〉,頁 23-24)又如蘭蘭與父親誤會冰釋,她彷彿看到二十年前的情景,紮藍緞帶的小女孩與風度瀟灑的中年人,以及二十年的歲月轉瞬流逝,「他們之間,隔著一排剛剛裁下的小楊樹。而這小樹,在迅速地膨脹著,伸展著,變成一排不可逾越的巨大柵欄。標誌是二十圈不規則的年輪。」(〈歸來的陌生人〉,頁 165-166)

在電影運鏡方面,北島曾表示,他試圖將電影蒙太奇手法引入詩作中[32],而他的小說創作也不時可見這類電影運鏡技巧的使用,不論是遠景、中景、特寫、定格,或是淡入、淡出、剪接、拼組,都屬於情境摹寫中視覺效果的延伸運用。小說〈交叉點〉的設計重心,便是將故事主體壓縮在單一場景中,聚焦於兩敵對人物唯一一次的真誠互動,戲劇性十足。建築師傅范關東和工程師吳胖子,早已意

---

[32] 同上註。

見不合鬧翻，但兩人在小酒舖遇上，同桌而坐，在酒精催化下，尷
尬氣氛逐漸緩和，吳胖子談到妻子因自己挨整而離異再婚，但又不
時回來哭訴，使范關東的同情油然而生。酒酣耳熱之際，吳談起自
己的釣魚樂趣，約范一同前往，而范也邀他到家中酒敘，還要老妻
給吳作媒，之後兩人互相攙扶哼歌離去，吳以低音嘶吼，范以尖嗓
伴唱，「他們在唱生活的歡樂和不幸，他們在唱友誼、友誼和友誼」
（頁 199）。之後直接切入結尾，第二天早上兩人迎面相遇，目光接
觸卻又岔開，誰也沒有主動招呼，以此對照小酒舖的偶遇，如同兩
直線的意外交叉。此作中，北島刻意淡化場景描寫，將情節起伏集
中在兩人的表情言語間，猶如一場獨幕劇，在偌大的舞台中，聚光
燈只投射在兩人身上。最後的收結是以淡出手法將鏡頭逐漸拉遠，
「走出很遠，范關東扭過頭來，望著那就要消失的背影。」（頁 200）
暗示這兩條線又回到各自的軌道，漸行漸遠。

　　除了〈交叉點〉的結尾設計之外，北島小說常透過電影運鏡手
法，留下象徵式的結尾，給予讀者開放的想像空間，增加作品的餘
韻。例如〈波動〉的結尾，是以拉高漸遠的唯美鏡頭描寫蕭凌的死
亡：「一位和我酷似的姑娘，飄飄地向前走去，消失在金黃色的光流
中……」（頁 137），蕭凌看著自己的靈魂飄進光流，意謂美好生命的
殞沒。又如〈歸來的陌生人〉的結尾，透過蘭蘭的視角，鏡頭由公
園林蔭路上的父親，直接切入蘭蘭的內心，她想像學生張小霞參加
百米賽跑的場景：「背後升起一縷信號槍的白烟，在向後退去的無數
張面孔和尖銳的呼喊聲中，她正用胸部去撞擊終點的白線。」（頁 166）

北島將實景轉入虛景，以張小霞成功衝向終線，隱喻蘭蘭終於突破心防，接納歸來的父親。

　　北島說：「我一直在寫作中尋找方向，包括形式上的方向，尋找西班牙詩人馬查多所說的『憂鬱的載體』。那是不斷調音和定音的過程。」[33]透過不停的探尋摸索、調整定位，北島走出個人的寫作道路，即使在短暫的小說創作過程中，也充分展現他的探索精神，不論表現手法或語言風格，都可見實驗的軌跡。在題材文風的探索上，《波動》收錄的七部小說風格各異，大至社會議題、政治批判，小至人際互動、個人意識，或向西方文學借鑑，或帶領文壇風潮，都明顯看出北島勇於嘗試的創作活力。在語言風格的形成上，北島將詩歌技巧的實驗，擴大於小說寫作，以意象塑造延伸想像，以情境摹寫營造氣氛，以心理刻畫描繪人物，以電影運鏡增加餘韻，使情緒與景物、內心與外界交錯連結，呈現情景交融的美感，展現詩人特有的文字韻律，形成個人的語言特色。

第四節　小結

　　北島的小說創作，與其同期的詩歌風格相近，都屬於《今天》精神的產物。在文革敘述的主題意識方面，不但是成長歷程的審視，也是時代環境的思考，但文革浩劫的重創，卻也提供了新的契機，

---

[33] 同註6，頁167。

創造出 1980 年代的文學輝煌。如同北島所說:「八十年代的高潮始
於『文化革命』。『地震開闢了新的源泉』,沒有『文化革命』就不可
能有八十年代。」[34]。在風格實驗的表現形式方面,《波動》各篇呈
現多樣面貌,〈波動〉和〈幸福大街十三號〉向西方現代文學借鑑,
〈在廢墟上〉和〈歸來的陌生人〉深化傷痕和反思文學的視角,〈旋
律〉著眼女性婚戀議題,〈稿紙上的月亮〉反省作家自我定位,〈交
叉點〉聚焦人物互動的戲劇性。在探索文風的同時,北島也以詩人
的敏銳文字和個人的美感經驗,進行語言情境的摹寫嘗試,融入視
聽效果激發想像,形成獨特的語言風格。整體而言,北島的小說以
文革敘述表現時代風貌,以風格實驗開展先鋒精神。

　　《今天》作為大陸 1980 年代初的文學運動,已成為過去的歷史,
但當時堅持的創作理想和暴發的創作光熱,已形成北島等作家的藝
術風格,並深刻影響大陸文學的發展。北島認為,《今天》代表的文
學傾向,「就是對一統天下主流話語的反抗,擺脫意識形態的限制,
恢復詩歌的尊嚴」[35],而海外復刊的《今天》,雖調整方向,定位為
「跨地域的漢語文學先鋒雜誌」[36],但仍堅持著《今天》的初衷:「它
反抗的絕不僅僅是專制,而是語言的暴力、審美的平庸和生活的猥
瑣」[37]。這種非官方民刊的反叛意識和人道精神,自北島詩作〈回答〉

---

[34] 同註 5,頁 81。

[35] 同註 5,頁 74。

[36] 同註 3。

[37] 北島,〈為了《今天》的遠行──紀念《今天》文學雜誌創刊 25 周年開幕式
致辭〉,2006 年 12 月 12 日,象網(http://www.xf1996.com/bbs/ShowPost.asp?
ThreadID=82)。上網日期:2009 年 10 月 13 日。

刊於《詩刊》起，帶動《今天》許多作品陸續走進官方刊物，滲入主流媒體，地下文學由此浮出地表。《今天》的文學精神由被抵制到接受，形成新的創作傾向和文學傳統，帶動 1980 年代的文學質變。

第四章 人道主義的省思
——茹志鵑與〈剪輯錯了的故事〉

　　文革結束之初，大陸文壇復甦緩慢，1977 年底劉心武發表小說〈班主任〉[1]後，僅出現數篇控訴文革和四人幫的傷痕文學作品，直到 1978 年底中共十一屆三中全會後，深受文革影響的文藝組織和刊物才因政治解凍加速運作，日漸活絡。由於鄧小平重返政壇後積極推動平反運動，大陸各界掀起大規模的翻案風，摘帽平反的對象，由文革時期的「牛鬼蛇神」，逐漸擴大至反右時期的「右派分子」，平反運動時間長達五年，平反人數幾乎上億[2]。1979 年中，在「撥亂反正」的氣氛下，大陸文化界出現〈為文藝正名——駁「文藝是階級鬥爭的工具」說〉的呼籲，後又有朱光潛〈關於人性、人道主義、人情味和共同美問題〉的發表[3]，帶起人道主義思潮的論爭，使 1950 年代曾受強烈批判的人道主義觀點，再度成為文藝界關注的焦點。

　　在人道主義思潮的衝擊下，大陸當代文學的創作也由喊痛控訴的傷痕文學，深化為思考文革悲劇起因的反思文學，透過各種人物

1　劉心武，〈班主任〉，《人民文學》1977 年 11 期。
2　參見費正清，《費正清論中國：中國新史》（台北：正中書局，1994 年 7 月），頁 466。
3　《上海文學》評論員，〈為文藝正名——駁「文藝是階級鬥爭的工具」說〉，《上海文學》1979 年 4 期。朱光潛，〈關於人性、人道主義、人情味和共同美問題〉，《文藝研究》1979 年 3 期。

在政治環境下的命運起落,呈現作者對人性和人情的思索,以及對人生無常和存在荒謬的喟嘆。反思文學的作者,除了史鐵生、韓少功、梁曉聲、葉辛等經歷插隊生活的知青作家外,還有許多經歷反右下放的中年作家,他們在過去的寫作基礎上,重新咀嚼二十多年來的生活遭遇,以更深刻的筆觸書寫人生。在寫作風格上,反思文學的作者為能表現荒誕扭曲的人生遭遇,處理時間跨度較大的題材,於是在現實主義的主題精神下,借鑑現代主義的寫作技巧,表現小說人物因環境變換造成的身分轉變和內心起伏,例如茹志鵑的〈剪輯錯了的故事〉和〈草原上的小路〉、王蒙的〈布禮〉和〈蝴蝶〉、宗璞的〈我是誰〉、諶容的〈人到中年〉等,都運用意識流的手法組織篇章或刻畫人物,被視為「新時期現代主義小說的濫觴」[4]。

　　本章以反思文學作為大陸新時期批判現實主義的風格典型,以茹志鵑(1925-1998)文革後的代表作〈剪輯錯了的故事〉為研究對象,先由該作對大躍進浮誇造假風氣的揭露,窺探中共建政前後幹部群眾關係的變化;再由文革後在現代主義思潮影響下,現實主義作家對現代主義技巧的嘗試,追索大陸現實主義小說的蛻變軌跡。

第一節　從「歌頌」到「鞭撻」的茹志鵑小說

　　茹志鵑幼年喪母,父親棄家出走,由祖母撫養,生活艱苦,輾轉於滬杭兩地;十三歲時祖母過世,她住進孤兒院,之後陸續讀過四年

4　董小玉,〈新時期現代主義小說的濫觴——論王蒙、茹志鵑、宗璞、諶容對現代主義小說技法的嘗試〉,《呼蘭師專學報》17卷1期,2001年3月,頁24-29。

書。1943年是茹志鵑人生的重要分水嶺,她隨兄參加新四軍,在蘇中抗日根據地擔任文化兵,在此之前,文藝對她而言,是可望不可及的「昂貴東西」,直到加入文工團,參與演戲、唱歌、跳舞等活動,她才真正接近了文藝。從抗日戰爭到國共戰爭的文工團經驗,影響了茹志鵑一生的創作,她回憶道:「我們文工團員,一直和解放區全體軍民同走一條路;同吃也同餓,同打一個戰鬥,同奔一個目標。」[5]她親眼看見農民寧可自己吃地瓜葉,也要拿最後的糧食支援紅軍,也親耳聽見《白毛女》演出後,士兵奔赴前線時激動地齊聲高喊:「為白毛女報仇!」這些不僅讓她更清楚軍人的責任,也感受到文藝的力量,因而對創作產生強烈的社會責任感,認為「一個作家應該是一個思想家」[6]。

　　茹志鵑的文學觀,與她同時期的作家相同,都受到毛澤東文藝理論的影響,堅守現實主義的創作精神,認為創作須取材自最熟悉的生活,書寫作家的真實感受;但她並不認為作品等同生活,所以還必須塑造生活典型,「因此,為了寫出有價值的作品,你必須概括幾個人物和幾樁事件」,也就是所謂的「認識生活,思索生活」。[7]茹志鵑特殊的軍旅生活背景,使其創作風格異於同時代的宗璞和李準,較近於稍早的孫犁,正如她所說:「我的特殊的經歷,形成了我這雙眼睛,我帶著這雙眼睛去看社會,看我周圍的生活。」[8]

---

[5]　茹志鵑,〈回顧〉,《上海文學》1962年5期,收於孫露茜、王鳳伯編,《茹志鵑研究專集》(杭州:浙江人民出版社,1982年7月),頁7。

[6]　茹志鵑,〈《草原上的小路》的創作及其他──在短篇小說創作學習班上的講話〉,《上海文學》編輯部內部資料1979年3期,收於孫露茜、王鳳伯編,《茹志鵑研究專集》,頁76。

[7]　蘇珊娜・貝爾納,〈和茹志鵑的一次談話〉,李關元譯自《中國文學》1980年3期,收於孫露茜、王鳳伯編,《茹志鵑研究專集》,頁104-106。

[8]　茹志鵑,〈漫談我的創作經歷(節錄)〉,《新文學論叢》1980年1期,收於孫

在茹志鵑的一生中,投身新四軍加入文工團是重大轉捩點,使她的人生從此與文藝接軌;在走上創作道路後,因文革停筆的十一年,則是她創作風格由「歌頌」走向「鞭撻」的分界線。她曾多次表示:文革前,她用天真純潔簡單的眼光看社會主義,認為一切都很美好,作家應該歌頌世界,所以她的作品裡極少描寫反面人物;經歷文革後,她的年歲增長了,思想也複雜了,發現生活並非那麼美好,她看到社會中負面的事物,於是想鞭撻某些不正的思想作風。她認為頌讚與暴露其實是一體的兩面,所以不論歌頌或鞭撻,都是作家最寶貴的東西,因為鞭撻是為了更好的歌頌,而潛藏背後的同是作家對社會的深切責任感。[9]

一、文革前歌頌生活熔煉典型

毛澤東發表〈在延安文藝座談會上的講話〉的次年,茹志鵑加入文工團,在戰爭的環境氣氛中,她真誠努力地學習「革命文藝」的意義,理解毛〈講話〉的「六個『更』」:

> ……文藝作品中反映出來的生活卻可以而且應該比普通的實際生活更高,更強烈,更有集中性,更典型,更理想,

露茜、王鳳伯編,《茹志鵑研究專集》,頁 49-50。

[9] 茹志鵑有關「歌頌」和「鞭撻」的說法,參見茹志鵑,〈漫談我的創作經歷（節錄）〉、〈《草原上的小路》的創作及其他──在短篇小說創作學習班上的講話〉,以及冬曉,〈女作家茹志鵑談短篇小說創作〉,《開卷》1979 年 7 期,以上分別收於孫露茜、王鳳伯編,《茹志鵑研究專集》,頁 61、81-82、100。

因此就<u>更帶著普遍性</u>。革命的文藝，應當根據實際生活創作出各種各樣的人物來，幫助群眾推動歷史的前進。……如果沒有這樣的文藝，那末這個任務就不能完成，或者不能有力地迅速地完成。[10]（註：底線為筆者所加）

她由此領悟出革命的文藝工作者的重大任務，也由此確認了她的創作理念——作家透過生活實踐認識真理，並藉由文藝帶領群眾推動歷史。

1943 年底，茹志鵑的處女作〈生活〉，發表於《申報》副刊；1955 年，個人小說集《關大媽》出版，收有小說三篇；1958 年春，〈百合花〉刊載於《延河》，使她開始受到文壇的注意。同年 6 月，《人民文學》轉載〈百合花〉；在同期刊物中，茅盾發表評論〈談最近的短篇小說〉，給予該作極大肯定：「我以為這是我最近讀過的幾十個短篇中間最使我滿意，也最使我感動的一篇。它是結構謹嚴，沒有閒筆的短篇小說，但同時它又富於抒情詩的風味。」[11]對此，茹志鵑在文革後重編小說集時表示：「〈百合花〉在我創作的歷程中，是關鍵的一個作品，是使我鼓起更大的勇氣，走上了創作這條道路的一個作品。更準確地說，是茅盾同志對這個作品的熱情鼓勵，使我更堅定了決心和信心。」[12]

---

[10] 毛澤東，〈在延安文藝座談會上的講話〉，《毛澤東選集（第三卷）》（北京：人民出版社，1966 年 7 月），頁 818。
[11] 茅盾，〈談最近的短篇小說（節錄有關〈百合花〉的評論）〉，《人民文學》1958 年 6 期，收於孫露茜、王鳳伯編，《茹志鵑研究專集》，頁 251。
[12] 茹志鵑，《百合花·後記》（北京：人民文學出版社，1978 年 9 月），頁 315。

　　茹志鵑文革前的小說，以表現主題而言，大致可分為兩類：一是反映戰爭時期的軍民互動，如〈關大媽〉、〈百合花〉等，二是刻畫社會主義的新人新生活，如〈如願〉、〈靜靜的產院〉等。在第一類作品中，茹志鵑展現出獨特的抒情筆觸，以溫婉柔美又帶有淡淡感傷情調的文字，表現戰爭時期的軍民一心。例如，〈百合花〉[13]寫1946 年中秋，在部隊決定總攻的危急時刻，一位女性文工團員被派去支援傷兵包紮所，她由主攻團的通訊員陪同前往。茹志鵑透過此文工團員的視角，描寫年輕通訊員靦腆老實、認真善良的形象。他們到達包紮所後的第一個任務，是向百姓借棉被給傷兵用，通訊員因無法說服一位新婚媳婦出借棉被，頗感尷尬為難，但在文工團員向新媳婦曉以大義後，新媳婦拿出了自己唯一的嫁妝——「一條裡外全新的新花被子，被面是假洋緞的，棗紅底，上面撒滿白色百合花」[14]。當晚通訊員返回前線團部，新媳婦到包紮所幫忙，在激烈戰鬥開始後，傷員陸續送來，通訊員因替同志擋手榴彈而重傷，但被送來後仍不治。於是新媳婦莊嚴虔誠地為他擦洗身體、縫補軍裝，最後在遺體入棺的那一刻，她堅持用那撒滿百合花的被子墊蓋他冰冷的身軀。

　　在第二類的作品中，茹志鵑透過人物的的心理變化，反映大環境的革命氣氛，以及新社會展現的向上提升力量。例如，〈靜靜的產院〉[15]的譚嬸嬸，在人民公社成立後，受杜書記的鼓勵組織新式產院，

---

[13] 茹志鵑，〈百合花〉，《延河》1958 年 3 期，收於《百合花》，頁 66-76。
[14] 同上註，頁 71。
[15] 茹志鵑，〈靜靜的產院〉，《人民文學》1960 年 6 期，收於《百合花》，頁 161-182。

但當在城裡受過訓的荷妹加入產院時，她卻因為荷妹的提議和作法，感到不悅。例如荷妹不認同她一有風險就「打電話請醫生來」的做法，並主動替產院安裝自來水，還建議她接生時戴上護士帽，甚至一反她要產婦臥床的規矩，帶著產婦做產後操等。但是當譚嬸嬸回想三年前她推廣新法接生，也受到舊產婆潘奶奶的排擠批評時，她忽然想通，她的不悅其實是面對時代進步的恐慌。因此杜書記當初勉勵她的話，再度成為她向前的動力：「……社會要在我們手裡變幾變，形勢發展這樣快……我們做工作就叫做幹革命，我們學習也叫做幹革命。不會的得趕緊學會，不懂的就得趕緊學懂。」[16]最後譚嬸嬸在面臨產婦危急情況時，不再只是「打電話找醫生」，而是在荷妹的協助下，突破心理障礙，為產婦完成手術。

茹志鵑的這兩類小說，都取材自小人物的生活遭遇，不見尖銳激烈的革命鬥爭和正反兩極的人物對立，卻生動描繪出特殊時代背景下，中間人物的變化和成長，迴異於當時主流作品的宏大敘事和英雄塑造。所以 1960 年代初，侯金鏡便以獨到的眼光論及：茹志鵑的作品是以「委婉柔和細膩而優美的抒情」為基調，而其選擇和描寫的題材，「常常是生活激流中的一朵浪花，社會主義建設大合奏裡的一支插曲」[17]。

---

[16] 同上註，頁 163。

[17] 侯金鏡，〈創作個性和藝術特色——讀茹志鵑小說有感（節錄）〉，《文藝報》1961 年 3 期，收於孫露茜、王鳳伯編，《茹志鵑研究專集》，頁 134、125。

二、文革後鞭撻黑暗省思人性

　　因文革停筆的十一年，是茹志鵑小說創作的分界線，在政治變遷、年歲增長、人事浮沉後，她自覺地將創作風格由「歌頌」轉向「鞭撻」，老作家黃秋耘也以「從微笑到沉思」[18]來形容她文革後小說風格的變化。這種風格的轉變，起於經歷十年風雨後她對黨國的憂心，也起於作家對社會的責任；相較於前期的文風，此時期的轉變對她無疑是另一種挑戰和突破：

> ……過去十七年來，我寫歌頌的是占絕大部分，經過「文化大革命」以後，我腦子更複雜一點了……有一些東西就想鞭撻……不鞭撻，也就無法更好的歌頌，不鞭撻也可能會掩蓋了一些腐敗的東西……但我過去從來也不在作品裡鞭撻過。我怎麼來鞭撻法呢？這是我的一個新課題。不過我相信，我的鞭撻法也還是我的，還是從我這個筆下寫出來的。[19]

　　茹志鵑文革後的創作，主要集中在 1978 到 1982 年間，1982 年後較少發表作品。1979 年是她這時期創作的高峰，發表了具代表性的兩篇小說〈剪輯錯了的故事〉和〈草原上的小路〉，而這兩篇作品

---

[18] 黃秋耘，〈從微笑到沉思——讀茹志鵑同志的幾篇新作有感〉，《上海文學》1980 年 4 期，收於孫露茜、王鳳伯編，《茹志鵑研究專集》，頁 208。
[19] 同註 8，頁 61。

不論在主題思想或寫作手法上，都極具開創性，對大陸新時期小說
的發展有深刻影響。〈剪輯錯了的故事〉是率先追索文革動亂根源的
作品，將小說時空置入大躍進的浮誇年代，探討中共建政前後共黨
幹部和人民群眾的關係變化，獲得 1979 年優秀短篇小說獎；〈草原
上的小路〉則是第一批表現老幹部復職後新問題的作品，延續〈剪
輯錯了的故事〉觸及的幹群關係問題，進一步思索在環境地位改換
後人的變化。

　　〈剪輯錯了的故事〉[20]透過甘木公社三隊副隊長、梨園經管人老
壽的視角，描寫大躍進期間，各地爭放「高產衛星」[21]的浮誇歪風，
而這種摻假媚上的扭曲現象，使一路跟隨共產黨革命的老壽深感痛
心，甚至產生對自我定位的錯亂疑惑。因為當年打仗時處處為百姓
著想的老甘，搖身變為甘書記後，竟為了評比而放起畝產 16000 斤
的大衛星，讓社員陷入一天只剩八兩糧食的窘境，甚至不顧梨樹即
將收成，而在「以糧為綱」的指示下，要求三日內改變面貌完成砍
梨種麥的任務。茹志鵑運用老壽的意識流串聯今昔兩條時間線，在
回憶、臆想等內心活動，與敘事當下的生活遭遇交錯進行中，老壽
內心糾結著「也不知是老壽背了『時』，還是『時』背了老壽」[22]的
困惑，成為政治動亂瓦解社會價值的深刻寫照。

---

[20] 茹志鵑，〈剪輯錯了的故事〉，《人民文學》1979 年 2 期，收於《草原上的小
　　路》（天津：百花文藝出版社，1982 年 8 月），頁 59-81。
[21] 「高產衛星」用以比喻大躍進時期各地強調農業產量方面獲得的凸出成績。
[22] 茹志鵑，〈剪輯錯了的故事〉，收於《草原上的小路》，頁 66。本章以下同此
　　出處引文，直接於引文後加註頁碼。

〈草原上的小路〉[23]的創作靈感，起於 1978 年茹志鵑去參觀大慶油田，當時右派改正政策尚未出來，她想為一些不受重視的心靈發聲，又看到在大慶草原上生活的青年男女，思考到他們面臨的生活戀愛等問題，因而將二者結合起來表現。[24]該作從女知青小苔的視角，呈現另兩個知青形象的對比──對她有好感的男知青石均，以及對她關懷照顧的室友楊萌。石楊二人同樣遭逢家難，父關押，母自殺，但楊萌以同理心體貼幫助他人，石均卻功利地以「條件論」看人。楊父原為石父的屬下，反右後成為「摘帽右派」，但文革後仍關在勞改農場；石父原是黨委書記，文革中因有特務嫌疑被關，文革後平反復職。在石父赴任之際，楊萌寫了一封長信，請石父為其父申訴雪冤，卻被撕毀丟入廢紙中。該作前半由小苔的意識流串聯情節，她因不知如何答覆石均的信：「……請告訴我，我該怎麼向爸爸介紹你呢？」[25]而整夜無法成眠，輾轉反側中陸續帶出她與石均從認識到相處的回憶，其間還不時聽見楊萌心繫老父而傳來的暗夜哭聲。茹志鵑以草原景色開啟全篇，並多次描寫草原上蜿蜒曲折的小路，標題「草原上的小路」是全篇極重要的抒情意象，象徵青年的人生道路，結尾也由小苔踏著那彎曲小路思索未來生活的方向，形成呼應全篇的開放式結尾。

比較茹志鵑文革前後兩時期的作品，不難發現其風格特色的變異與不變：其中變異的是表現現實的角度，由歌頌走向鞭撻，從理

---

[23] 茹志鵑，〈草原上的小路〉，《收穫》1979 年 3 期，收於《草原上的小路》，頁 82-109。

[24] 同註 6，頁 69。

[25] 同註 23，頁 84。

想浪漫的革命文藝轉向揭露批判的現實主義；不變的則是寫作題材的選取，皆擅長「以小見大」，藉由「浪花」去反映波瀾壯闊的「海洋」，這種不著力於歷史大敘事的取材視角，搭配其溫婉細緻的抒情筆調，凸顯出茹志鵑對生活的敏銳觀察，以及對社會的深沉思考。

第二節　立足人道精神省思政治亂源

　　1979 年 10 月 31 日，中共第四次文代會在北京召開，鄧小平親自出席會議，發表〈在中國文學藝術工作者第四次代表大會上的祝辭〉[26]，重申「雙百」方針，以及文藝要為人民服務。中共建政以來，每次文代會的召開，都帶有鮮明的政治義涵，第四次文代會則是與當時「解放思想，實事求是，團結一致向前看」[27]的精神相符。在第四次文代會中，鄧小平的祝辭提及當前創作的方向，肯定傷痕文學繼續對抗文革的遺毒，並鼓勵改革文學塑造社會主義的新人；周揚的大會報告，在撥亂反正的精神下，重新評定五四時期到文革後的文學思潮和作品，其中茹志鵑的〈百合花〉與〈草原上的小路〉都列名其中[28]；

---

[26] 鄧小平，〈在中國文學藝術工作者第四次代表大會上的祝辭〉，《鄧小平文選（1975-1982）》（北京：人民出版社，1983 年 7 月），頁 179-186。

[27] 中共十一屆三中全會前，鄧小平發表〈解放思想，實事求是，團結一致向前看〉，《鄧小平文選（1975-1982）》，頁 130-143。此原為 1978 年 12 月 13 日鄧在中共中央工作會議閉幕的講話，亦作為隨後召開的中共十一屆三中全會的主題報告。

[28] 參見周揚，〈繼往開來，繁榮社會主義新時期的文藝——在中國文學藝術工作者第四次代表大會上的報告〉（1979 年 11 月 1 日），《文藝報》1979 年 11-12

茅盾的大會發言,亦將〈剪輯錯了的故事〉列舉為佳作[29]。在這次會議中,只有茹志鵑一位作家被提及三篇作品,這不但說明她在突破創作題材上受到的肯定,也可看出她在大陸當代文學發展上受到的重視。

茹志鵑的小說能獲得普遍共鳴,與其現實主義的創作理念和特殊的生活經歷有關。她認為創作的「原料就是生活」,而「生活就是(極其主要的一部分)作者自己的經歷」;對她而言,抗日戰爭、解放戰爭和文化大革命那樣的生活,和她自己的命運緊密地結合在一起,是她很寶貴的生活經歷和創作來源。此外,行伍出身的背景,也形成她觀察世界的特殊視角,正如她所說:

> 我的特殊經歷是,在參加革命以前,我沒有什麼家,到了部隊以後,我有了家。我這個特殊的經歷,就賦予我一雙我自己的、單單屬於我自己的一雙眼睛⋯⋯這不僅僅是一雙眼睛的問題,這裡包括了思想感情、立場觀點,是個世界觀的問題。[30]

茹志鵑的特殊生活經歷,使她經常描寫戰爭歲月中情逾骨肉的軍民關係,表現軍為民出生入死的精神,以及民對軍的關懷崇敬;也正是軍人的背景和戰士的視角,使她由敏銳地觀察,進而深刻地揭露,

---

期,頁 8-26。

[29] 參見安麗,〈堅持百合花風格的茹志鵑〉,《新晚報》1980 年 4 月 1 日,收於孫露茜、王鳳伯編,《茹志鵑研究專集》,頁 201。

[30] 同註 8,頁 49。

在新舊兩個時代、軍民兩種身份的變換中，產生的強烈對比。文革後，茹志鵑文風的改變，主要源於政治局勢和社會生活的變化，所以不論是〈出山〉和〈冰燈〉[31]，或是〈剪輯錯了的故事〉和〈草原上的小路〉，都對中共社會發展進行真實描寫，並從不同角度展示具有重大社會意義的主題。[32]其中〈剪輯錯了的故事〉的主題思想極具開創性，不但率先將文革動亂的根源上探至大躍進時期的浮誇歪風，也立足於人道精神思考中共建政前後幹群關係的變化。

一、追索文革動亂的根源

　　茹志鵑的創作多以個人的生活經驗為基底，〈剪輯錯了的故事〉的題材同樣來自她的所見所感，她曾多次談到創作這篇小說的動機[33]：1958 年，她參加上海慰問團到安徽農村去驗收大躍進的「成果」，學習「放高產衛星」，她親眼看見高產田裡稻子像城牆一般密實，甚至記者的相機放上去都掉不下來，她看著農民割稻、打穀、運輸、過秤，一畝田產量竟高達 16000 斤，她當時激動不已，回家後懷著一種「民族的自豪感」，寫下散文〈衛星從東方升起〉[34]。事隔不久，

[31] 茹志鵑，〈出山〉，《上海文藝》1977 年 10 期；〈冰燈〉，《人民文學》1978 年 1 期。以上兩篇收於《草原上的小路》，頁 30-45、46-54。

[32] 參見時漢人，〈談藝術風格的發展──喜讀茹志鵑近作〉，收於孫露茜、王鳳伯編，《茹志鵑研究專集》，頁 227-228。

[33] 有關茹志鵑創作〈剪輯錯了的故事〉的經過，參見茹志鵑，〈漫談我的創作經歷（節錄）〉；〈我對創作的一點看法〉，《語文教學通訊》1981 年 1 期。以上收於孫露茜、王鳳伯編，《茹志鵑研究專集》，頁 50、62；86-87。

[34] 茹志鵑，〈衛星從東方升起〉，《文藝月報》1958 年 9 期。

她便了解「高產衛星」其實是自欺欺人的世界紀錄，農民把幾十畝田的稻擠在一起作勢豐收，猶如一場「滑稽劇」。當時這些作法已是公開的祕密，同志間時而談及，但她卻信以為真，真誠熱情地撰文紀事，以致有種被欺騙的感覺。直到 1978 年冬，當時雖尚未出現大躍進題材的作品，但中共十一屆三中全會提出了「實事求是」，使她憶起 1958 年的情景，重新思索這場「滑稽劇」背後的危機。

茹志鵑因其軍旅背景而深刻體認到，群眾對軍隊的向心力與部隊幹部的作風有關。戰爭時期，軍中物資缺乏，生活艱苦，青年們不顧一切地跟隨軍隊，只因為「有一種他們嚮往的東西，希望的東西表現在我們的身上，特別是幹部的作風上」[35]。但是時過境遷，十年浩劫使共黨的作風和傳統已面臨破產，因此她以作家對社會的責任和戰士保家衛國的心情，對錯誤政策和扭曲現象，提出良心的呼籲：

> 「四人幫」糟蹋了這十年，我們黨的作風、傳統已經到了快要破產的地步，我非常迫切地感覺到要寫這篇東西。一方面是還債，大躍進時人家欺騙了我，我欺騙了群眾，這個債要還，像這樣的「歌德派」做下去要亡國亡黨的，是最大的「缺德派」。另一方面，寫出來，也可作一個前車之鑑。[36]

---

[35] 同註 8，頁 61-62。
[36] 同註 8，頁 63。

她反省從土地改革，到解放戰爭、淮海戰役，群眾都是軍隊最堅實的後盾，所以「贏得戰爭的勝利，不僅僅是小米加步槍，而是人民，人民的意志」[37]；但新中國成立之後，政策不斷出新，從合作化、公社化、食堂化，到大躍進、大煉鋼，農民聽話苦幹，生活卻更艱苦。於是她思考到一個嚴肅的問題：「我們的黨，我們的國家，再遭到一場戰爭，農民會不會像過去那樣支援戰爭，和我們一起努力奮鬥？」[38]然而她的答案是否定的，於是她不再考慮大躍進題材是否為創作禁區，而以面對「救黨救國的燃眉之急的大事」的心情，寫下〈剪輯錯了的故事〉。

〈剪輯錯了的故事〉透過視角人物老壽的意識流，串聯大躍進時期的敘事當下，以及老壽回憶過往充滿困惑的內心世界，在客觀情境和主觀意念的剪接下，形成今昔兩條時間線的鮮明對照。茹志鵑將1958年訪問安徽農村的經驗，以詼諧的筆調於文中再現，然後由調侃浮誇歪風的幽默風趣，轉向政策驟變不知所措的憂傷沉重。該作以第一、三、五、七節表現大躍進時期扭曲的社會現象，刻畫升斗小民無力解決混亂政治下的生存危機，幾番努力仍遭挫敗的無奈。

第一節描寫在各地爭放「高產衛星」時，甘木公社的甘書記放出畝產16000斤的特大衛星，於是甘木公社揚名全縣，牌樓、鑼鼓、紅旗裝扮起來，參觀人潮紛紛湧入，但熱鬧過後危機出現，隨著高產而來的是「按產徵購」，老壽憂心徵購後社員將面臨缺糧困境，便

---

[37] 茹志鵑，〈我對創作的一點看法〉，收於孫露茜、王鳳伯編，《茹志鵑研究專集》，頁87。
[38] 同上註。

穿梭在參觀人群中找尋甘書記。茹志鵑在此運用老壽的視角,描繪
放衛星的「滑稽劇」,例如有位研究農技的參觀者,認真地掐穗數粒、
計算秧距,然後提出疑問:稻子長得這麼密,要如何解決通風問題?
一大隊支書老韓正支吾回答「用竹竿」時,老壽便接話說用電風扇
搧,但接著又有人問:這裡有電嗎?老韓只好連忙搪塞:借用拖拉
機上的小馬達發電。作者在此生動描繪幹部造假,又找理由圓謊的
窘態,然而影響百姓生存的缺糧危機已隱於其後。

　　第三節敘述老壽因無法阻止甘書記放衛星的荒謬戲碼,於是住
進梨園窩棚,看顧即將豐收的梨,他細心為梨包上廢紙以防蟲咬,
指望梨園的收成能讓大夥兒過冬。當老壽看到人們為大躍進挑燈夜
戰時,作者透過他的內心疑惑,一針見血地揭露幹部造假的居心:

> ……總覺得現在的革命,不像過去那麼真刀真槍,幹部
> 和老百姓的情分,也沒過去那樣實心實意。現在好像摻
> 了假,革命有點像變戲法……為什麼變戲法?變給誰看
> 呢?……看來戲法還是變給上面看的,這,這革命為了
> 誰呀!……做工作不是真正為了老百姓,反要老百姓化
> 了功夫,變著法兒讓領導聽著開心,看著滿意。老百姓
> 高興不高興,沒人問了。(頁 67-68)

老壽對梨園的維護,成了甘書記升遷的絆腳石,以致他大難臨頭。甘書
記告訴老壽,奉令要雷厲風行地爭取三天三夜改變面貌,完成砍樹整地
下種。老壽知道自己的努力將化為烏有,他失望憤怒,卻無力回天。

　　第五節描述老壽看到梨樹被放倒時，走到甘書記面前，他原想說：「憑良心，你限時限刻把梨樹砍光，是真為了革命？你真為了奪秋糧？你這是欺弄人，你這是為了向上報喜，你這是假革命！」（頁74）但老實口拙的他卻只有勇氣說出「再等二十天」的哀求。不久後，老壽被撤銷了生產隊隊委和梨園管理人等職務，被視為「典型的、自己跳出來的右傾分子。給予留黨察看兩年的處分。」（頁75）無力改變現狀的老壽，不能指望梨園的收成，但斷糧的恐懼揮之不去，最後只能把門前樹上的棗曬乾屯起來，希望乾棗能耐饑。

　　第七節作者用「大隊煉出鋼來」呼應放高產衛星情節，表現大躍進時期左傾浮誇的氛圍。老壽在朦朧意識中，聽到孫子說「有了鋼，咱就可以造拖拉機了」（頁80），但他心想自己一輩子務農，怎麼又要去煉鋼和造拖拉機呢？這令他再度陷入迷惘，不知在這政治驟變的時代要如何自處。茹志鵑在這四節間隔而出的敘事當下裡，透過老壽視角摹寫大躍進的語境，以混亂的政治環境、浮誇的幹部作風為故事背景，凸出民眾在政策反覆下的彷徨失措，以及無力改變現狀的苦悶憂傷。

二、思考幹群關係的變化

　　茹志鵑深感幹部作風會導致民心向背，影響國家的存亡，於是在鄧小平提出「實事求是」的鼓舞下，以〈剪輯錯了的故事〉中老壽和老甘關係的變化，作為中共建政前後幹群關係變化的縮影，提出正視幹部作風的呼籲。該作中，從國共戰爭到大躍進的十多年間，政治局

勢和社會環境幾經轉變，老壽還是老壽，但老甘已成為甘書記，而兩人關係的變化，主要在於老甘政治地位提升後的態度改變，正如茹志鵑省思右派改正問題時所見的現象：「一個人根據環境位子的變化而在變化」[39]。因此，老壽經歷了解放前和老甘一起並肩作戰的「真革命」，以及大躍進時聽命於甘書記的「假革命」，他內心困惑不已，不時思索「是老壽背了『時』，還是『時』背了老壽」（頁 66），浮誇造假的幹部作風使社會價值觀扭曲，民眾無所適從，甚至自我懷疑。

老壽的人物形象，一路走來始終如一，即第二節標題所示：「老甘不一定就是甘書記，也不一定就不是甘書記，不過老壽還是這個老壽」（頁 64）。老壽一直堅守對共產主義的信仰，對無產階級革命的理想，他認為軍和民、幹部和群眾站在同一陣線，革命是為百姓謀福，讓百姓過更好的生活。所以不論 1947 年冬國共戰爭缺糧，或是 1948 年冬淮海戰役缺柴，老甘向他求援，他都無私奉獻，因為他相信「革命就是為了咱窮老百姓」，「等解放以後，到時候啊！……到共產主義那更美了，吃香的，喝辣的，任挑。」（頁 65-66）即使面對赤膊村[40]裡剛長苗的梨園，他仍懷抱無比的希望；「桃三梨四，大夥兒算算看，再過四年，老甘說的那種鐵牛，咱不牽它三五條回來才有鬼呢！」（頁 73）

大躍進時期，老壽的信念依舊，他身為基層幹部、老黨員，不能違逆黨，奉命送繳高產糧，但他憂心社員最基本的生活所需，於是去找甘書記說情；當他知道徵購事在必行，只好退而求其次，悉

---

[39] 同註 6，頁 69。
[40] 村民為提供共軍柴草，砍倒兩百多棵樹，村子成為沒有綠蔭屏障的「赤膊村」。

心照顧大隊梨園，盼有好收成，讓社員不致挨餓。不料甘書記又提
「以糧為綱」，不但堅持放倒梨樹，還批老壽是右傾分子，卸除職務
留黨察看，老壽最後的希望破滅了，不能再為隊上做些什麼，但他
仍擔憂社員的斷糧危機，只好存起自家乾棗，做最消極的防範。從
打游擊以來，老壽的性格一直是憂公忘私，不曾改變，切合茹志鵑
為其設計的外貌形象：是個長眉善目、大禿腦袋、和順口拙、認真
紀律的老黨員。

　　老壽和老甘的關係，因為政治環境的改變和老甘身分的轉變而
有所變化，茹志鵑刻意透過不同的稱呼凸顯「老甘」與「甘書記」
在不同時空中的差別。「老甘」的形象兩度出現在老壽的回憶中，是
情逾手足處處為百姓著想的革命同志：1947 年冬，共軍缺糧，老壽
為老甘準備了四條乾糧袋，老壽抱歉說明其中一袋是餅子，老甘安
慰他：「哪裡有老百姓就餓不著咱們」，最後悄悄留下兩條乾糧袋掛
在門上，「打仗的人，留下一半安家的糧」（頁 66），老壽感動得熱淚
盈眶。1948 年冬，淮海戰役缺柴草，老甘來求援，疲累得讓人不捨，
「他瘦落了形，眼窩塌下去了，腮幫子凹下去了，一臉黑茬茬的絡
腮鬍子，圍著一張乾裂的嘴，裂開的血口子都發了黑。」（頁 71）老
壽為了柴草，狠下心要放倒門前的七棵棗樹，砍到第五棵時，老甘
一把抱住老壽說：「……你還是留兩棵給孩子們解解饞吧！」（頁 73）
最後老甘含淚帶走村民送來的家當，說道：「老少爺們，革命的衣食
父母，你們對革命的貢獻，黨是不會忘記的。」（頁 73）

　　大躍進時期，「甘書記」的地位隨著浮誇政策的推行而高升。他
原是甘木公社的書記，但當他堅持放出特大衛星後，甘木公社名揚

全縣，甚至風光到省、中央，不久甘書記就調升縣委副書記兼公社書記。在甘書記執意砍梨種麥後，又升遷為縣裡分工抓棉糧油的書記。甘書記在浮誇造假的風氣下，忘記革命的初衷，他批評老壽一直記掛著八大兩：「……你們的眼光太淺了，整天盯著幾顆糧食。現在的形勢是一天等於二十年，要跑步進入共產主義的時候，一步差勁，就要落後。」（頁 64）他還質疑老壽的革命態度：「我們現在不是鬧生產，這是鬧革命！需要的時候，命都要豁上，你還是梨呀，梨呀！還是一個黨員，像話嗎？」（頁 74）甚至認為老壽思想右傾：「可見這場革命考人。他要向右倒，想拉也拉不住啊！」（頁 74-75）但是甘書記扭曲的價值觀，代表的並非僅止他個人，而是整個混亂政治環境下的共犯結構現象，例如甘書記告訴老壽，自己來此大隊「蹲點」[41]，就是要來個全黨大辦糧食，解決糧食問題，老韓也強調「這事是上面有文的」，老壽則一語道破：「上面的文也得聽聽老百姓的。」（頁 70）所謂的「文」，是指明文規定，在百姓心裡是天大的事不可違逆，但這「文」的立足點不正應該是百姓的福祉嗎？茹志鵑寫出了這個矛盾，凸顯幹部的官僚作風，無視民生需求，不能苦民所苦，而這正是導致幹群關係變化的主因。

在對於甘書記的描寫中，有兩處交代得突兀而僵硬，由此亦可看出茹志鵑率先闖入大躍進禁區的猶豫和不安。一是對未出現缺糧危機的說明：「甘書記完成了任務，回縣去了，大隊也已得到了通報表揚。正因為得到了表揚，又是甘書抓的點，大隊得到的化肥，城

---

[41] 「蹲點」指領導幹部住進基本生產單位，幫助基層領導做政治思想工作和生產管理等。

鎮勞力的支援，救濟糧，都比別隊多，所以老壽擔心的每天八大兩
倒沒成問題。」（頁 75）這段說明不但證明了老壽的「迂」、否定他
憂公忘私的形象，也肯定了甘書記造假的作法，與全篇的主題方向
不符。二是置於全篇末的「後記」：「結尾於一九七九年元月，老壽
老甘重逢之時，互訴衷腸之際。奮鬥，尋求多少年的理想，多少年，
多少代價啊！終於付於實現之年，中國人民大喜，大幸，大幹之年。」
（頁 81）這刻意添加的光明結尾，實有蛇足之憾，消解了一路鋪陳
的老壽與甘書記的衝突張力，且甘書記變回老甘的過程，毫無交代，
缺乏說服力。以上這些不足不僅是文革後創作脫離政治束縛走向獨
立本體的過渡現象，也是創作者矛盾複雜情緒的表現：一方面因為
文革未遠，新時期伊始，創作者對創作的自由空間仍有疑慮，更何
況是勇闖題材禁區的作者；另一方面鄧小平的復出帶動文藝環境的
活絡，創作者多對此懷抱希望與信心，相信春天已降臨，所以這類
樂觀昂揚的筆調在同期作品中並不少見。

第三節　以意識流手法深化現實主義

　　現實主義和現代主義是影響二十世紀文學的兩大主潮，二者或
交互影響，或並駕齊驅，但在文革前的大陸文學發展中，因為政治
環境的限制，現實主義一直立於主流地位，現代主義卻因思想傾向
與馬克思主義相背，而毫無生存空間，直到第四次文代會的召開，
鄧小平和中國文聯主席周揚都繼承周恩來的文藝觀點，認為文藝工

作者應吸收古今中外好的藝術技巧，因而帶動借鑑西方現代派的討論。[42]雖然現代主義風格的大陸文學作品，最早出現於文革時期的地下知青詩歌，但較早在小說創作中運用現代主義技巧的，則是一些重返文壇中年作家所寫的反思文學。因為反思文學將傷痕文學的題材擴大、視野加寬、思想深化，帶動中篇小說迅速成長，創作者在面對較大跨度的故事時間、更為複雜的情節線和心理描寫時，必須找尋新的形式技巧，以配合題材內容的新變。[43]於是茹志鵑、王蒙、宗璞、諶容等不約而同以意識流作為創新的起點，因此有論者將「意識流」視為新時期小說探索西方現代主義文學的「突破口」[44]。

「意識流」的說法，起於美國心理學家威廉‧詹姆斯（William James，1842-1910），他以水流比喻人的意識流動狀態，正如柳鳴九所說，這一語詞「它把人類心理活動中那種像水流一樣活動著的的客觀狀態，比喻為一個生動的形象。」[45]在詹姆斯之後，「意識流」一詞才進入文學領域，用以指稱摹擬意識流動狀態以表現心理描寫的方法和作品。1970 年代末，大陸文壇尚未出現現代主義小說，但茹志鵑、王蒙等中年作家開始嘗試以意識流手法，深化現實主義小說的表現風格。這是在現實主義的思想精神和寫作基調上，對西方

---

[42] 參見宋如珊，《從傷痕文學到尋根文學──文革後十年的大陸文學流派》（台北：秀威資訊科技公司，2006 年 10 月三版），頁 95-96。
[43] 同上註，頁 180。
[44] 同註 4，頁 25。
[45] 柳鳴九，〈代前言──關於意識流問題的思考〉，收於柳鳴九主編，《意識流》（北京：中國社會科學出版社，1989 年 12 月），頁 3。

現代主義文學技巧的借鑑，因此創作動機和主題意識都異於西方意
識流文學，並不宜歸之於所謂的「現代派」。對此，王蒙曾表示：他
從西方意識流小說中獲得「寫人的感覺」的啟發，但他不接受西方
意識流小說表現的「病態的、變態的、神祕的或者是孤獨的心理狀
態」，因此他反對「叫人們逃避現實走向內心的意識流」，主張「叫
人們既面向客觀世界也面向主觀世界，既愛生活也愛人的心靈的健
康而又充實的自我感覺」。[46]

　　大體而言，茹志鵑、王蒙等中年作家運用意識流手法的方式有
二：一是作為敘事結構，即透過敘述者或視角人物的意識流動，連
接客觀環境和主觀想法，作為組織情節和銜接時空的方法；二是表
現人物心理，即透過回憶、想像、聯想、猜測等意識活動，刻畫人
物的內心世界，使人物性格更立體真實。而這兩種手法的運用，在
〈剪輯錯了的故事〉中都有細緻而深刻的表現。

一、以意識流作為敘事結構

　　在〈剪輯錯了的故事〉中，茹志鵑採取旁觀姿態的敘事策略，
透過低感知度的隱身敘事者進行敘事，以第三人稱限知觀點呈現老
壽的視角，敘述老壽的遭遇，表現老壽的心理，但未以敘事者的主
觀情緒或價值判斷，介入故事或干預敘事。然而在隱身敘事者之外，

---

[46] 王蒙，〈關於「意識流」的通信〉，《鴨綠江》1980 年 2 期，收於王蒙，《王蒙
　　文集（第七卷）》（北京：華藝出版社，1993 年 12 月），頁 71、74。

另存有高感知度的隱含作者，茹志鵑化身為高於敘事者的故事整理
者或編輯者，在「引言」、「後記」和標題中，強勢介入文本，或傳
達觀感評論，或說明寫作手法。

在各節標題的設計上，隱含作者藉由標題評說故事情節，間接
呈現創作意念，引導讀者閱讀的角度。例如第一節標題「拍大腿唱
小調，但總有點寂寥」（頁 59），前一句出自老韓向參觀者介紹社員
因高產而編的順口溜：「一年種出四年稻，今後生活甭提有多好，拍
大腿，唱小調，共產主義眼看就來到……」（頁 62）後一句則暗示老
壽對缺糧危機的擔憂，及其「眾人皆醉我獨醒」的苦悶。又如第五
節標題「一味的梨呀！梨呀！哪像個革命的樣子」（頁 73），出自甘
書記對老壽的批評：「（鬧革命）需要的時候，命都要豁上，你還是
梨呀，梨呀！」（頁 74）作者刻意凸出甘書記的話，強化老壽委屈受
辱的形象，並藉此形成真假革命的諷刺對照。至於第二節標題「老
甘不一定就是甘書記，也不一定就不是甘書記，不過老壽還是這個
老壽」（頁 64）、第三節標題「也不知是老壽背了『時』，還是『時』
背了老壽」（頁 66），與第六節標題「老壽心裡發生的一切。是發生
在心裡嗎？」（頁 76）皆明顯可見作者試圖引導讀者對文本的詮釋與
理解；「後記」的光明結尾，則清楚呈現作者強勢介入且急於表述的
政治觀點。

在敘事結構的安排上，標題「剪輯錯了的故事」和「引言」的
開宗明義，都指明小說時空情節的銜接異於平常，猶如剪接錯誤的
故事，因此隱含作者「我」盡量使之有邏輯可循：

開宗明義，這是銜接錯了的故事，但我努力讓它顯得很
連貫的樣子，免得讀者莫名其妙。（頁 59）

在此前提下，茹志鵑跳脫小說常見的順敘、倒敘結構，打散故事發
展的時間順序，而以老壽的意識流串聯客觀的外在環境和主觀的內
心世界，使全篇在現實與歷史、真實與想像間跳躍，並由二者的間
隔交錯呈現藝術對比，形成蒙太奇式的隱喻，巧妙而深刻。

　　先以時空虛實而言，茹志鵑以第一、三、五、七節描寫大躍進
的現實場景，其間穿插第二、四、六節老壽的回憶想像等內心活動，
而在各節虛實時空的銜接上，作者刻意運用相似的動作或情境作為
銜接點，使不同時空的兩節平順銜接，此即「引言」所稱「我努力
讓它顯得很連貫的樣子」。例如第一、二節之間，老壽要趕車回家，
顛簸中「他倒有點矇矓起來了」（頁 64），然後以「回家」為銜接點，
進入第二節的回憶，描述 1947 年冬他正回家進門的情景。第二、三
節之間，回憶中老壽因老甘留下兩條乾糧袋而感動，「悄悄地用手掌
抹去兩眼的熱淚」，接著以「手掌擦淚」為銜接點，進入第三節老壽
趕車入村時，「悄悄地用手掌拭去了兩汪眼淚」（頁 66）。第三、四節
之間，老壽不滿老韓強調砍樹是明文規定的說法，「回頭就往甘書記
住的院裡走去」，然後以「走進屋院」為銜接點，帶入第四節淮海大
戰的回憶，描寫關心戰事的老壽不安地「走進屋子，又走出來」，來
回走了八趟（頁 70）。第四、五節之間，回憶中老壽憧憬著未來，「坐
在苗圃邊的田埂上，抱著膝蓋，樂得直搖晃身子」，然後以「抱膝搖

身」為銜接點，連接第五節老壽堅持坐在窩棚前看社員砍樹，他「抱著膝蓋，搖晃著身子，嘴裡喃喃著什麼，像傻了一樣」（頁 73）。第六、七節之間，在老壽的想像中，反侵略戰爭爆發，甘書記來討糧，「忽然響起了砰！啪！兩下震耳的聲音」，是以聲響作為老壽從想像回到現實的銜接點，接著描寫沖天炮和小鞭炮「噼噼啪啪地響個不停」，慶祝煉出鋼來（頁 80）。

再以主題事件而言，茹志鵑運用「送糧」和「砍樹」兩事件的今昔對比，逐步凸出幹群關係變化的主題[47]。「送糧」事件由第一、二節組成，時空安排是「今→昔」，先描述大躍進時期甘書記強徵糧食的現實，然後對比戰爭時期老壽主動獻糧，而老甘為民著想留下一半安家糧，全篇在此形成初次的幹群關係的今昔對比。「砍樹」事件則是以較複雜的對比手法，再次表現幹群關係的今昔對比，不但將時空拉長，由第三、四、五節組成，形成「今→昔→今」的安排，且又可細分為梨樹與棗樹兩條情節線：在梨樹部分，先以老壽為梨園的努力付出，對照甘書記下令毀梨園的一意孤行，又以第四節末回憶中老壽對梨苗懷抱的希望，對比第五節老壽眼見梨將收成卻被砍倒的痛心；在棗樹部分，是由淮海大戰老壽砍棗樹獻柴，老甘卻體貼孩子留下兩棵棗樹，對照第五節甘書記的強行砍樹，以致老壽以乾棗為存糧，而由「乾棗」更延伸出第六節老壽臆想中甘書記強討乾棗的情節。茹志鵑在「送糧」和「砍樹」兩事件中，運用多種對比效果，包括今昔、情

---

[47] 參見冉憶橋，〈熱情在筆下奔湧——讀《剪輯錯了的故事》〉，收於孫露茜、王鳳伯編，《茹志鵑研究專集》，頁 323-324。

理、善惡、悲喜等，將兩事件緊密扣合在同一主題線索中，並在二者
一再的聯結呼應下，使幹群關係變化的主題，細膩而有層次地開展。

二、以意識流表現人物心理

　　老壽是〈剪輯錯了的故事〉的主人公，全篇透過他的視角鋪寫
故事，也由他的內心疑惑開展主題。老壽的疑惑來自戰時和他同一
陣線的老甘，在成為甘書記後，卻與他的想法產生極大衝突，因此
他想確認老甘到底是不是甘書記——如果老甘是甘書記，那就是自
己背時落後；如果老甘不是甘書記，那就得把老甘找回來。於是「老
壽找老甘」成為全篇重要的象徵，茹志鵑先在第一、三、五節中舖
陳老壽對甘書記的陌生和對自我的疑惑，然後在第六節的想像中，
將其潛藏心中的渴望和不滿傾瀉而出。這其中不但帶有作者對恢復
共黨傳統的企求，也隱含對農村老幹部作風的懷念：

> 像老壽這樣的老黨員，現在北方農村有的是，幾十年的黨
> 齡，但在農村是默默無聞。他們老老實實，一不是能說會
> 道，二不會拍馬屁，在這種情況下，人們是多麼懷念戰爭
> 年代中的那些幹部呵！我就把它編在一起，過去的，現在
> 的，所謂現在就是大躍進年代的，最後在幻夢中，不是夢
> 境而是他的想像，是從主人公的腦子裡想像出來的戰爭。[48]

---

[48] 同註8，頁62。

　　「找回老甘」是老壽內心的深切期盼，但在現實場景中，老壽卻一再去找甘書記，而且每次都讓他挫折苦悶，甚至憤怒悲傷，他因此懷疑甘書記不是老甘，也更強化了「找回老甘」的想法。例如第一節中，老壽為了「八大兩」去找甘書記，被甘書記批評「……老同志更應該聽黨的話，想想過去戰爭年代，那時候，咱算過七大兩、八大兩嗎？」（頁64）於是老壽內心估量：甘書記的話的確有理，大家過去不計較，為的是將來能過好日子，但是看樣子，「這好日子還要在將來……將來又是什麼時候呢？這一點，甘書記沒說。要是從前老甘的話，也許不會讓大家只吃八大兩。」（頁64）老甘和甘書記形象的差異由此開始鋪排。第三節中，老壽怕甘書記誤會自己對黨有二心，於是去向甘書記交心，不料卻得到「以糧為綱」的指示，讓他痛苦得捶胸頓足。第五節中，老壽坐在窩棚前看社員砍樹，嘴裡叨叨喚著：「老甘哪！你來呀！咱那老甘哪，你怎麼不見啦！……」（頁74）由此埋下第六節「找老甘」的伏筆。透過第二、四節老甘愛民為民的回憶，與第三、五節甘書記不顧民怨孤行己意的描述，老甘和甘書記的形象迥異，判若兩人。於是在第六節中，茹志鵑透過老壽的意識流，將其內心對老甘的懷念和對甘書記的不滿，做了最真實而鮮活的詮釋。

　　在第五節末，作者描述老壽似睡非睡地發呆，而他雙眼矇矓，有人說是神經失常，有人說是氣惱苦悶，也有人說是「回憶過去，懷念老甘」，然後由這矇矓雙眼帶入第六節的幻夢想像中。在老壽以過去戰爭經驗所擬想的反侵略戰爭中，他變得口齒伶俐、鎮定果決，

猶如英勇的戰士，這是他將自己在真實人生中無法達到的理想，透過幻想得到滿足：

> 他渾身披掛得又利索又威武。腿上綁腿打得緊騰騰的，腰扎寬皮帶，左右披著四個手榴彈，左肩斜背一支牛角號，右肩斜背著一條乾糧袋。（頁 76）

他主動出來組織民兵，安撫民心，並給予自己「找老甘」的重要任務，因為只要老甘在，就勝利在望，不用畏懼敵人襲村的炮火，於是他帶著鄉親給的一袋乾糧，直奔西邊大山。但他翻山越嶺，經過懸崖、深淵、怪石、流沙，遭遇奇寒、大雪、冷風、冰凌，卻只見一片蒼莽大地，於是他呼喊：

> 「老甘哪！回來呀！咱有話對你說，咱有事跟你商量！」（頁 77）
> 「回來呀！跟咱同患難的人！回來呀！為咱受煎熬的人！回來呀！咱們黨的光榮！回來呀！咱們勝利的保證！」（頁 78）

老壽歷經千辛萬苦，卻尋不到老甘，象徵他對當前環境的失望，以及無所依託的彷徨，而他對老甘的呼喊，也正是作者對共黨傳統和作風的召喚。此外，老壽聽說老甘在一個五穀豐登和六畜興旺的最

美地方，此則暗示唯有堅守共黨傳統，遵循老甘的帶領，才能尋得美好家園。

在第六節中，老壽意識流表現的情節重心，除了跋山涉水找老甘外，還有代表內心恐懼和反抗的糧倉著火和甘書記討糧。當疲憊不堪的老壽回到村裡，準備稍事休息再出發，不料看到隊裡的糧倉中彈，他衝進糧倉救火，卻發現倉庫裡空空蕩蕩，只有幾袋種子。糧倉無糧的景象，不僅反映老壽內心缺糧的恐懼，也隱含對甘書記欺騙村民的不滿，於是他決定帶著村民一起上山找老甘，找尋美好的生活和家園。但當他回家把預存的乾棗放入乾糧袋後，甘書記便敲門討糧，老壽斷然拒絕，甘書記卻威脅道：「我是幹部，有你們吃的，就有我的一份……這是有文的，規定的。」（頁79）在此由老壽心中甘書記與民爭糧的嘴臉，清楚可知其對甘書記官僚作風的厭惡。在〈剪輯錯了的故事〉中，茹志鵑對老壽的人物塑造，除了藉由他與其他人物的外在互動來呈現外，也運用老壽的意識流，揭露其內心世界的愛惡，使老壽在老實口拙的外表下，能生動立體地展現其無私正義而又善良的性格特質。

第四節　小結

1976年10月，四人幫下台，文革結束，但在華國鋒接掌中共時期，大陸文壇仍深陷文革文藝政策〈部隊文藝工作座談會紀要〉的

影響，無法自四人幫文藝理論中解套。直到 1977 年 7 月，鄧小平復
職後，堅持「實事求是」，標舉「撥亂反正」，《人民日報》舉行批判
「文藝黑線專政論」的座談會，才帶起文藝界聲討四人幫文藝理論
的熱潮。在此同時，原有的文藝組織和刊物陸續恢復工作，新的作
家和作品也開始受到矚目，文藝活動因而日漸活絡。1978 年 12 月，
中共十一屆三中全會召開，是中共歷史的重大轉折，會中鄧小平發
表主題報告〈解放思想，實事求是，團結一致向前看〉，帶給大陸社
會極大的信心和鼓舞，大陸文壇也因此生機再現。雖然鄧小平更具
體的文藝主張，是 1979 年 10 月發表的〈在中國文學藝術工作者第
四次代表大會上的祝辭〉，但自 1979 年初起，復甦開放的社會氛圍，
配合各地平反運動的推展，許多反右時期被迫停筆的中年作家重返
文壇，大陸文藝界展現出蓬勃的活力；而文革後新起的傷痕文學，
在人道主義思潮的衝擊下，深化了現實主義的表現，形成反思文學
的新主流。

　　茹志鵑是文革後第一批重返文壇的中年作家，1977 年 10 月便發
表了短篇小說〈出山〉，但真正確立她文革後風格的，則是 1979 年
的創作，其中又以〈剪輯錯了的故事〉為代表。該作為大陸新時期
文學發展的里程碑，不但是反思文學的代表作，更是率先批判大躍
進社會現象的小說。黃秋耘曾論及，茹志鵑文革後文風的轉變，是
「現實主義深化」的表現。[49]具體而言，〈剪輯錯了的故事〉對現實
主義的深化，主要展現在兩方面：一是主題思想的深度，茹志鵑透

----

[49] 同註 18，頁 212-213。

過敏銳的觀察，切中幹群關係變化的癥結，並在深刻反省中表現出
人道關懷，以其思想深度展現文學的社會意義。二是藝術手法的創
新，在意識流的運用上，不但透過意識流技巧組織情節銜接時空，
也藉由主人公的意識流刻畫深層性格；在對比效果的設計上，以時
空、情節、人物等的對照，呈現隱喻式的蒙太奇，給讀者留下許多
思考空間。茹志鵑在深化現實主義風格的成功表現，帶起許多中年
作家跟進，使新時期的文學主流，由傾向社會主義現實主義的傷痕文
學，演變為立足人道主義精神、表現批判現實主義風格的反思文學。

第五章　生命本相的扣問
──劉恆與〈伏羲伏羲〉

　　1980 年代中後期，大陸文壇出現二十世紀末最後一個具代表性和影響力的文學流派──新寫實小說。新寫實小說的興起，除了因為現代主義文學熱潮逐漸退燒之外，也與大陸社會在商品經濟浪潮下「世俗文化」的萌茁，以及文學刊物的推動有關。文革結束後，文學界在歷經傷痕文學、反思文學、改革文學，甚至尋根文學和先鋒文學之後，對於「極左思潮」的「撥亂反正」任務已基本結束，文學回到藝術本體的位置。且改革開放以來，大陸社會都市化的腳步加快，文化出版活動走向商業運作，市民階層的閱讀群眾迅速成長，對於作品中意識型態的評斷或文學技巧的實驗，日感不滿和不耐，於是貼近平凡人生或描寫真實生活的作品，獲得讀者的青睞，擁有較大的消費市場，占領新的文學話語權。[1]

　　自 1986 年起，在「新寫實小說」被正式定名前，已有一些作家在各自探索中發表了審美意識近似的作品，例如 1986 年有劉恆〈狗日的糧食〉，1987 年有池莉〈煩惱人生〉、方方〈風景〉、劉震雲〈塔鋪〉、劉恆〈殺〉和〈力氣〉，1988 年有劉震雲〈新兵連〉、劉恆〈白

---

[1]　參見孟繁華、程光煒，《中國當代文學發展史》（北京：人民文學出版社，2004 年 1 月），頁 220-221。

渦〉和〈伏羲伏羲〉等。1988 年春，雷達便以其敏銳的文學嗅覺論及，他感到有一股新的文學力量在升起，讓他「體驗到一陣陣新鮮、酷烈、吃重、辣絲絲的情緒，領略到一種源自生命潛境的原色魄力」，雖然這些作品的取材和風格不盡相同，但「在把握現實的內在精神上，在以肉體直搏民族的生存狀態和生存本相上，在正視『惡』、『醜』，並將其提升到審美層次上，以及在對美的價值判斷上，卻不無某種不約而同的潮流性變化。」[2]

　　1988 年 10 月，《鍾山》雜誌與《文學評論》在江蘇無錫合辦「現實主義與先鋒派文學」座談會，會中「新寫實小說」的名稱，在眾多提議中，如「後現實主義」、「新現實主義」、「現代現實主義」等，最後定為「新寫實小說」而被普遍接受。這次會議前，新寫實小說的藝術風格並非作家自覺的藝術傾向，但會後由於文學刊物和評論者的推助，新寫實小說發展成新興的文學流派。1989 年中，《鍾山》從該年第三期起，開闢了八期的「新寫實小說大聯展」專欄，推出二十八部作品；同年 10 月，《鍾山》又與《文學自由談》合辦新寫實小說討論會，至此前後，評論文章大量湧現，多達百篇。關於新寫實小說的創作特徵，在〈「新寫實小說大聯展」卷首語〉有較清楚的概括：

　　　　這些新寫實小說的創作方法仍是以寫實為主要特徵，但特
　　　　別注重現實生活原生形態的還原，真誠直面現實、直面人
　　　　生。雖然從整體的文學精神來看新寫實小說仍可劃歸為現

2　雷達，〈探究生存本相　展示原色魄力——論近期一些小說審美意識的新
　　變〉，《文藝報》2 版，1988 年 3 月 26 日。

實主義的大範疇，但無疑具有了一種新的開放性與包容性，善於吸收、借鑑現代主義各種流派在藝術上的長處。[3]

以 1986 至 1990 年間發表的新寫實小說代表作而言，創作主題大致有二：一是透過生存欲望和生命本能的表現，展現存在意義和人性內涵，如劉恆和方方的作品；二是透過生存狀態和生活本相的還原，揭示人生況味和生存困境，如池莉和劉震雲的作品。[4]二者皆直接取材現實生活，直擊生存狀況和人生問題。

　　本章以新寫實小說作為 1980 年代中後期結合自然主義的新現實主義典型，以劉恆（1954- ，本名劉冠軍）的著名中篇〈伏羲伏羲〉為探討對象，先由作品揭示的生存欲望和生命本能主題，解析劉恆的人生觀與創作態度；再由作品的語言技巧，探討劉恆的文字風格，進而說明新寫實小說的藝術傾向。

第一節　劉恆的「農民生活支柱」小說

　　出生於北京的劉恆，1969 年入伍，1975 年退伍後於北京汽車廠當組裝工人，1979 年因投稿《北京文學》獲得賞識，調任《北京文學》小說編輯，自此之後，劉恆成為專業的文學工作者，兼有作家

---

[3]　《鍾山》編輯部，〈「新寫實小說大聯展」卷首語〉，《鍾山》1989 年 3 期，收於洪子誠主編，《中國當代文學史・史料選：1945-1999（下）》（武漢：長江文藝出版社，2002 年 7 月），頁 897。
[4]　參見於可訓，《中國當代文學概論》（武昌：武漢大學出版社，2009 年 3 月三版），頁 167-169。

和編輯的雙重身分。劉恆雖為北京出生的城市人,卻因個人的成長經驗,創作出許多農村題材小說,並因此在文壇嶄露鋒芒。童年時,他在京西門頭溝生活,山裡的煤窯農村是他熟悉的記憶;文革期間,他在外祖父居住的太行山北麓洪水峪農村插隊三年,當地的農民生活常是他寫作的素材。正如劉連樞所述:劉恆的農村小說常離不開洪水峪這小村莊和村裡的農民,甚至還用著「真名實姓」,「但他不否認他的小說的虛構成份,同時更不否認這些虛構的依稀可辨的現實基礎」,他充分地運用童年記憶,並透過文學素養發展出個人的小說模式。[5]

劉恆的小說創作,自 1977 年發表處女作〈小石磨〉起,大約歷經三階段[6]:一、1970 年代末到 1980 年代中,以〈小石磨〉、〈心靈〉、〈熱夜〉等為代表,深受茹志鵑早期作品的影響,表現理想溫情,充滿青春想像和知青情懷;二、1980 年代中到 1990 年代初,以〈狗日的糧食〉、〈伏羲伏羲〉、《蒼河白日夢》等為代表,因深受哲學啟發而透過作品思考中國農民的生存困境,表現悲觀宿命的情緒,確立獨特的小說風格,奠定文壇地位,自 1988 年起亦參與小說改編和影視劇本的創作[7];三、1990 年代中以來,以〈天知地知〉、〈拳聖〉、

5 劉連樞,〈劉恆素描〉,原載劉恆,《虛證》(北京:中國友誼出版公司,1989年),收於林建法、王景濤編著,《中國當代作家面面觀——撕碎,撕碎,撕碎了是拼接》(長春:時代文藝出版社,1991年5月),頁479-480。
6 參見馬建珠,《生存困境中的人性探詢——劉恆小說創作論》(南昌:江西師範大學中國現當代文學碩士論文,2008年5月),頁6。
7 劉恆自 1988 年將其長篇小說《黑的雪》改編為電影《本命年》起,陸續將個人或他人的小說改編為電影劇本,如《菊豆》、《四十不惑》、《秋菊打官司》、《畫魂》、《紅玫瑰與白玫瑰》、《西楚霸王》、《沒事偷著樂》、《漂亮媽媽》、《美麗的家》、《張思德》等,另有改編的電視劇本,如《大路朝天》、《貧嘴張大

〈貧嘴張大民的幸福生活〉等為代表，並因參與大量影視編劇工作，而成為從大陸文壇走向影視界的當紅作家，其文字風格由沉鬱轉為詼諧，但在戲謔諷刺之下，仍潛藏對社會底層人生的同情和悲嘆。

　　劉恆小說創作的第二階段，不但是他個人農村小說風格的確立期，也是新寫實小說的發展高峰。此時期他對哲學產生濃厚興趣，閱讀許多哲學著作，進而思考自己的創作，他表示：「哲學的嚴謹啟發了我，開始比較系統地考慮自己的創作基點，考慮中國農民的生存困境，等於是主題先行。」[8]於是他分析自己童年農村生活經驗，領悟出維持農民的四大生活支柱：

> 一個是糧食，維持農民的基本生存；一個是性，是家族
> 傳宗接代和生命的延續必不可少的東西；還有一個是力
> 氣，就是農民獲取糧食，進行性活動的能力；最後一個
> 是夢想，就是精神活動上的某種需要……[9]

對於這四大生活支柱，劉恆從每個角度寫了一篇小說：〈狗日的糧食〉寫糧食，〈伏羲伏羲〉寫性，〈力氣〉寫力氣，《蒼河白日夢》寫夢想。他表示這四部作品是一個系列，因為「它們都發生在同一個地點、一個區域，人物故事變了，但在主題上還是一樣的。」[10]這四大生活

民的幸福生活》、《少年天子・順治篇》等。
[8]　張英編著，〈人性的守望者——劉恆訪談錄〉，《文學的力量：當代著名作家訪談錄》（北京：民族出版社，2001年1月），頁76。
[9]　同上註。
[10]　同註8。

支柱，即這四部作品的主題，表現出人本主義需求層次理論（need hierarchy theory）的兩大方向：一是形而下的生存必需，偏重較低層次的生理需求和安全需求；一是形而上的精神渴求，偏重較高層次的自我實現和尊重需求。在這些作品中，劉恆不但訴說了農民的生活支柱，也探討了人的生命意義和存在價值。

一、生存的必需──〈狗日的糧食〉與〈伏羲伏羲〉

1986 年，劉恆發表成名作〈狗日的糧食〉[11]，獲得 1985-1986 年優秀短篇小說獎，他的創作由此脫離初期的青春浪漫情懷，邁向更深刻的思想層次。他曾表示，自〈狗日的糧食〉開始，他「有一種真正的寫作的感覺，靈感噴湧而出，不可遏制」[12]；2000 年編精選集時，他也表達了對該作的偏愛：

> 集子編罷，自己也嘆氣，靈動超拔之作真是難求啊。硬要找她出來，說她到哪兒到什麼時候都不會讓我氣餒，竊以為〈狗日的糧食〉應該算一篇。別的東西就不好說了。[13]

---

[11] 劉恆，〈狗日的糧食〉，《中國》1986 年 9 期，收於《狗日的糧食‧劉恆自選集（第四卷）》（北京：作家出版社，1993 年 8 月），頁 1-15。
[12] 胡璟、劉恆，〈把文學當作畢生的事業──劉恆訪談錄〉，《小說評論》2003 年 4 期，頁 28。
[13] 劉恆，《劉恆‧跋》（北京：人民文學出版社，2000 年 11 月），頁 511。

劉恆曾說〈狗日的糧食〉的成功，是「生活的恩賜」，因為創作靈感來自他少年生活的記憶，當時糧食缺乏讓他印象深刻，體悟到「飢餓往往會導致人灰心喪氣，甚至走向死亡」，他記得當時生活壓力極大的人們常說：「活著還不如死了好」，這段生活給他留下難忘的記憶。[14]

　　〈狗日的糧食〉以女主人公曹杏花與糧食的關係，深刻描述「民以食為天」的意義，而杏花的人物原型來自教劉恆如何偷懶的遠房姥姥[15]，當時有些生活事件也被他直接用入小說，這種直接從生活取樣的創作方式，使劉恆小說真實深刻地直入讀者內心。該小說敘述曹杏花因甲狀腺腫大，脖子上有個肉球被稱為「癭袋」，在被轉賣六次後，以 200 斤穀子的代價，賣給洪水峪農民楊天寬，杏花雖面貌醜怪又言語惡毒，但在找糧食和求生存方面，卻展現出強烈鮮明的動物本能。為了張羅六個子女的溫飽，她勤快善做，想盡辦法獲取食物，甚至到了不通情理的地步，劉恆以許多與「食物」有關的情節描繪其形象，側寫她的生存法則：她山藥豐收滿窖，卻不借給叔伯兄弟救急；偷別人南瓜、葫蘆，還大言不慚態度凶惡；集體勞動時，偷懶耍賴，趁機採野菜；甚至搶接路過村莊軍隊的騾糞，回家漂水過篩淘出玉米粒煮粥，等等。一生執著與糧食奮戰的杏花，卻「成也糧食，敗也糧食」，她因弄丟糧證而激動昏厥，回家後又遭丈夫痛打，整夜哀號：「天爺，瞭哪個拾了糧證，讓他給我家還來呀，我的糧唉……」[16]杏花最終無法承受內心自責服苦杏仁自殺，於送醫

14　同註 8，頁 75。
15　同註 5，頁 480。
16　同註 11，頁 12。

途中嚥氣，全篇標題來自她的兩句遺言「狗日的！」「糧……食……」，生動表現出她對糧食愛恨交加的複雜情緒。

《禮記・禮運》有言：「飲食男女，人之大欲存焉，死亡貧苦，人之大惡存焉」，道盡生存的基本需求，以及人類本性的好惡。在飲食男女這兩大生理欲求中，劉恆除了以〈狗日的糧食〉表現個體存活的根本，也以〈伏羲伏羲〉表現種族延續的命脈。1988 年春，劉恆發表〈伏羲伏羲〉[17]，是他繼〈白渦〉和〈虛證〉之後，第三部以「性」刻畫人性的中篇，前兩篇以城市為背景，至此再度轉回農村題材的創作，也是他對性描寫得最酣暢自如的作品。1989 年，劉恆將〈伏羲伏羲〉改編為電影劇本《菊豆》，由張藝謀執導，次年該片獲得奧斯卡最佳外語片提名，原著因而備受矚目。

〈伏羲伏羲〉主要描寫 1944 到 1968 年間，楊天青與嬸嬸菊豆亂倫，最終扎缸自盡的故事，但劉恆在天青自殺後，又將時空延伸至 1980 年代，以天青兩個私生子天白和天黃的生活遭遇，作為全篇的收結，凸顯生命延續的主題；全篇在字裡行間，隱隱流動著作者對人類無法跨越生命界限的悲觀，以及對生存狀態與自我意識衝突的無奈。小說中，叔叔金山雖擁有宰制天青和菊豆的父權與夫權，卻苦於自身無法完成傳遞香火的家族使命，癱瘓後又面對妻子與姪兒通姦生子卻無力反擊的困窘；天青與菊豆在金山的欺凌下，以愛欲作為滿足與報復，天青雖留下自己的血脈，卻無法得到兒子和社會的認同，最後以裸身倒栽水缸作為生命的句點。劉恆的作品中，

---

17 劉恆，〈伏羲伏羲〉，《北京文學》1988 年 3 期，收於《狗日的糧食・劉恆自選集（第四卷）》，頁 16-113。本章以下同此出處引文，直接於引文後加註頁碼。

或顯或隱地呈現出宿命的悲觀，他認為在生存的困境中，人永遠無法主宰自己的命運，這與外祖父死亡帶給他的打擊有關，他當時「覺得人在最後竟是這麼一個句號，是這麼一個終點，於是就開始懷疑人生的意義，懷疑活著的意義」[18]，就在這種懷疑和思考中，他選擇了文學，文學成為他的宗教，成為他悲觀人生的救贖。

二、精神的渴求──〈力氣〉與《蒼河白日夢》

　　在寫完〈狗日的糧食〉之後，劉恆繼續尋找農民生活的支柱，於是他從「糧食」這根柱子向前爬，找到農民生產糧食不可或缺的「力氣」：

> 寫完〈狗日的糧食〉之後……想尋找農民賴以生存的幾根柱子。糧食算一根，再找找到了「力氣」。發現力氣對於勞心者和對於勞力者是有區別的。又發現哪怕勞心者浮上塔尖，在塔基裡墊著的還是那層「力氣」。力氣絕了就全完了，於是寫了〈力氣〉。[19]

1987 年，劉恆發表短篇小說〈力氣〉[20]，描寫 1900 到 1987 年間，洪水峪裡力氣過人的楊天臣的一生，他出生時哭聲震驚全村，得到

---

[18] 劉恆，〈自述〉，《小說評論》2003 年 4 期，頁 21。
[19] 劉恆，〈伏羲者誰〉，《中篇小說選刊》1988 年 6 月號，收於《亂彈集》（瀋陽：春風文藝出版社，2000 年 3 月），頁 78。
[20] 劉恆，〈力氣〉，《北京文學》1987 年 7 期，收於《狗日的糧食‧劉恆自選集

「傢伙,力氣愣壯!」的讚美,而這正是他的人生寫照。楊天臣力大無窮,耐勞善操,三歲上野坡剜菜,七歲下田農作,十三歲已是洪水峪的一條漢子,在家時是種莊稼的好手,從軍時是做地雷的能手。劉恆運用許多情節鋪寫楊天臣的「力氣」:年少時,他向地主討回亡父的工錢,一口氣揹回四百斤石板;打仗時,帶著幾十顆鐵雷飛奔跑山,徒手挖埋地雷,被稱為地雷神;大躍進時,年近六十馱著一簍鐵塊,送繳公社,參加一日兩班的煉鋼;洪水峪輪電時,年近七十身背二百斤水泵,走三十里山道回村,等等。但七十多時,楊天臣的腰腿力氣漸衰,八十多時,因摸黑下田摔斷胯骨而臥病不起,最後以麻繩和筷子狠絞勒脖自盡,死前手已無力,哀號狂吼:「狗日的!力氣哩……我那力氣哩!」[21]力氣是楊天臣引以為傲的異稟,他的自信與榮耀,甚至存在價值都源於此,當他不敵「老之將至」,連自己身體四肢都無法掌握時,只能以僅存的力氣維護最後的尊嚴。

〈力氣〉寫於〈伏羲伏羲〉之前,兩篇在結構設計上有許多相似處,都以主人公的一生為主軸,最後以子孫發展作收結,呈現家族命脈的延續。但不論是〈力氣〉,或是〈狗日的糧食〉和〈伏羲伏羲〉,主人公的結局都表現出強烈的悲觀主義,因無法超脫自我,面對人生的挫敗,而選擇結束生命,如楊天臣以繩筷勒頸、曹杏花吞服苦杏仁、楊天青扎缸自盡等。1993 年春,劉恆延續相同主題創作的長篇小說《蒼河白日夢》[22],刊載於《收穫》雜誌,雖然故事時間

（第四卷）》,頁 114-162。
21 同上註,頁 159。
22 劉恆,《蒼河白日夢》(南京:江蘇文藝出版社,1993 年 3 月)。

壓縮至清末 1908 到 1909 年間，並改換敘事策略和形式風格，將前三篇呈現主人公一生的線性敘事，轉為一年內多種人物關係交錯的網狀敘事，但在作品底層蘊涵的悲觀主義和宿命論仍為一致。

　　《蒼河白日夢》由百歲老人耳朵對著錄音機，向「作者 L」回憶自己 16 至 17 歲間當曹府僕人的故事。全篇分為三部，從 1992 年 3 月 1 日到 4 月 15 日，逐日記錄老人講述的內容。耳朵以第一人稱陳述曹府當時的變化，其間夾敘夾議，偶爾對照當下他在敬老院的現實生活，回憶中穿插許多他年少時的「白日夢」，而曹府人物也都有各自追逐的「夢想」：曹老爺怕死，沉迷進補，耳朵替他找尋各種他想吃的補品，從蛇、蝴蝶、蜘蛛、蛛網，到經血、童子尿、胞衣，臨死前竟吞吐說出他想吃屎；曹夫人篤信神佛，長年唸佛做法事，甚至禁食禁語，想要成仙成佛；大少爺掌曹家大政，娶有一妻一妾，育有十多個女兒，卻苦無一子；二少爺性情古怪，有戀母情結和被虐自殘癖好，留法返鄉開辦火柴場，私下以製作炸彈為樂，個性懦弱，卻參加藍巾會，渴望炸死朝廷高官，最後被處以絞刑；法國機械師路先生，喜好操持機械，協助二少爺開辦火柴場，愛上二少奶奶鄭玉楠，姦情敗露，慘遭私刑，客死異鄉；鄭玉楠與路先生私通，發現有孕便想盡辦法讓自己流產，懷胎七月產下藍眼私生子，兒子未滿月便被帶走，她在返回娘家途中跳船自盡；敘述者耳朵則因機伶受重用，甘為曹府奴才，但他春心蕩漾暗戀鄭玉楠，常到茶館聽黃笑話、偷看春宮圖、爬房頂窺人隱私，並不時做著春色無邊的白日夢。

　　《蒼河白日夢》雖描寫不同人物以「夢想」做為支撐生活的精神力量，但夢想最後都被現實摧毀，人生終究無法避開死亡的陰影。不論是死於他人之手的路先生和二少爺，或是自我了斷的鄭玉楠；也不論是為反清而亡的二少爺和鄭玉松，或是為愛慾而死的路先生和鄭玉楠，這些人物的命運都如同沙特（Jean-Paul Sartre，1905-1980）存在主義小說〈牆〉[23]所示，人生是「無路可逃」的宿命，再多的努力也走不出死亡的限制。亦如篇中耳朵看著鄭玉松示眾的屍首，內心低迴：「人怎麼活都白活！／死，等你呢。」[24]劉恆將自己的悲觀性格投射於作品中，尤其寫《蒼河白日夢》時，他的悲觀走到了極限，「終於掉到悲觀的井裡，竟然好幾次攤著筆大哭不止，把自己嚇了一跳」[25]，他因此自覺一味憤世竟把自己身心憤得一敗塗地，於是力圖改變。他從憤世而企圖救世，再到救自己和自己的小說，目的不外「甩掉悲觀的包袱」，他自剖這種風格轉變對他的影響：「這對以往挾悲觀以自重的我是個絕妙的諷刺，骨子裡的傲慢也由此而破碎了」[26]。在劉恆的「農民生活支柱」小說中，作品的悲觀主義是其人生態度的反射，他以糧食、性、力氣、夢想表現農民的生存問題，也隱喻了人生的限度——當自我意識無法超越存在狀態、生存本能不敵社會規範時，「宿命」成為不得不的生存法則。

---

[23] 尚—保羅・沙特，陳鼓應、金溟若譯，〈牆〉，收於《沙特小說選》（台北：志文出版社，1993 年 11 月再版），頁 9-35。

[24] 同註 22，頁 254。

[25] 劉恆，〈睜眼騎瞎馬——小說集《拳聖》後記〉，收於《亂彈集》，頁 146。

[26] 同上註，頁 146-147。

第二節　生存本能與文化規範的衝突

如前所述，劉恆在哲學的啟發下，有意識地藉由創作思考中國農民的生存問題，這種有意為之的寫作傾向，他自認如同「主題先行」，而〈伏羲伏羲〉的靈感，便來自他一路追索的「農民賴以生存的幾根柱子」。寫完〈狗日的糧食〉後，劉恆在「糧食」之外，又找到了「力氣」，雖然〈力氣〉的發表並未獲得預期的肯定，但他堅持前行：

> 賭了氣繼續攀著腦袋裡那條繩子往前挪，眼前豁然亮了一下，發現了司空見慣而又非同一般的「性」。找到了「性」的位置，然而思想依舊渾沌，想像也不陰不陽地渾沌著，看不到小說勃發的契機。[27]

就在思想和想像的渾沌中，以「性」為探索議題的〈伏羲伏羲〉逐漸成型。全篇在性本能和性心理等精神層面的探討上，冷靜地向讀者揭露人物內心最隱祕的角落，形成以楊天青心理過程為主線的欲望悲劇，同時旁及楊金山和王菊豆的情慾世界，甚至次要人物二傻子田鍋的性癖好等。

在〈伏羲伏羲〉中，劉恆刻意淡化政治環境的變遷，將故事背景置於偏遠的洪水峪農村，以凸顯楊家宅院裡的男女原慾，與農村

---

[27] 同註 19。

社會中的文化規範,形成的殘酷衝突。在劉恆的筆下,生活的基調陰暗沉重,生命的過程抑鬱苦悶,人物必須不斷與自身、外界進行對抗,但終究無法超越命運的掌控。在文明進化的社會中,作為人類原始驅動力的情慾備受壓抑,當人物面臨原慾本能與禮教規範衝突時,身陷無力反擊又無法逃離的困境,只能接受命運的擺弄,無法成為自身的主宰,於是宿命的人生悲劇,甚至死亡情節,便成為劉恆小說常見的面對生命難題的隱喻和暗示。

一、原慾的探索

〈伏羲伏羲〉的標題,表面看來與小說情節無涉,但在伏羲與女媧的傳說中,似又可以尋出劉恆創作意念的蛛絲馬跡。傳說中,在洪水滅絕人類後,僅存人首蛇身的伏羲、女媧兄妹,為能繁衍人口,兩人結為夫婦,雖有悖倫常,但卻是延續種族命脈的無奈之舉,因此伏羲和女媧被視為華夏民族的始祖,如同中國的亞當和夏娃。[28]在社會文化的規範下,伏羲和女媧、天青和菊豆,同樣觸犯亂倫的罪行,作者將二者相提並論,以伏羲隱喻天青,可解讀出對天青和菊豆的同情,因為伏羲和女媧的結合,是為綿延人口的不得已之事,天青和菊豆的命運,也因金山的不人道而相牽繫,但二人卻囿於嬸姪的名份,飽受內心譴責,被社會所不容。

---

[28] 參見任振河,〈伏羲、女媧祖籍晉源風峪出生於蒲阪雷澤考略──兼論在歷山開創一夫一妻制之先河〉,《太原理工大學學報(社會科學版)》26 卷 4 期,2008 年 12 月,頁 37-42。

　　劉恆說，〈伏羲伏羲〉最初名為「本兒本兒」，其涵義揭示於小說後所附的〈無關語錄三則（代跋兼對一個名詞的考證）〉，然這三段文字應屬虛構，在台灣新地版的《伏羲伏羲》[29]中未見。其一以胡梭巴道夫斯基《人類的支柱》說明原慾是人類生存的驅動力：「它是源泉，流布歡樂與痛苦。它繁衍人類，它使人類為之困惑。在原始與現實的不朽根基上，它巍然撐起了一角。」（頁 112）其二以吳友吾《西山筆記（卷五）》解釋「本」意：「本者，人之本也。又本者，通根，意及男根也！」（頁 112）其三以新口侃一郎《種族的尷尬》批評禮教對原慾的壓制：「同樣有趣的是東方的性的退縮意識。橫行的儒家理論在溫文爾雅的外表下，潛伏著深度的身心萎縮，幾乎可以被看做是陽萎患者的產物。」（頁 113）但劉恆最終放棄了「本兒本兒」這原始露骨的標題，他自我調侃：原想為小說做個醒目的名詞，但「這主意終於被閹割了。友人說〈狗日的糧食〉在題目中夾髒字，如今又把本兒本兒掛上來，這可了得麼？！因此，騸掉它！騸掉就騸掉。」[30]

　　小說中，劉恆將天青的「本兒本兒」作為繁衍子孫的重要圖騰，不僅在於他比金山更有效而輕易地留下家族血脈，也在於其碩大驚人的男性性徵。第一次的描寫，是透過癱瘓的金山視角呈現，金山企圖掐死襁褓中的天白，但被裸身趕至的天青粉碎了他的報復，金山在等待自己末日的降臨中，突然發現「一個男人的裸體，吊在他腦袋邊不遠處的雄大器官居然保持了驚人的挺拔，直令他萬念俱灰

---

[29] 劉恆，《伏羲伏羲》（台北：新地文學出版社，1991 年 4 月）。
[30] 同註 19，頁 79。

只想速死」（頁 74），天青以青春強壯的生殖力痛擊金山，取代金山
在家族中繁衍後代的雄性地位。第二次的描寫，是在天青扎缸後，
先由隱身敘事者冷眼旁觀地陳述：「那塊破抹布似的東西和那條醃蘿
蔔似的東西懸垂於應在的部位，顯示了浪漫而又鄭重的色彩」（頁
107-108），接著是困於個人身世的天白對天青身體的閱讀：他「大
膽地盯住了那微微敞開的胯部。他目不斜視，似乎已對那團美麗而
又醜陋的物質著了迷。他研究它的屬性，怕冷一樣大抖了幾下，彷
彿已經有所得，已經辨出了自己十八年前走過的狹窄道路，以及曾
經給他以養育的原始而神祕的住宅。」（頁 108）

　　面對天青碩大的性徵，叔叔金山和兒子天白都在默默觀察後，
把自卑或是激動壓抑於內心，但村裡的兒童卻忍不住大聲驚呼：

> 　「天青伯好大一個本兒本兒！」
> 　「咱長成了都有好大的活兒哩！」
> 　「本兒本兒哎！天青伯的本兒本兒哎！」（頁 108）

甚至年過一年，喜好比較的男孩們，即使未曾見過天青，也知道這
一個「不朽的傳奇」，拿天青作為失敗者的救星和偉大的男性之神：

> 　「你賽過天青伯的本兒本兒，就服你！」
> 　「他是大人。」
> 　「你爹要賽過天青伯的本兒本兒，就服你！」

「他死了！早死了！」

「你賽過死人的本兒本兒，就服了你！」

「算啦，咱不跟鬼比。」（頁111）

最後，劉恆將天青的死亡，由此昇華為傳說：「大苦大難的光棍兒楊天青，一個寂寞的人，分明是洪水峪史冊上永生的角色了。」（頁111-112）這種昇華雖沖淡了死亡的憂傷，但再多的「神」化，終究消解不了「人」的悲劇。

〈伏羲伏羲〉對「性」主題的探索，除了表現於天青被昇華為傳說的男性性徵外，更透過楊家宅院中兩男一女的關係，交織呈現出生殖和情慾兩種層次的男女原慾：金山對於菊豆偏重生殖層次，天青和菊豆之間則偏重情慾層次。「小地主楊金山朝思暮想的是造一個孩子，為造一個孩子而找一個合適的同謀」（頁17），於是他以二十畝地換回二十歲的菊豆。但當金山逐漸失去性能力時，他凌虐菊豆發洩內心的不安恐懼，而讓他惶惶不可終日的，就「是爹娘交下來的自己這條生命將怎樣不斷代地旺盛地傳遞下去」（頁55）；菊豆懷孕後，金山有著絕處逢生的喜悅，迫切地向每個人公布他的壯舉，而天白出生的啼哭更讓他激動哭喊：「狗日的！我那兒哎！」（頁63）因此當菊豆說出天白身世的真相後，他萬念俱灰把頭塞進火口，企圖自殺。對金山而言，人生最重要的意義便是有後，「性」是傳宗接代的方法，女人則是傳宗接代的工具，所以讓他時時掛念的不是活著的人，而是「地府的爹娘和未曾降世的兒孫」（頁55）。

　　天青性心理的發展過程，是全篇的情節主線，他從 16 歲青春期性慾萌發開始，在懵懂中由偷窺女體領略性的神祕，然後在菊豆的引導下開啟情慾世界。二十初頭便為人父的天青，雖以他強健的性能力，獲得菊豆的愛情，為自己留下骨血，同時報復了金山對他和菊豆的殘暴，但年輕雄壯的生殖能力，也帶給他們許多身心的折磨。金山癱瘓後，天青和菊豆畏懼再度有孕，只好壓抑性慾，找尋避孕方法，先到十幾里外的雙清庵，向老尼求藥，結果得到摻辣椒粉和香灰的外用藥，令兩人苦不堪言，於是他們改以肥皂、醋等進行避孕實驗，之後在巡迴醫療隊學到計算安全期的方法，但經過這些年的壓抑磨難後，兩人快速衰老，愛慾的歡愉早已不似年輕以往。金山死後，天白成為兩人的監視者，於是他們藉故到南嶺獵子崖幽會，不料卻被田鍋寫上大字報，最後一次的歡愛只好躲進空氣稀薄的菜窖，雖然菊豆因此懷有天黃，但也造成天白對天青更深的恨意，埋下天青自殺的危機。

　　二傻子田鍋雖是次要人物，但卻是引發天白仇恨的關鍵，他不但請人代筆在大字報寫菊豆偷情之事，還比手畫腳地模擬動作，於是被天白拿著斧子追砍。劉恆表示，傻子田鍋本有原型，是他在山地農村看到的一個弱智者，他和田鍋一樣，將木筷插入直腸而捅穿腸壁。[31]於是劉恆將此人物形象和性癖好置入作品中，進一步描述田鍋因此引發腹膜炎，成為村民笑柄，之後他又對三歲小草驢產生「性趣」。田鍋性癖好的置入，雖與故事發展無關，但也非天外飛來的一筆，這個插曲在引讀者一笑之外，實點出底層弱勢農民的生活痛苦

---

[31] 同註 19，頁 78-79。

——如果只能壓抑原慾而無法尋得宣洩的管道，人的性格和行為都將
扭曲變形。如果天青沒有菊豆，金山的刻薄寡恩，便可能把走在驢後
欣賞驢尾下忽隱忽現排泄器官的那個 16 歲少年，逼成另一個田鍋。

二、宿命的悲劇

　　劉恆的作品明顯呈現悲觀宿命的調性，他筆下的人物總是身陷
生存困境，必須不斷與外在環境、內在自我進行對抗，然而這些生
存困境卻早已命定，再多的努力也是徒勞，所以這些人物永遠無法
超越命運，成為自身的主宰。這種悲觀宿命的傾向，往往表現在人
物的悲劇命運中，而造成悲劇的原因，有時是性格的缺陷，也有時
是生存本能與社會文化的衝突，且死亡常常成為宿命的結局。〈伏羲
伏羲〉中，天青、菊豆、金山和天白四個主要人物，都困於複雜糾
結的人際網絡中，身處內外衝突的煎熬而苦不堪言。

　　〈伏羲伏羲〉採用全知觀點敘事，以天青作為主要視角人物，
他的人生悲劇來自情感和理智的衝突。在親情方面，他怨恨金山、
深愛天白，但這兩人卻以父子之名聯合起來打擊他，而金山含笑死
亡的表情，猶如對天青命運的嘲諷。天青年少時因為叔叔金山不願
分割田產，以致家人燒荒度日而遭土石流活埋，所以即使金山收留
了他，兩人關係仍不親，有如老闆和長工，但在金山癱瘓後，他卻
擔起親姪的責任，細心伺候金山的起居，讓鄉民覺得他的憨厚仁義
幾可立碑；天白是天青的骨肉，但礙於名份，只能以堂兄弟相稱，
天白也只認金山為父，金山死後，天青感到來自天白的敵意和壓力，

「天青在四面八方看到兒子的眼，兒子以另一個父親的名義嚴峻地認真圍剿著他，讓他五內俱焚心灰意冷」（頁 94），當天青向天白表明生父身份時，卻被惱怒的天白踹倒大罵：「狗日的你瘋啦！你瘋啦！」（頁 106），天青感到極度的悲傷沮喪，四個多月後扎缸自盡。

在愛情方面，天青與菊豆相愛，縱使兩人間的情慾都能配合與滿足，但嬸姪的身份卻是社會不容的禁忌，因為外遇偷情已違情理，更何況是親嬸姪的亂倫。所以即使天青飽受叔叔對他和菊豆的殘暴不仁，也無法說服自己潛意識中的不忍和羞慚。頭一次當金山外出時，菊豆把大好機會暗示給天青，他卻不敢有所回應，而窗外菊豆的哭聲，使他在夢境中看到叔叔摟驢哭泣的模樣，「踢他踢他也不走，拎了斧子砍他，胳膊卻舉不起來，滿世界轟轟地響著流淚的聲音和吧嗒著嘴唇舔淚吃淚的聲音」（頁 50），後來他悉心伺候癱瘓的金山，在某種程度上，也是出於良心的不安。天青在個人情慾和倫理道德間無法找到平衡，只能做著沒有名份的丈夫和父親，承受雙重的折磨，耗盡他的青壯歲月。

菊豆是全篇唯一的女性主角，具有多重身份，她是妻子、情人，也是女兒、母親。她身處複雜的血緣關係和人際衝突中，以強韌生命力忍受各種苦難，她為情人生育兩子，並將次子帶回洪水峪生活，相較於金山和天青，她更勇敢地面對自己人生，爭取自己人生的主宰權。菊豆的悲劇，從她父親以二十畝地將她嫁給金山開始，做為女兒，她原以為自己的犧牲可以換來家人安穩的生活，不料土改時，菊豆父親卻因此成為地主災禍臨頭，反右時服砒霜自殺，金山反而變成上中農逃過一劫，她的犧牲竟讓自己背上不孝罪名。做為金山的妻子，她

卻猶如他的「牲口」，她的任務是傳宗接代，金山將自己無法人道的悲哀發洩在她身上，用她夜半的悲嚎哀悼他的無助和無奈。當天青從外拉腳回村，金山正在殺豬，她對天青泣訴：「聽聽，那豬哭它的命哩。」（頁39）她自覺命運就像那隻躺在炕桌上任人宰割的豬。

做為天青的情人，菊豆終於領略到愛情的滋味和被憐惜的幸福，但她也因處於金山和天青的叔姪關係中而感到兩難，例如金山因為她有孕而增加天青的勞動，讓她滿心不忍；天青懷疑她殺害金山，讓她備感委屈；她想遠走關外重新生活，天青卻反對離開。她為了避孕和避人耳目，多年來飽受折磨身心俱疲，正如敘述者的形容，她已由天青眼中的小母鴿，變成蒼鷹，最後變成「脫了毛的老母雞」（頁111）。做為天白的母親，她疼愛保護兒子，但兒子羞辱生父的逆行，卻讓她痛苦難堪。菊豆一生渴望與天青長相廝守，無奈礙於身份禁忌，且前有金山、後有天白的監視阻撓，終無法如願。天青死後，她失去生命的愛戀，由名義上的寡婦，成為實質的寡婦，對她而言，人生只剩下扶養天黃的責任，對未來不再懷抱希望。

金山雖然壓榨菊豆和天青，並得到天白的認同，看似強者和勝利者，但他的人生同樣是場悲劇，他的悲劇來自無法脫離「無後為大」的困境，而這困境的根源竟是對自身的無能為力，他日漸無法掌控自己的身體，從逐漸喪失性能力，到癱瘓後任人擺布。金山想盡辦法要為楊家留後，甚至花去三分之二田產，只為買個年輕妻子為他生育，但面對小他30歲的菊豆，卻讓他加速走向無能和衰老，於是他凌虐幼妻發洩難以啟齒的悲哀。菊豆懷孕後，金山原以為是老天眷顧，後來才發現是奇恥大辱，讓他哀痛欲絕，怨恨天青，但

癱瘓之後,他又無法抗拒姪子給他的各種伺候。雖然天白只認他為父,但直到生命終了,他都無法擁有自己的骨肉,圓人生的夢以告慰祖先,他死亡時的含笑面容,彷彿預期天白為他復仇,但即使他詛咒天青和菊豆入地獄受苦,也無法改變自己斷後的悲劇。

天白無辜卻荒謬的人生,是上天對他開的玩笑,他痛恨母親與天青偷情,卻沒想到自己就是偷情的結果,他的悲劇同樣來自生存狀態與自我意識的衝突,他的出生猶如他的原罪。他一直認定金山是父親,陪著癱坐簍裡的老父在村巷走逛,替老父看守年輕的母親,讓天青和菊豆備感壓力;金山入殮時,將入小學的天白怒斥粗手粗腳的抬屍者,並認真地擺正金山的歪臉,然後放聲大哭,失怙的悲慟令人鼻酸。當田鍋貼字報並表演菊豆偷情的模樣時,他拎著斧子追砍,清秀稚氣的臉龐卻有著飽經滄桑的目光,他要為母親的名譽奮戰。但在他從菜窖把衣衫不整的母親救回北屋後,證實了外界關於母親和堂兄的傳言,他本想任天青悶死在菜窖裡,但因母親痛苦的一句:「天青,我那苦命的冤家哎……」(頁 103)讓他只好回到菜窖揹出天青。天白人生受到的最大衝擊,莫過於天青告訴他身世真相:「我是你爹!天白……」「老子是你親爹!兒子哎!」(頁 106)天白先是愣住,接著一陣噁心,然後嚇得瘋狂踹罵天青,他驚愕於自己的生命就是亂倫的惡果。

〈伏羲伏羲〉中的悲劇人物,不論是寡恩的金山、無辜的天白,或是苦命的菊豆、憨厚的天青,都是平凡的小人物,而非大奸大惡之徒,但他們的人生都必須不斷承受來自內心和外界的衝突和壓力,即使能夠勇敢努力地迎戰對抗,最終仍無法逃脫命運的戲弄

——金山無法擁有親生骨肉，天白無法改變身世真相，菊豆無法獲得圓滿家庭，天青無法得到兒子認同。在這些人物的生命中，他們都是薛西弗斯般的荒謬英雄，再多的努力也無法改變命運的安排。

第三節　敘述聲音與人物對話的反差

　　劉恆曾提到，在〈狗日的糧食〉之後，他寫了〈力氣〉，但因嘗試新的敘述風格，以致未能獲得讀者的青睞：

> ……於是寫了〈力氣〉。寫得不老實，文體上做了太重的試驗，以為要叫好卻遭了奚落。文體可以檢討，但意境是不錯的，大家奚落是大家沒有看進去。[32]

如前所述，〈力氣〉與〈伏羲伏羲〉在結構安排上有許多相似處，二者都以一個農民的一生為主軸，書寫鄉野傳奇，而造成讀者排拒或接受的差異，主要在於語言風格。〈力氣〉的敘述聲音，以傳統白話小說的說故事口吻為基調，不但在語詞設計上刻意創新，還摻用許多農民語彙和民間方言，並時而評說人物和遭遇，然而花俏的語言反而影響了閱讀的流暢性。所以〈力氣〉之後，創作〈伏羲伏羲〉時，劉恆又走回〈狗日的糧食〉的語言範式。

---

[32] 同註 19。

　　相較於〈力氣〉的敘述風格，〈伏羲伏羲〉不論在遣詞造句或修辭技巧上，都已脫去〈力氣〉文字實驗的拗澀，而較為雅致、文人氣，這與作者設計的敘述者背景有關，雖在小說中敘述者是故事的旁觀者，並未交代個人背景，但在散文〈斷魂槍〉中，劉恆曾仔細說明這敘述聲音的來源：

> 〈伏羲伏羲〉的聲音來自一位傷感的同時又自以為是的書生，這角色很像那種鄉村常見的土秀才。他在村口的青石影壁上銘文，記錄自以為值得記錄的鄉野事。為了體現在父老兄弟面前的優越，他故意寫得幽深而華美。為了掩蓋閱歷和自信心的不足，他依照自己的意志猶猶豫豫地編造了史實和結論。……他甚至斤斤計較於字體字形的完好，因為他奢望以土秀才之土來展示一種先進的文化水準……〈伏羲伏羲〉是吃力的鑽牛角尖的聲音。它追求完善和陶醉，骨子裡卻滲透了對人世的哀傷……[33]

　　因此〈伏羲伏羲〉的語言風格，明顯可見兩種不同文化層次的話語系統：一是敘述者的敘述聲音，呈現鄉村秀士的文人筆調；一是人物的對話語言，呈現底層農民的率真語彙，二者形成雅與俗的反差效果。尤其在情慾書寫上，敘述者刻意使用比喻、象徵等手法，表現幽深華美且凌空俯視的文字風格，但在人物對話中，則是直率

---

[33] 劉恆，〈斷魂槍〉，《小說選刊》1988 年 11 月號，收於《亂彈集》，頁 83-84。

自然的農民本色，在二者隱與顯、間接與直接的對比表現之下，產生了一種複合性的審美趣味。

一、幽深華美的情慾書寫

〈伏羲伏羲〉中，生存原慾的主題被推上舞台中央，政治環境的變化，不僅退成遠景，甚至只以簡單句子帶過，成為標示時間的另一種方式，如「那年洪水峪成立了互助組」（頁44）、「互助組形成燎原之勢，頑固的單幹者們已經土崩瓦解」（頁57）、「洪水峪仿照鄰村的榜樣，成立初級社了」（頁79）、「山外的風橫掃窮鄉僻壤，洪水峪也要興高采烈地公社化了」（頁87）等，甚至反右時如火如荼張貼的大字報，雖有對幹部態度的批評，但情節重點卻是菊豆的偷情事件。由於天青性心理的發展是情節主線，而他由青壯到死亡的人生歷程，也多由生存原慾反映，因此情慾書寫在全篇占有頗重的份量。又由於〈伏羲伏羲〉的人物皆為農民，對話多簡短直接，因此敘述者對人物形象和人物互動的描寫，便成為帶領讀者想像的重要依據。為能把情慾想像和愛戀情節表現得有美感而不低俗，藉由比喻和象徵營造氣氛，留給讀者想像空間，是情慾書寫的重要策略。

劉恆透過大量的比擬，將天青的內在感受和情慾世界，含蓄卻生動地展現在讀者面前。以「讀書」比喻天青對菊豆的盯看：田野是沒有老師的私塾，天青自習著人生學問，「將最有底蘊最有趣味的書來天天捧閱」，遲鈍的菊豆不知「自己的每一頁正被個小後生嘩嘩地掀開來」，「天青最初愛讀的，恐怕是從後面看過去的她的撅著屁

股鋤地的樣子」（頁 23）。以「大麗花」喻天青在外拉腳對菊豆身體的想念：冷冽寒風中，「她的肉身為他開一朵大麗花出來，讓他恍然嗅到春天的甜味兒」（頁 36）。以「種子成樹」比喻兒子快速成長，也暗指兒子對他和菊豆帶來的壓力：沒人可以阻擋他對菊豆的愛戀，攔住他的只有兒子，「這是他的種，他的種正在長成大樹，把游著飛雲的五彩藍天遮蓋起來了」（頁 95）。最後天青被天白踹罵倒在韭菜地裡，感到憂傷絕望：他覺得撫著臉的韭菜毛，「一邊是女人的手，另一邊是兒子的手」，他「看見了兒子哭嬰一般白白胖胖的臉蛋兒，看見了女人落雪山丘似的美麗絕倫的乳房，藍天上的白雲盛開了，天邊的花束勃然怒放，淹沒了他的眼睛」（頁 106）。

天青對菊豆的鍾情，起於迎親路上的初見，他憐惜被雨淋壞胭脂的美麗臉蛋：菊豆臉上「花搭搭雨跡縱流橫淌像一顆紋絡美觀的落了秧的熟南瓜」，天青想到應該用乾淨白布把這南瓜包起來，最好是揣到懷裡。（頁 18）他讚嘆菊豆的樣貌身材：「驚訝未來的嬸子竟有那小小的一張薄嘴，又驚訝她的身材，細細長長的像一棵好樹」（頁 20）。而她每看他一眼，「都讓他覺得是在青玉米地裡鋤草，棒子葉在割他的胸脯子，又癢又痛」（頁 20）。

天青的性啟蒙，起於偷窺菊豆如廁，初見女體而感到驚訝。劉恆先以含蓄的語詞間接描寫女體：「擁有這世界的無意中敞開了自己，讓初涉而稚嫩的驚詫於它的高低和它的黑白，且讓他為一些形狀和顏色而深深迷醉。」接著以不同的語氣表現天青從疑惑到驚嘆的情緒反應：「它不該是這個樣子。它理應是這個樣子。因為它不可

能有比這適宜的樣子。」最後呼應之前提及的「讀書」比喻:「天青
終於讀到了最隱祕最細緻的一頁,震驚得眼花繚亂。」(頁 29)

　　天青的性愛初體驗,是全篇情慾書寫最成功也最具張力之處。
劉恆以天青和菊豆在棒子地的交歡為主,穿插對照金山在桑峪為騾
子求醫的情景,猶如電影蒙太奇的切割與串聯,形成喜與悲的衝突,
而三人的關係也由此產生變化。劉恆將時間置於春光明媚的日子,
先將兩地的情境做簡單的對照,以便引導後續的情節發展:

> 在同一片溫暖的陽光下,楊金山的姪子楊天青和楊金山
> 的妻子王菊豆邁進了落馬嶺附近青苗苗壯的棒子地,而
> 楊金山本人則牽著病入膏肓的愛騾在由達摩莊至桑峪的
> 山間小道上艱難跋涉。(頁 51)

而這一天是三人命運的轉折點,對棒子地裡的天青和菊豆而言,「那
個暖洋洋的晌午是個豎紀念碑的時刻」,但對遠赴桑峪的金山而言,
卻「是個挖掘墳墓的時刻」(頁 51)。

　　在天青與菊豆的性愛情節中,劉恆同樣運用比喻和象徵來表
現。以「南瓜葉」形容菊豆輕撫的手,呼應迎親時初見的「熟南瓜」
面容:天青驚惶中感到頭上降下一片東西,風吹不落,輕搖不走,
他「終於明白這柔軟的南瓜葉似的一塊溫暖是女人的手掌」(頁 53)。
以「蛇」比喻菊豆擁摟的雙臂:「蛇似的兩條軟臂在脖根上胳膊上胡
亂纏繞」,最終選定姿態,緊箍著他的腰脊;然後以字形為喻,透過
「狠狠地長久地做成一個呂字」,描寫兩人生澀又激烈的初吻。(頁

54）接著運用太陽、光束等自然景象，摹寫交歡時天青的感受：「太陽在他眼裡猛烈地搖晃起來」，手與身跳著忙碌的舞蹈，仰見「金子鑄的天空，萬條光束穿透了硬的和軟的一切」，俯見漫山青草如水起伏，山脈天空融滙一體，接著在雷霆和風暴後，「眼裡懸著的是顆正在爆炸的太陽，顏色發黑」，像埋在灰燼裡的燒焦山藥蛋，像晾在屋檐剛剝下的母豬毛皮，一切都是黑的。（頁 54-55）

　　此處接著帶入金山在五十里外桑峪的情形，他思念著地府的爹娘和未出世的兒孫，不忍眼前受苦的病騾，因此當醫生為騾子開刀時，騾子疼痛的嘯叫，勾出他的眼淚。劉恆在此又以「叫」作為聯結，將場景帶回棒子地裡楊天青的叫聲，「像一個暴虐地殺人或者絕望地被殺的角色，他動用了不曾動用的男人的偉力，以巨大的叫聲做了搏戰的號角。」（頁 56）最後劉恆延續陽光的意象，以金色棒子地裡的大蟒和白鳥為喻，作為這場性愛的收結：

> 太陽在山坡上流水，金色棒子地裡兩隻大蟒繞成了交錯的一團，又徐徐地滑進了草叢，鳴叫著，撲楞著，顛倒著，更似兩隻白色豐滿的大鳥，以不懈的掙扎做起飛的預備，要展翅刺上雲端。（頁 56）

　　在這些運用大量比喻和象徵的情慾書寫中，劉恆為使敘述聲音與描寫對象、環境氛圍平順銜接，選用的喻依和意象，多取材自農村生活和自然景物，如太陽、南瓜、山藥蛋、大麗花、樹、蟒蛇、白鳥、母豬毛皮等。其中「田地」、「播種」、「種子」等詞帶有生殖

的雙關涵義，在全篇多次出現，呼應繁衍子孫的主題：金山將菊豆視為傳宗接代的工具，認為「她是他的地，任他犁任他種」（頁 23）；但是天青比他更輕易地為楊家留下血脈，「姪子強健過人的肌體在他反覆耕耘的田壟裡伸進了犁鏵，並且比他更有效百倍地狂放地播著種子了」（頁 55）；而後讓金山陷入一場做父親的騙局，「聽憑一顆茁壯的種子在他的田野裡孕育生長，於後知後覺中預備著為他人做個受騙的父親」（頁 58）。

二、直率本色的農民語言

〈伏羲伏羲〉的兩種話語系統，敘述聲音與人物對話，明顯呈現書面語和口頭語的差別，前者為文人筆調，後者為農民語言。劉恆有鑑於口語化寫作長期受到忽視，所以不斷思考口語化寫作傾向的可能，而在〈貧嘴張大民的幸福生活〉中，清楚可見他對幽默調侃式口語風格的嘗試。劉恆小說在方言口語的運用，受到研究者的注意，但他認為自己的小說語言並非地道的北京方言[34]，若由其小說語言分析之，或許可視為一種以北京話為基礎的語言創造。而這種具創造性的口語寫作，早在其農村題材小說的對話中，便已見端倪。

在〈伏羲伏羲〉中，天青對菊豆的暱稱「我那親親的小母鴿哎！」頗具代表性。這句話第一次出現在兩人初次交歡的收結：

> 「嬸子！嬸子……」
> 這是起始的不倫不類的語句。

---

[34] 同註 12，頁 26。

　　「菊豆！我那親親的菊豆……」

　　中途就漸漸地入了港。

　　「我那親親的小母鴿哎！！」

　　收束的巔峰上終於有了確切的認識和表白。（頁 56）

　　兩人的關係在天青改換的稱呼中定了位，而「我那親親的小母鴿哎！」成為兩人愛情的印記，也是每回性愛中重要的語言儀式，全篇出現五次之多[35]。而敘述者也順著「小母鴿」的意象，表現菊豆的變化：被激怒的菊豆，嚷著總有一天要用砒霜解決如苦海的生活，天青無法安撫她，「小母鴿子展開黑壓壓的翅膀，已飛成了一隻蒼鷹」（頁 87）；在天青死後，年復一年，菊豆成了照料兒孫的老婦，「他的小母鴿子已不是鴿子，也不是鷹，而是一隻脫了毛的老母雞」（頁 111）。「小母鴿」的意象，鮮活而直接，表現菊豆在天青眼中豐腴性感又帶有母性的形象，而「親親」一詞也成為天青對菊豆的另一種暱稱。

　　在這些直率本色的農民語言中，對話簡短而用詞具體，直陳人物的喜怒哀樂，毫不矯情做作。例如天青拉腳回家，知道菊豆生了，內心暗喜，金山也大喜，他先問孩子：「……嬸子生了？」「生了。」「生的啥？」「兒子。」「胖不？」「豬崽子！」「……挺結實？」「像個骨碴。」接著問菊豆：「嬸子好不？」「奶水足著哩，吃不清！」「有奶就踏實了。」（頁 65）又如癱瘓的金山趁勢報復菊豆，怒罵她「……

---

[35] 參見劉恆，〈伏羲伏羲〉，《狗日的糧食‧劉恆自選集（第四卷）》，頁 56、70、76、84、96。

騷……狗」，她也不甘示弱，以一連串的話暴怒反擊：「你癱了！還想欺我？做夢吧！」「摸摸褲襠裡剩下啥？屎！」「我把事情做下了，明說給你。」「拍拍你那良心，你殺了我多少回？短命的怕早幾年就給你整死哩！天爺照料咱了，給了一個天青。你妥妥聽準，那個人是天青！老不死的你惱吧……」（頁 72）

又如天青和菊豆因避孕吃足苦頭，兩人相擁哀傷：「咱倆死吧！」「你活我死！」「你死我就不活！」（頁 81），幾經思考，害怕閒言閒語，卻沒法遠走高飛，又回到尋死一途：「日子眼看不是人過的啦！我今生要不妥妥跟了你，我哪日就扎了泉眼了。」「昏話！你容個空兒，讓我……」「不指望啦！」「你就愁死我，愁死我你可省心！」「惱我？你個鬼呀！」（頁 82）再如天青和菊豆在獾子崖幽會，談到兒子天白的學業，滿心幸福快樂：「昨兒個天白又得個獎狀。」「可有上次那個大？」「一樣的紙，黃底兒，花邊兒。」「獎的啥？」「算術得個第一，寫文兒得個第二。」「又粗心寫差了字不是？」「誰知道哩。問他，兔羔子不理我！」「不能去大隊問問教員？」「說的吧！是我的兒？問疑了……問疑了……不理我也隨他！這小崽子……」（頁 95-96）

在這些人物對話中，充分表現口頭語言的隨興與活潑，雖不一定使用完整的語句，甚至摻用不雅語詞和口頭禪，但在對話中，人物的性格和情緒，甚至說話的氣氛，都大膽直接而毫不迂迴掩飾地展現讀者面前。這與敘述者運用大量比喻和象徵的間接表現手法，形成對比，但因敘述者使用的喻依和意象皆以農民生活為基礎，使二者間又產生呼應烘托的效果，形成兩種層次的美感距離，以幽深

華美的敘述聲音為底色，然後凸出浮雕般鮮活本色的人物對話，使
二者在一隱一顯、一雅一俗的反差中，產生一種相輔的和諧與共鳴。

第四節　小結

　　1980 年代中後期，受自然主義影響的現實主義小說創作中，新
寫實小說的表現最為搶眼，因為文學刊物的推動，帶起作品和評論
的湧現，使其成為一股不可忽視的文學潮流。在思想內涵方面，新
寫實小說同樣以人道主義和人本思想為基礎，但已超越反思文學在
政治環境中凸顯人性議題的方式，而是淡化政治背景，聚焦人生本
相和生存狀態，甚至在存在主義的啟發下，探討生命存在的意義，
揭示人生的困境等。在表現手法方面，新寫實小說的整體精神雖仍
歸於現實主義範疇，但因處於走向多元的新時期文學環境中，而不
再拘泥傳統現實主義的表現手法，甚至借鑑現代主義流派的寫作技
巧，形成一種開放新變的現實主義風格。

　　在新寫實小說的代表作家中，不論是池莉、方方，或是劉震雲，
多以都市題材為創作重點，劉恆則因系列的農村題材小說受到矚
目。1980 年代中到 1990 年代初，劉恆創作的「農民生活支柱」小說，
不但為其奠定文壇地位，也將新寫實小說的發展帶向高峰。〈伏羲伏
羲〉以「性」為主題，書寫農民生活的支柱，是劉恆以「性」刻畫
人性的小說中，表現得最為酣暢淋漓的作品。在思想精神上，全篇

以男主人公性心理的發展為主線，表現兩男一女間的情慾世界，刻畫生殖與愛慾兩種層次的男女原慾，但在社會不容的亂倫關係下，每個人物都處於生存本能與文化規範的衝突中，無力反擊或逃離，除了選擇死亡外，便只能宿命地接受命運的捉弄。在語言風格上，劉恆透過迂迴華美的敘述聲音描繪情慾想像，以及率真本色的人物對話表現農民性格，產生兩個審美層次，形成雅與俗、隱與顯的反差效果，增添複合性的語言美感。劉恆的新寫實小說，以直面人生問題、表現生命本相的風格，吸引許多市民階層的讀者，並為 1980 年代末現實主義文學的發展，注入一股新的活力。

第六章　人文精神的彰顯

——王小波與《黃金時代》

　　1989 年六四事件後，大陸社會政治氣氛緊繃，至 1990 年代初才逐漸緩和，而 1992 年初鄧小平發表的「南巡講話」[1]為轉折關鍵。因「南巡講話」不但重申「一個中心，兩個基本點」[2]的中共基本路線，也強調計畫經濟和市場經濟並非社會主義和資本主義的本質區別，解除大陸社會對市場經濟方向的疑慮，而後同年 10 月，講話內容又經中共第十四次全國代表大會確立，於是中共黨內的工作重心再度回到經濟建設。1993 年起，市場經濟的全面開放，成為大陸最重要的社會現象。在社會經濟轉型和政治氣氛鬆動中，大陸的文化體制也逐步改革，走向市場機制，例如減少作協專業作家的員額、降低對刊物和出版社的補助、全面實施版稅制度等[3]。此外，伴隨著 1980 年代以來市民階層的興起，以及影視、網路等傳播媒體的發展，大

---

[1]　1992 年 1 月 18 日至 2 月 21 日，鄧小平到武昌、深圳、珠海、上海等地視察，發表一系列的談話，通稱為「南巡講話」，其內容針對新時期以來大陸社會對經濟發展方向的疑慮，重申經濟建設和改革開放的重要性與必要性。

[2]　1987 年 10 月 25 日至 11 月 1 日，中共召開第十三次全國代表大會，確立「一個中心，兩個基本點」為基本路線。「一個中心，兩個基本點」，即以經濟建設為中心，堅持改革開放和四項基本原則。

[3]　參見洪子誠，《中國當代文學史》（北京：北京大學出版社，1999 年 8 月），頁 328。

眾文化成為社會文化的主流，時尚消遣類的文藝以商品之姿在經濟浪潮下湧現，於是新的文化生態和文學環境由此形成。

新時期的大陸文學，在文革後的前十年中，逐漸走出政治束縛回到藝術本體，1990 年代後，在市場經濟型態和大眾文化興起的衝擊下，打破單一走向多元和分眾，其間最明顯的現象便是潮流的淡化──具影響力的文學流派未再出現，文學失去轟動效應。在新的文學環境中，作家、作品、讀者和傳播都產生了異於 1980 年代的變化：在作家方面，在作協等官方體制的專業作家外，產生許多不同身份的創作者，有的脫離官方體制成為「自由撰稿人」，有的以作家背景跨足商界或經營傳媒，也有的結合視聽藝術參與影視作品的編寫製作等。在作品方面，歷經十年的改革開放後，作家和文學都漸趨成熟，因而帶動長篇小說的勃興，每年出版量多達千部，雖 1980 年代標舉先鋒的實驗性作品已式微，但敘事和語言的探索已融入新的現實主義風格，被讀者普遍接受，至於過去彰顯時代主旋律的歷史大敘事，則被個人小敘事顛覆消解，呈現淡化歷史表現私我的寫作。在讀者方面，逐漸擴大的市民階層，成為主要的閱讀群眾，而具實驗性和教誨性等過於嚴肅的文學，不再被讀者大眾所認同。在傳播方面，由於商品經濟的發展，文學作品的銷售深受傳媒影響，除了作家個人知名度外，新聞性往往能帶動銷售量，例如走紅的電影電視對文學原著的加持，作家作品非文學性新聞的炒作，甚至政府封存禁書造成的搶購效應等。

　　1990 年代，王小波其人其書，從〈黃金時代〉在台獲獎、「時代三部曲」的出版，到他心臟病猝逝、死後研究熱潮興起等，被視為大陸文化界的重要事件。因為他代表的是一種異於 1980 年代以對立反抗威權的人文精神，而這種人文精神的展現，不僅在於他以脫離中共文化體制的自由撰稿人身份，表現出知識分子的精神，以及對個人理想的堅持，也在於他的作品跳脫新時期文學對政治的敘述，改以幽默智慧的思維書寫嚴肅文學，形成個人獨特的小說風格。本章以王小波（1952-1997）的代表作「時代三部曲」之首《黃金時代》，作為 1990 年代在後現代文化語境中，消解與威權政治的對立、書寫個人歷史、凸顯小我色彩的開放期現實主義代表。

第一節　王小波小說迷宮的入口

　　王小波出生於北京的幹部家庭，父親為邏輯學者、大學教授，母親為教育工作者。1965 年，他進入北京市二龍路中學就讀，文革期間，先赴雲南兵團勞動，開始嘗試寫作，又到母親故鄉山東牟平插隊，擔任民辦教師，之後回到北京，在教學儀器廠、半導體工廠做工，其間陸續完成早期小說〈地久天長〉等。1984 年，王小波進入美國匹茲堡大學東亞研究中心，攻讀碩士學位；1988 年回北京，任北京大學社會學所講師；1991 年，返回母校中國人民大學會計系任教，同年以〈黃金時代〉獲得台灣《聯合報》第十三屆中篇小說

獎。1992 年,辭去教職,成為自由撰稿人,開始全力投入寫作,1996
年籌備出版「時代三部曲」,但次年春書稿發排中,王小波心臟病突
發去世,年僅四十五歲。[4]

　　王小波在創作上受到的肯定,是從台灣文壇開始的。1991 年,
他首度在台獲獎後,《人民日報(海外版)》報導讚譽:「沒想到真正
的高手在文壇之外」[5];1994 年,王小波再以〈未來世界〉獲得《聯
合報》第十六屆中篇小說獎。這位「文壇外的高手」表示,他自小
覺得「身上總有一股要寫小說的危險情緒」[6],二十歲前曾寫過一些
作品,但他研究邏輯學的父親因自身經歷坎坷,不許子女學文,所
以王小波大學時期學理工,直到赴美攻讀東亞研究,才又開始小說
創作,而這股創作動能便從此無法抑制。王小波的多元知識背景和
個人生活經歷,醞釀出一種獨特的、非主流的、知識分子的文化氣
質,表現在他的人生和作品,便是追求自由與實踐真我。1992 年,
王小波放棄大學教職,不參與官方文藝組織,成為大陸文壇少見的、
以寫作為專業的自由撰稿人,並在他最後五年的生命中,完成代表
作「時代三部曲」。

---

[4] 參見〈王小波年譜簡編〉(《王小波文集》第四卷,中國青年出版社,1999
　年 9 月),新華網(http://news.xinhuanet.com/book/2003-04/11/content_826841.
　htm)。上網日期:2006 年 10 月 6 日。

[5] 金健,〈留學生王小波的小說《黃金時代》獲獎〉,《人民日報(海外版)》4
　版,1991 年 10 月 5 日。參見王小波,〈附錄〉,《黃金時代(下)》(台北:風
　雲時代出版公司,1999 年 2 月),頁 266。

[6] 王小波,〈我為什麼要寫作?──《時代三部曲》總序〉,《黃金時代(上)》
　(台北:風雲時代出版公司,1999 年 2 月),頁 23。本章以下此書引文,直
　接於引文後加註冊別和頁碼。

　　「時代三部曲」包括寫現實的《黃金時代》、寫未來的《白銀時代》、寫過去的《青銅時代》，其中《黃金時代》被視為王小波創作的基點與核心，而「黃金時代」由中篇小說發展成時代首部曲，經過數次版本變化（參見附表）：

§　「黃金時代」的版本變化

時間	書／篇名	出版處	備註
1991 年 10 月 14 日至 11 月 11 日	〈黃金時代〉	《聯合報·副刊》連載	獲《聯合報》中篇小說獎。
1992 年 3 月	《王二風流史》	香港：繁榮出版社	收有：〈黃金時代〉、〈三十而立〉、〈似水流年〉三篇。
1992 年 8 月	《黃金年代》	台北：聯經出版公司	單行本，封面標題「時代」誤植為「年代」。
1994 年 7 月	《黃金時代》	北京：華夏出版社	收有：〈黃金時代〉、〈三十而立〉、〈似水流年〉、〈革命時期的愛情〉、〈我的陰陽兩界〉五篇。
1997 年 5 月	「時代三部曲」	廣州：花城出版社	分三冊印行，分別收有：《黃金時代》：〈黃金時代〉、〈三十而立〉、〈似水流年〉、〈革命時期的愛情〉、〈我的陰陽兩界〉。《白銀時代》：〈白銀時代〉、〈未來世界〉、〈二〇一五〉。《青銅時代》：〈萬壽寺〉、〈紅拂夜奔〉、〈尋找無雙〉。

時間	書／篇名	出版處	備註
1999 年 2 月	「時代三部曲」	台北：風雲時代出版公司	分六冊印行，分別收有： 《黃金時代（上）》：〈黃金時代〉、〈三十而立〉、〈似水流年〉。 《黃金時代（下）》：〈革命時期的愛情〉、〈我的陰陽兩界〉。 《白銀時代》：〈白銀時代〉、〈未來世界〉、〈二〇一五〉。 《青銅時代（上）》：〈萬壽寺〉。 《青銅時代（中）》：〈紅拂夜奔〉。 《青銅時代（下）》：〈尋找無雙〉。

　　1992 年，〈黃金時代〉、〈三十而立〉、〈似水流年〉在香港結集出版，〈黃金時代〉自此由單篇形成系列小說，作者原題「黃金時代」，但出版社因商業考量，改名為「王二風流史」。1994 年，華夏出版社的《黃金時代》，首次將〈革命時期的愛情〉、〈我的陰陽兩界〉兩篇併入，使時代首部曲的《黃金時代》至此定型。1996 年，花城出版社與王小波簽約出版「時代三部曲」，1997 年 4 月書稿發排中，王小波病逝，同年 5 月 13 日，王小波的生日，在北京現代文學館舉行「時代三部曲」的首發式和研討會。[7]1999 年 2 月，風雲時代出版社以正體字、分六冊印行「時代三部曲」；同年 9 月，中國青年出版社推出《王小波文集》四卷本，是搜集王小波作品較完整的版本，2002 年

---

[7]　參見夏辰，〈王小波出版史：生前的冷落與死後的哀榮〉（《南方周末》，2002 年 4 月 11 日），中華文化信息網（http://www.ccnt.com.cn/book/?catog=hot&file=2002050903）。上網日期：2006 年 10 月 6 日。

1月，改名為「王小波作品系列」；另可見陝西師範大學出版社 2003
年 9 月的版本等。

　　本章以 1999 年風雲時代出版公司的《黃金時代》為研究材料，
內容包括「黃金時代」系列小說，即〈黃金時代〉、〈三十而立〉、〈似
水流年〉三篇，以及〈革命時期的愛情〉、〈我的陰陽兩界〉兩篇。《黃
金時代》是王小波本人最為滿意的作品[8]，研究者也多以此做為研究
王小波文學的基點，例如閻晶明主張「將三卷本中的《黃金時代》
作為『軸心』之作來看待」，戴錦華認為「小說〈黃金時代〉與小說
集《黃金時代》無疑構成了王小波的文學『迷宮』的入口」。[9]《黃金
時代》的故事時間，圍繞在 1950 年代末到 1990 年代初，以文革時
期為寫作重心，對於知青出身的王小波而言，這不僅是立足文壇的
起點，也是成長歷程、時代歷史的投射與思考。

第二節　反思存在與追求自我

　　《黃金時代》各篇都藉由主人公王二的生存環境、成長遭遇和
內心世界，展現知青這代人的生活。王小波在〈後記〉表示：

---

[8]　參見王小波，〈我對小說的看法〉，《我的精神家園》（北京：文化藝術出版社，
　　2002 年 2 月），頁 148。
[9]　閻晶明，〈「倫敦天空的發明者」——我讀王小波小說〉，《當代作家評論》1997
　　年 5 月期，頁 65。戴錦華，〈智者戲謔——閱讀王小波〉，《當代作家評論》1998
　　年 2 月期，頁 25。

> 本書的三部小說被收到同一個集子裡，除了主人公都叫
> 王二之外，還有一個原因，那就是它們有著共同的主
> 題……這個主題就是我們的生活；同時也會認為，還沒
> 有人這樣寫過我們的生活。（下冊，頁 257）

因此，王小波筆下呈現的不僅是王二生活狀態的存在現象，還包括
王二追求存在價值的自我意識，在客觀的存在現象和主觀的自我意
識二者交織之下，《黃金時代》形成深刻而多層次的人本主題。如同
作者所說：「在我的小說裡，……真正的主題，還是對人的生存狀態
的反思。」[10]

　　沙特（Jean-Paul Sartre，1905-1980）的《存在與虛無》[11]論及，
人自身的存在包括「自在存在」（being-in-itself）與「自為存在」
（being-for-itself）。因為人的存在先於本質，所以意識雖屬虛無，無
法以實體呈現，卻能使人認知世界、抉擇未來，決定自身存在價值，
但人又因無法達到自在與自為合一的理想存在境界，不可避免地帶
有衝突性與悲劇性。在人我關係中，還有「為他存在」（being-for-
others），因為當人意識到他人存在，會不自覺地模態，產生行為反
應，甚至調整自我。王二的人生，正因處於自在、自為、為他這三
種存在的落差和矛盾，彷彿一齣荒謬的悲喜劇。

---

[10] 王小波，〈從《黃金時代》談小說藝術〉，《沉默的大多數》（北京：中國青年
　　出版社，1997 年 10 月），頁 316。轉引自許嘉雯，《一場文學與歷史的辯證
　　——論王小波「時代三部曲」》（台中：中興大學中國文學所碩士論文，2004
　　年 1 月），頁 65。
[11] 尚－保羅‧沙特，陳宜良、杜小貞譯，《存在與虛無》（台北：城邦文化公司，
　　2004 年 3 月）。

一、存在的隨機荒謬

　　《黃金時代》主人公的設計，異於傳統的英雄形象和正面書寫，著眼於邊緣人物的非主流視角，配合狂歡諧趣的語言風格，呈現特殊的文學審美效果。各篇的王二，背景環境不盡相同，人物性格卻有明顯共通性，都生於 1950 年代，文革後有一定的社會地位，擔任大學講師、研究人員或醫院工程師，但因價值觀和人生態度與社會主流格格不入，行事作風異於常規，常受批評和取笑，屬於次文化的社會邊緣人。

　　「黃金時代」系列中，王二從小是後進生，遲到、打架、對師長下毒報復、做炸藥炸傷朋友；文革中在雲南插隊，與女醫師陳清揚私通，被迫寫材料交代姦情，罰「出鬥爭差」；1980 年代擔任微生物講師，仍我行我素，嘻皮笑臉不正經，校長雖想力挺他研究上的努力，但也無法獨排眾議，使他獲得科研項目。〈革命時期的愛情〉中，王二文革時期是豆腐廠工人，與革委會主委老魯不合，為能逃過「勞動教育」，自願接受團支書 X 海鷹的「幫助教育」，定時去「坦白錯誤」，交代與姓顏色女大學生的初戀、參與武鬥製造機械的情形，最後在愛與恨、反抗與壓抑、施虐與受虐的矛盾間，與 X 海鷹發展出扭曲的情慾關係。〈我的陰陽兩界〉中，王二新婚之夜得陽痿之事，傳得眾人皆知，離婚後，他行為怪誕，沉默寡言，獨居醫院地下室。他陪小孫醫師赴男友婚禮充場面，小孫為了報答他，想與他辦結婚以便治療陽痿，但申請過程受盡阻撓，最後弄假成真，兩人墜入情網，結為夫妻。

　　王小波充分發揮第一人稱的敘事特點，使王二天真傻氣、憂傷無奈，甚至帶點阿 Q 的性格，在字裡行間躍然而出。王二總以平淡無辜、毫無遮攔的口吻，直陳遭遇的種種災難和面對災難的感受，這些時代和個人的苦難，透過王二次文化的痞趣觀點陳述，產生似笑非笑的尷尬和困窘，充分顯現存在的隨機和荒謬。王二認為存在就是一種「隨機」（random）：

　　　　我現在這樣理解 random——我們不知為什麼就來到人
　　　　世的這個地方，也不知道為什麼會遇到眼前的事情，這
　　　　一切純屬偶然。……與我有關的一切事，都是像擲骰子
　　　　一樣一把把擲出來的。（下冊，頁 158）

在〈革命時期的愛情〉中，存在的隨機性延伸為全篇穿插出現的「中彩」比喻。王二由小時候電死蜻蜓的經驗，想到文革時期中大彩的人如同電流下的蜻蜓，唯有電流通身，才知中了頭彩，如夢方醒。每個中彩的人都會去「尋找神奇」，人一旦中了負彩，馬上就會有中正彩的狂想。例如他父親因學術受批判，後半生總中小彩，因而狂想能入黨，甚至改正思想成份；王二則因父親遷怒常挨打，自認連帶前半生也總中小彩，所以他常在挨打受餓後，狂想能發明東西，成為偉人。正彩和負彩將人分為不同階級，例如「到了革命時期，X 海鷹治人，王二治於人。X 海鷹中正彩，王二負彩。她能弄懂革命不革命，還能弄懂唯物辯證法，而我對這些事一竅不通。」（下冊，頁 102）這種階級差異，直接影響人我互動和權力關係，王二接受幫

教時，內心緊張木癡呆傻，常被 X 海鷹虐待，所以推論出：「假如某人總中負彩，他就會變成受虐狂。假如某人總中正彩，她就會變成虐待狂。」（下冊，頁 109）

在非理性的文革時期，連遭負彩的王二悲觀地認為：革命時期就是個負彩時代。在努力尋找神奇卻徒勞之後，他認定這是個只有負彩、沒有正彩的世界，於是絞盡腦汁想預知下一道負彩會在何時何地到來？然而答案卻是「無路可逃」的宿命，如同蜻蜓電流通身的醒悟：

> 等到我以為自己中了頭彩才知道了。這句話就是「無路可逃」。當時我想，一個人在何時何地中頭彩，是命裡注定的事。在你沒有中它的時候，總會覺得可以把它躲掉。等到它掉到你的頭上，才知道它是躲不掉的。（下冊，頁 154-155）

《黃金時代》除了揭示生命存在的隨機之外，也表現人我認知差異造成的荒謬，〈黃金時代〉的破鞋論證，便是明顯的例子，陳清揚因為他人的認知差異，導致自我認知和行為的扭曲。小說以陳清揚找王二討論她是否為破鞋開場，因為大家認為她是，但她自己認為不是，王二雖論證出她偷漢之事不能成立，但他偏要說，陳清揚就是破鞋。當兩人私通之後，她回想過往，覺得一切荒謬至極，「她很難相信自己會莫名其妙地來到這極荒涼的地方，又無端地被人稱

作破鞋,然後就真的搞起了破鞋。」(上冊,頁 19)但當她暴露了和王二的關係後,卻再也沒人說她是破鞋,甚至沒人在她面前提起王二,因為「那裡的人習慣於把一切不是破鞋的人說成破鞋,而對真的破鞋放任自流。」(上冊,頁 30)全篇最大的衝突點在於陳清揚對自我認知的轉折,有一回,王二在深山裡扛著陳清揚趕路,因差點摔下山去,他狠狠地打了她屁股兩下,就在這瞬間,她愛上了他,間接承認她是破鞋的罪孽:

> 她說,她之所以要把這事最後寫出來,是因為它比她幹過的一切事都壞,以前她承認過分開雙腿,現在又加上,她做這些事是因為她喜歡。做過這事和喜歡這事大不一樣。前者該當出鬥爭差,後者就該五馬分屍千刀萬剮。(上冊,頁 70)

當人我認知的落差到達一定程度時,人會對自身產生懷疑,甚至會在「為他存在」的因素下,壓抑扭轉自我認知,進而引導自己順從他人意識,或激化自我意識走向極端,形成荒謬莫名的生存狀態。〈黃金時代〉裡王二和陳清揚去出鬥爭差,宣傳隊要求兩人做為搞破鞋的典型到各地受批判,一週兩次的鬥爭差,使陳清揚從委屈服從,聽命把破鞋掛在脖子上,到後來主動配合,自備棉繩便於綁縛、頭髮分梳兩縷便於揪扯,就這樣在台上「扮演」起破鞋。〈我的陰陽兩界〉裡小孫想替王二治病而申請結婚,外人或動之以情,要她考慮自己的幸

福，或說之以理，指若結婚分配房舍會連帶影響多人權益，逼她打消念頭。小孫因申請結婚受阻，又承受嘲諷和壓力，索性與王二同居，表示抗議，兩人卻因而相戀，王二的病也不藥而癒。

對於生存狀態的隨機荒謬，王小波以小孩手中的泥人，做了宿命而深刻的詮釋，道盡這代人的悲哀無奈：

> 我們根本就不是戰士，而是小孩子手裡的泥人——一忽兒被擺到桌面上排列成陣，形成一個戰爭場面；一忽兒又被小手一揮，缺胳膊少腿的跌回玩具箱裡。但是我們成為別人手裡的泥人卻不是自己的責任。我還沒有出世，就已經成了泥人。（下冊，頁169）

二、自我意識的追求

王小波妻子李銀河說，王小波是「浪漫騎士・行吟詩人・自由思想家」[12]，因其堅持理想，追求自我實踐，不同於流俗。王小波亦確知自己寫作的意義，曾明白表示「立志寫作在我身上是個不折不扣的減熵過程」，並自我定位為嚴肅作家：「我寫的東西一點不熱門，不但掙不了錢，有時還要倒貼一些。嚴肅作家的『嚴肅』二字，就該做如此理解。」至於為何堅持寫作，他的理由是：「我相信我自己

---

[12] 李銀河，〈浪漫騎士・行吟詩人・自由思想家——悼小波（代跋）〉，《黃金時代（下）》，頁259。

有文學才能,我應該做這件事。」[13]他有意識地以寫作追求自我存在價值,這種「自為存在」的表現,投射在《黃金時代》中,便是筆下人物對抗外在生存狀態的生命力和自我實踐。在〈三十而立〉中,他透過主人公說出深具人本精神的「做自己」:

> 我想到,用不著寫詩給別人看,如果一個人來享受靜夜,我的詩對他毫無用處。別人唸了它,只會妨礙他享受自己的靜夜詩。如果一個人不會唱,那麼全世界的歌對他毫無用處;如果他會唱,那他一定要唱自己的歌。這就是說,詩人這個行當應該取消,每個人都要做自己的詩人。(上冊,頁 120)

想要真正地做自己,就必須跳脫世俗束縛。〈三十而立〉中,王二在急診室看護老姚,眼見急診室裡的老、病、死,臆想自己五十年後臨終的景況,離開醫院後,他省悟到「能不能中選為下一次生長的種子和追名求利又有什麼關係?」(上冊,頁 150)要做個正經人,無非是掙個死後哀榮,而他根本用不著,他覺得最大的幸福是「自己料理自己的事」。就像他母親對他說的:你自己愛幹啥就幹啥,要當個正直和快樂的人,不用去走正路、爭名頭。

不搶名頭、做自己,是《黃金時代》中王二做為社會邊緣人的生存方式,即使不受他人肯定,也得有存在意義,他在不同篇章中

---

[13] 同註 6,頁 22、26。「減熵」指趨害避利的現象。

展現出不同的人生樂趣和自我實踐。〈三十而立〉述及王二在京郊插隊時，私下寫過哲學論文《虛偽論》，論證人常為了「表演」，失去自己的存在，然而存在本身魅力無窮，值得為此放棄虛名浮利，同時期他還有許多只與女友小轉鈴分享的詩文創作。〈似水流年〉中，王二喜歡寫小說，線條要他和她一樣在「光榮的荊棘路」上堅持向前，一起去搏取光榮，「這個光榮就是把我們的似水流年記敘下來，傳諸後世，不論它有多麼悲慘，不論這會得罪什麼人。」（上冊，頁243）於是王二記錄下文革中親見的兩事件：李先生被踢龜頭血腫和賀先生跳樓腦漿迸散。這些無意公諸於世的論文和詩文，以及凸顯小敘事的似水流年，便是王二「做自己」的性格寫照。

　　《黃金時代》裡主人公追求自我存在價值最具體的表現，應屬王二製造的投石機。〈革命時期的愛情〉中，王二回憶 1967 年秋，他把標舉「拿起筆做刀槍」的武鬥學生引回家，自己把家修成銅牆鐵壁，製造快速準確的投石機。在武鬥對峙中，他家那座樓幾乎毀了，但他覺得「在那座樓裡戰鬥時，精神亢奮，做每件事都有快感」（下冊，頁 115），而最大的快感便來自那台投石機。之後，學生們開始找槍戰鬥，他發現這不再是他要的遊戲，因為只有用自造的武器去作戰，才是英雄好漢，所以他離開那座樓時痛哭拭淚，自覺像是失去城邦的古代英雄。X 海鷹曾質疑王二是武鬥中的兩面派，他卻回答：

　　　　我哪派都不是。這就是幸福之所在。我活了這麼大，只
　　　　有一件真正屬於自己的東西，就是那台投石機。連我自

> 己都不敢相信能造出這麼準確的投石機——這就是關鍵
> 所在。……但是人活著總得做點什麼事。……文化革命
> 裡我也沒給「拿起筆做刀槍」做過投石機，沒給他們修
> 過工事。假如我幹了這些事，全都是為了我自己。（下冊，
> 頁 132-133）

對王二而言，製造投石機是他肯定自我、追求價值的表現，這種存在意識激發自童年看到的一隻想要離地起飛的公雞：「作為一隻雞，它怎麼會有了飛上天的主意？我覺得一隻雞只要有了飛上五樓的業績，就算沒有枉活一世。我實在佩服那隻雞。」（下冊，頁 73）王小波有意識地以諧趣筆法展現深刻的生命思考，正如戴錦華對其作品的評論：「它不僅是理性與自由的書寫，而且是對理性與自由的書寫。」[14]

〈我的陰陽兩界〉中，王二和李先生都無視外人批評，執著個人追求。王二樂於一遍遍翻譯法國情色小說 *Story of O*，字斟句酌，甚至請教老外；李先生醉心研讀西夏文，廢寢忘食，甚至丟掉工作。小孫不解王二為何對沒有出版機會的書投入心力，王二也曾問過李先生為何要做這不能當飯吃的事。後來王二領悟到，外人的疑惑是因為「我們」和「他們」的邏輯不同。《黃金時代》中，王小波不斷以少數的「我們」對抗巨大的「他們」，不被「他們」認同的「我們」，透過自我的追求，如造投石機、研究哲學、寫作、翻譯等，找到個

---

14 戴錦華，〈智者戲謔——閱讀王小波〉，頁 21。

人存在價值，這種自為存在的表現，置於隨機荒謬的生存狀態之下，充分展現強韌的生命力度，以及追求人本、自由的精神。

第三節　自由敘事與狂歡語言

　　艾曉明評論：「……王小波始終沒有滿足過僅僅是說故事，對說的興趣固然反映了作者對小說其形式自由的熱愛，而他的熱愛自由更見之於通過這種自由發揮的敘事遊戲，表達當代中國人、尤其是中國知識分子中特定人群的感受，表達對他們生存狀況的俯瞰。」[15]《黃金時代》的敘事風格，是在講故事的純粹敘事基礎上，融入顛覆傳統的元素，刻意凸顯敘述者的地位，透過多層次敘事和多重視角，以多元並陳取代單一主體，並透過順敘、倒敘、預敘等時間線的交錯，形成時間網絡，在以繁代簡的敘事中，王二的故事如同多角折射的萬花筒，呈現出奇異繽紛的色塊。

一、敘事層與時間網

　　《黃金時代》的敘事，以故事講述者王二現身幕前，直接面對讀者，是以第一人稱限知觀點敘述自身遭遇和親眼所見，符合熱奈

---

[15] 艾曉明，〈重說「黃金時代」〉，《二十一世紀雙月刊》總第 30 期，1995 年 8 月，頁 91。

特（Gérard Genette，1930-　）「敘述者＝人物」的內聚焦（內視角）公式[16]。在敘事過程中，敘述者不但運用意識流引導故事發展，還不時加以說明和評論，使讀者在聽王二講故事的同時，也看到他的思想情感和語言習慣。在王二的「一面之辭」下，敘述者的強勢主導和個人主觀被刻意凸顯出來，並由此形成兩個主要敘事層：外環為敘述者敘述行為的層次，即第一敘事層；內環為敘述者所述故事的層次，即第二敘事層。[17]

在這兩種敘事層中，第一敘事層提供了敘述者敘事行為和敘事手法的觀察，展示敘事當下的心理狀態。例如在〈三十而立〉1990年代的敘事時間中，王二隨意識流置入或醒或醉的浮想，表現當下的內心活動：王二坐在實驗室中，聞著培養基的氣味，幻想放逐南方的理學大師，在蠻荒的情境下，無端產生生理反應，正在惶惑不解時，一對土著男女赤身相摟騎著水牛經過；和小轉鈴喝酒後，看到飯館服務員站在廚房門口，彷彿是孫二娘在看包子餡，於是他在恍惚間被拖進廚房，倒掛在鐵架上，聽到大師傅和孫二娘討論如何處置他這塊肉；在急診室看護老姚，想像五十年後自己臨終時，被人急救、處理遺體和送去追悼會的景象。

除了展示心理之外，在《黃金時代》各篇的第一敘事層，還常見敘述者隨興置入的「插話」，在文句間以括弧插入不同字型標注的個人意見，以敘事當下的眼光對所述往事加以說明或評論，帶有鮮

---

[16] 參見申丹，〈對敘事視角分類的再認識〉，《國外文學》1994 年 2 期，頁 71。
[17] 參見任小娟，《王小波小說的敘事學分析》（重慶：西南師範大學漢語言文學系中國現當代文學碩士論文，2001 年），頁 27。

明的王二性格，例如王二說：「我不但要管好自己，還要管好別人（**如
「後進生許由」之流，因為這傢伙是我在校長那兒拍了胸脯才
調進來的**）。」（〈三十而立〉，上冊，頁 75）又如：「其實這個故事
我早就知道，典出紀曉嵐《閱微草堂筆記》（**假如你在那書裡查不
到這件事，你不要和我計較，我是小神經**）。」（〈我的陰陽兩界〉，
下冊，頁 206）

　　其中〈似水流年〉的「插話」較為特別，因為王小波同時將敘
述者設計為該篇的隱含作者，因此王二的身份擴大為「隱含作者＝
敘述者＝人物」，文本的敘事層也隨之擴大為三層，最外環為高感知
度的隱含作者對此作品的揭示，如同後設技巧的運用，並常在「插
話」末刻意標明「王二注」：「鏡子裡站著一位白皙、纖細的少女（**有
關這個概念，我和線條有過爭論。我說她當時已經二十一歲，
不算少女，她卻說，當時她看起來完全是少女。如果不承認這
一點，她毋寧死。我只好這樣寫了——王二注**）。」（上冊，頁
204-205）

　　此篇的後設運用，還包括對標題「似水流年」的解釋、轉換敘事人
稱的說明等。此外，在作者與隱含作者、敘述者、人物的關係上，王小
波有意以曖昧性延展虛實之間的文字張力，不但在王二身上明顯可見王
小波個人經驗的投射，在〈革命時期的愛情〉題記也寫道：「在作者的
作品裡，他有很多同名兄弟。作者本人年輕時也常被人叫作『王二』，
所以他也是作者的同名兄弟。」（下冊，頁 2）由此彷彿在敘事層外又
延展出另外的空間，而作者的身影在其中隱約浮現。

多層鑲嵌敘事層的設計，是形成《黃金時代》自由多元敘事風格的主因之一，除了上述的「（作者>隱含作者＝）敘述者＝人物」內聚焦視角的運用之外，還包括高頻率的情節重述、多重視角的情節重述等。高頻率的情節重述，在《黃金時代》各篇皆可見：有的是主要情節的重述，如〈似水流年〉中賀先生跳樓事件和李先生被踢事件；有的是次要情節或情境的重述，如〈革命時期的愛情〉中廁所塗鴉事件和爬高爐事件。多重視角的情節重述，是透過不同人物陳述同一事件，由於視角立場不同，敘述內容有時可互為補充，如〈黃金時代〉中王二和陳清揚對初見彼此的描述；有時卻又相互矛盾，如〈革命時期的愛情〉中王二和 X 海鷹對兩人性愛的感受。這些手法的合用，使重複敘事成為王小波的創作特點之一，藉由情節的重述，不但能展示敘述者的心理變化、增強懸疑遞進的效果、提高敘事結構的密度，還能擴大敘事角度、延伸想像空間。

《黃金時代》各篇故事時間的安排，都是在敘事當下的基礎上，將現在（1990 年代）和過去（文革時期）的時間線交錯進行，形成時間網絡，而順敘和倒敘的主從先後，都繫於敘述者王二的意識流，沒有特定規律，表現高度自由性。其中〈黃金時代〉的時間網較單純，是以王二和陳清揚文革時期的愛情為主線，兩人 1990 年代北京重逢為輔線，全篇由陳清揚找王二討論破鞋之事倒敘開場，然後穿插浮現北京重溫舊情的順敘時間線，並在兩人共同追憶那段「黃金時代」中，透過王二的轉述，帶出陳清揚的感受，作為不同視角對照。因此全篇的時間線，以倒敘文革愛情為主，順敘北京重逢為輔，敘事當下則隱於其中。

　　時間安排較複雜的，應屬篇幅最長的〈革命時期的愛情〉，因其時間線縱橫交錯，甚至相互套串。首先出現的兩條時間線，皆為文革結束前，分別是第一人稱（我）敘述的 1973 年豆腐廠遭遇，以及第三人稱（王二）敘述的 1958 年大煉鋼所見。然後延續豆腐廠的遭遇，帶出接受 X 海鷹的幫教，並在「坦白錯誤」中，帶入 1967 年幫人打仗做投石機、與姓顏色女大學生初戀等情節；另由大煉鋼的情境，如紫紅天空、高音喇叭、鼓風機等，聯想到 1990 年代前後與妻子在國外所見的達利畫作，而大煉鋼時期的個人經驗，如摔傷手臂、爬高爐等，則在全篇時而出現。文革後的時間線，包括大學時期認識其妻到兩人出國留學的生活，而回國後重逢姓顏色女大學生時，又將時間線拉回過去，帶出 1968 年春與女大學生的河邊私會、1974 年夏與 X 海鷹的性愛。此篇故事時間的安排，雖同樣運用順敘和倒敘的交錯鑲嵌，但卻岔出許多情節支線，且不時重複呼應，使得時間網絡更顯複雜。此篇的時間安排，除了文革結束前 1958、1967、1968、1973、1974 等時間點之外，還包括文革後的大學時期、出國留學時期、重逢女大學生等，而這些時間線在敘述者回憶中主觀地重組，抽象的時間線被具體的人物和事件取代：「現在我回憶我長大成人的過程，首先想起姓顏色的大學生，然後就想到我老婆，最後想起 X 海鷹。其實這是不對的。如果按順序排列的話，事件的順序是這樣的……」（下冊，頁 187）但以篇幅比重而言，主體應是 X 海鷹，即標題「革命時期的愛情」的故事核心，其次才是女大學生，再次是其妻，而由此三者帶出的時間線，同樣交織於敘事當下的基礎上。

在〈我的陰陽兩界〉中，仍可見現在和過去的時間交錯，包括以順敘呈現 1990 年代王二和小孫的愛情，以王二回憶倒敘文革中李先生其人其事等。但在第一章中，多次出現王二預想未來的「預敘」（flash forward），此手法異於傳統的敘事習慣，頗為特殊。全篇的開場，便是由預敘來展現：「再過一百年，人們會這樣描述現在的北京城：那是一大片灰霧籠罩下的樓房……將來的北京人，也許對這樣的車子嗤之以鼻……將來這樣的車子可能都進了博物館……將來的人也許會樣看我們：他們每天早上在車座上磨屁股，穿過漫天的塵霧……」（下冊，頁 193）敘述者多次運用「再過一百年」、「過了一百年」等詞，預想未來人們對現在生活環境的想像和評論，這種手法將敘事時間伸向未來，敘述者的視角彷彿凌空抽離，由置身其中的主觀視角，轉換為抽身其外的旁觀視角，具有通過未來影射現在的寓意。

《黃金時代》的敘事風格，實為敘述者王二自我意識的強烈展現，敘述者的強勢主導，除了前已述及的「敘述者＝人物」內聚焦視角的運用、時間線依敘述者意識流安排之外，敘述者的「獨大」，也呈現在大量「間接引語」的使用，各篇主要人物與王二的對話，多以「XXX 說，……」的方式由王二轉述，間接呈現，這種表達方式使人物對話幾乎完全受制於敘述者，即透過敘述者的語言習慣，呈現敘述者主觀認知下的對話內容。因此《黃金時代》是以王二的語言講述王二的故事，而《黃金時代》自由不羈的敘事風格，正是王二不願隨俗的社會邊緣人特質的表現。

二、黑色幽默與紅色戲擬

　　王小波的創作，摒棄教誨意義，著眼閱讀歡愉，他曾明白表示：「我以為自己的本分就是把小說寫得盡量好看，而不應在作品裡夾雜某些刻意說教。我的寫作態度是寫一些作品給讀小說的人看，而不是去教誨不良的青年。」（下冊，頁 257-258）他將這種重視閱讀樂趣的理念，實踐於創作中，展現出與巴赫汀（Mikhail Mikhailovich Bakhtin，1895-1975）「狂歡節語言」相符的特徵：以大眾文化為核心，運用插科打諢、嬉笑嘲謔，表現肉體慾望、感官開放，達到反權威、反媚雅、反格調的非主流精神。[18]《黃金時代》的狂歡語言，除了表現在性愛的直觀書寫之外，更具特色的是「黑色幽默」和「紅色戲擬」的大量運用，此二者透過遊戲和玩笑的態度，揭示威權統治導致的生活災難和話語霸權，在語言態勢和敘說內容之間形成反差，產生高度的嘲諷諧謔效果。

　　在黑色幽默的表現方面，王小波有意識地運用黑色幽默，表現「無路可逃」的生存狀態，在苦中作樂的解嘲戲謔中，描摹故事人物笑中有淚的尷尬處境，反映文革時期扭曲病態的社會現象：

> 在我的小說裡，……真正的主題，還是對人的生存狀態
> 的反思。其中最主要的一個邏輯是：我們的生活有這麼
> 多的障礙，真他媽的有意思。這種邏輯就叫做黑色幽默。

---

[18] 參見劉康，《對話的喧聲——巴赫汀文化理論述評》（台北：麥田出版公司，1995 年 5 月）。

　　　　我覺得黑色幽默是我的氣質，是天生的。我小說裡的人
　　　也總是在笑，從來就不哭，我以為這樣比較有趣。[19]

　　《黃金時代》的黑色幽默，時可見於敘述者對自己噩運的解
嘲，如〈三十而立〉中，王二被父親毒打，「我爸爸揪著耳朵把我
拎離了地（我的耳朵久經磨練，堅固異常），然後母親將他搶救送
醫，「大夫對我的耳朵嘆為觀止，認為這不是耳朵，乃是起重機的
吊鉤。」（上冊，頁 122）又如〈革命時期的愛情〉中，王二因為老
魯的追逐，練就一身防禦本事，「……重要的是看她進攻的路線。
假如她死盯著我的胸前，就是要揪我的領子；假如她眼睛往下看，
就是要抱我的腿。不管她要攻哪裡，她衝過來時，你也要迎上
去……」（下冊，頁 20）
　　除了調侃自己的噩運之外，也有對他人荒謬遭遇的嘲弄，如〈似
水流年〉的李先生因誤貼大字報被揍，導致「陰囊挫傷，龜頭血腫」，
李連篇累牘地寫出長篇大字報，論證自己的不幸，並披露醫院的診
斷，希望不再有人遭逢此痛，不料卻引起連串的論辯，還為自己招
來「龜頭血腫」的渾號。又如〈革命時期的愛情〉的氈巴，因王二
懷疑他替老魯搜找王二犯案證據，於是在澡堂揍他：「第一拳就打在
他右眼眶上，把那隻眼睛打黑了。馬上我就看出一隻眼黑一隻眼白
不好看，出於好意又往左眼上打了一拳，把氈巴打得相當好看。」（下
冊，頁 28-29）

---

[19] 同註 10。

　　更具代表性的黑色幽默，出現在王二對死亡的冷眼笑看，例如〈似水流年〉中，王二對賀先生跳樓的冷筆描述：「……他腦袋撞在水泥地上，腦漿子灑了一世界，以他頭顱著地點為軸，五米半徑內到處是一堆堆一撮撮活像鮮豬肺的物質……原來腦中有大量的油脂……一個人寧可叫自己思想的器官混入別人鞋底的微塵，這種氣魄實出我想像之外。」（上冊，頁 164）又如〈革命時期的愛情〉中，王二對武鬥學生被殺的淡漠描摹和玩笑評論：「……乒乒乓乓響了一陣後，就聽到一聲怪叫，有人被扎穿了。一丈長的矛槍有四五尺扎進了身子，起碼有四尺多從身後冒了出來。這說明捅槍的人使了不少勁，也說明鎧甲太不結實……只剩下那個倒楣蛋扔下槍在地上旋轉，還有我被困在樹上。他就那麼一圈圈地轉著，嘴裡『呃呃』地叫喚。大夏天的，我覺得冷起來了，心裡愛莫能助地想著，瞧著罷，已經只會發元音，不會發輔音了。」（下冊，頁 69）

　　在《黃金時代》的黑色幽默中，幽默的來源，常是揭發禮教虛偽，袒露本能原慾，將食色本性，甚至吃喝拉撒細節，刻意公開，以隱私示眾，同於巴赫汀分析的狂歡節語言特點：「弘揚『肉體的低下部位』的親暱、粗俗、『骯髒』和『卑賤化』的語言」[20]。對讀者而言，黑色幽默的引人發噱，源於狂歡語言，但在笑聲背後，卻糾結著驚愕與同情，而二者衝擊下產生的多重複合情緒，則引發更深層的人生思考。王小波透過這種語言風格的運用，以笑聲沖淡恐懼，

---

[20] 同註 19，頁 292。

寫出符合他創作理念的開心好看作品，同時也傳達出作為知識分子對於時代與個人的省思。

在紅色戲擬方面，「戲擬」是運用語言形式的模擬，甚至誇張變形，以調侃嘲諷被模擬的作者和作品，背後的用意，除了批評嘲弄之外，有時也是間接的推崇，帶有向大師致敬的意味。例如〈革命時期的愛情〉中，王二隨興談到一些西方現代作家作品，如卡爾維諾《在樹上攀援的男爵》、馬奎斯《霍亂時期的愛情》、杜拉斯《情人》等，間接透露王小波所受的文學影響。在《黃金時代》其他篇章中，王小波曾直接明示仿擬的對象，如〈似水流年〉靈感來自普魯斯特（Marcel Proust，1871-1922）的《追憶似水年華》：「照我看普魯斯特的書，譯作『似水流年』就對了。這是個好名字。現在這名字沒主，我先要了，將來普魯斯特來要，我再還給他，我尊敬死掉的老前輩。」（上冊，頁 210）又如〈我的陰陽兩界〉想法來自湯恩比（Arnold Toynbee，1889-1975）的《歷史研究》：「湯先生說：人類的歷史分作陰陽兩個時期……與此相似，我的生活也有硬軟兩個時期，渾如陰陽兩界。」「這叫我想起了我自己的生活，它也有陰陽兩界。在硬的時期我生活在燈光中，軟了以後生活在陰影裡。」（下冊，頁 225、243）這兩例戲擬，不論借用或套用，都著重在創作技巧的仿擬。

《黃金時代》還常見「紅色戲擬」的運用，即以戲擬手法嘲諷中共威權統治，充分彰顯文革時期的話語霸權和政治制約的意識形態。紅色戲擬所模仿的語言，是中共建政後以毛澤東為代表的最高

權力體系話語，即「毛語體」。文革時期，毛語體中的兩極對立思維和戰爭文化心理被無限放大，其影響力延伸至社會各個階層和角落，連民眾日常生活語言都無法避免，毛語體因而成為當時典型的語言體式，帶有強烈的時代象徵意義。[21]例如〈似水流年〉中批判李先生的大字報，便是文革時期政治掛帥意識形態的具體呈現：「龜頭血腫本是小事一件，犯不上這麼喋喋不休。在偉大的『文化革命』裡，大道理管小道理，大問題管小問題。小小一個龜頭，它血腫也好，不血腫也好，能有什麼重要性？不要被它干擾了運動的大方向。一百個龜頭之腫，也比不上揭批查。」（上冊，頁161）這些原本與基層民眾生活無涉的政治術語、口號，在全面動員的政治運動之下，融入大眾的生活文化，成為語言的元素，也影響大眾的思維方式，作者看似誇大嘲謔的筆法，卻有真實的時代感。

　　文革時期無限上綱泛政治化的典型，還表現於以大敘事語言來表現小敘事內容的「小題大作」。論述者以義正辭嚴的態度，甚至透過邏輯辯證，論辯不足為外人道的小事私事，產生誇張荒誕的效果，並在滑稽諧謔中，達成作者嘲弄批判的話語策略。如〈革命時期的愛情〉中，王二關於X海鷹是否漂亮的論證，便頗具代表性。X海鷹問王二自己是否漂亮，王二因困惑於「漂亮」在文革語彙中的負面意義，不知如何回答而結巴，以致得罪她，他事後為此詳細辯解：「在革命時期裡，漂亮不漂亮還會導出很複雜的倫理問題。首先，漂亮分為實際上漂亮和倫理上漂亮兩種。實際上指三圍和臉，倫理上指

21　參見黃擎，〈極性思維與戰爭文化心理的紅色交響——兼談毛語體對「文革」文藝批評的影響〉，《中國現代文學》10期，2006年12月，頁89-91。

我們承認不承認。假如對方是反革命分子，不管三圍和臉如何，都不能承認她漂亮，否則就是犯錯誤。……在漂亮這個論域裡，革命的一方很是吃虧，所以漂亮是個反革命的論域。毛主席教導我們說：凡是敵人反對的我們就要擁護，凡是敵人擁護的我們就要反對。根據這些原理，我不敢貿然說 X 海鷹漂亮。」（下冊，頁 107）這種似是而非的推論，還出現在〈黃金時代〉中，如王二是否持槍打瞎隊長家母狗、陳清揚是否是破鞋等論證。

這類兩極思維的推論，與文革時期的政治氣壓息息相關，非黑即白、非友即敵的對立，迫使民眾確認立場選邊站，養成敏銳的政治嗅覺，正如〈三十而立〉中王二《虛偽論》所論，人們經歷「學習和思想鬥爭」的洗腦之後，便能依據「功利或者邏輯」，做出政治正確的判斷：「所謂虛偽，打個比方來說，不過是腦子裡裝個開關罷了。無論遇到任何問題，必須做出判斷：事關功利或者邏輯，然後把開關撥動。扳到功利一邊，咱就喊皇帝萬歲萬萬歲，扳到邏輯一邊，咱就從大前提、小前提得到必死的結論。……」（上冊，頁 96）

在《黃金時代》中，社會整體的高壓氛圍，來自階級權力造成的人際關係緊張，王小波將此具體為人與人之間的宰制與被宰制關係。例如〈黃金時代〉的軍代表、〈三十而立〉的校長、〈革命時期的愛情〉的 X 海鷹和老魯等，都是掌有權勢、足以決定王二命運的宰制者，王二面對被宰制的處境，總以嘻皮笑臉、油嘴滑舌、賴皮撒潑等戲謔方式，間接柔性反抗，這是威權統治下的另類生存方式。戲擬將現實世界的

眾聲喧嘩引入高雅體裁中，以哄笑暴露高雅體裁的軟弱矯揉[22]；《黃金時代》的紅色戲擬，將粗俗的大眾語言帶入權威的毛語體中，以訕笑嘲諷批判文革極權的虛偽矯飾。在嘲弄調侃的背後，紅色戲擬和黑色幽默同樣具有以諧趣滑稽揭示生存真相的深層意義。

第四節　小結

　　《黃金時代》在人本主題、自由敘事、狂歡語言的組合之下，充滿複合意象和時代象徵，成為一個開放的空間。王小波以創作開心有趣的作品自許，作為其文學入口的《黃金時代》，猶如一座華麗奇幻的迷宮，讀者在敘述者王二的帶領之下，展開一場狂歡的饗宴。透過王二自我解嘲、調侃他人的遊戲態度，幽默戲謔、感官開放的語言風格，以及自由隨興、叨絮重複的回憶聯想，讀者被帶往革命時期的光怪陸離，並在哂笑捧腹、驚愕嘆息中，看到王二踽踽獨行的身影和笑中帶淚的無奈。

　　文革十年，是這幾代大陸人的集體記憶，也是 1980 年代以來大陸文學最複雜的潛文本。新時期以來，「文革」成為時代文化的意象，不斷在文學中被重述，不論作為故事主體或是環境背景，不同流派對文革的書寫，多不離置身其中的哀憐控訴和抽身其外的冷漠疏離。身為知青一代的王小波，以顛覆前人的書寫模式重述文革，由邊緣人的

---

[22] 同註 19，頁 235。

視角切入，透過自由敘事和狂歡語言，揭示生命存在的主題，在赤裸戲謔的文字間，思考存在現象與自我意識間的矛盾荒謬，而主題思想的沉重與語言文字的歡快所衝擊出的反差效果，更張顯追求「存在現象與存在意識合一」理想的無望，以及生命存在的悲劇性。

在王小波奇詭華麗的小說語言背後，還潛隱著對文革時期極權壓制、虛偽矯飾、非理性的批判，他以隱私示眾的性書寫，揭露集體的窺視心理，以反「媚雅」的觀點，凸顯自由、真實、理性的精神。王小波富涵人文精神的《黃金時代》，使大陸 1990 年代的文革書寫，在後現代的文化語境中，形成一個有趣開放的詮釋空間。

結　論

在蜿蜒前行中找尋出口

　　自中共建政到上世紀末的五十年間，大陸當代現實主義小說的
發展，在政治力量和文學本體的角力過程中，歷經迂迴、沉潛、復
甦、開放四階段，而大陸文壇對「現實主義」的界定，也由狹隘走
向極端，再終破繭而出，形成多元新變的態勢。

　　如本書緒論所述，大陸當代文學的「現實主義」涵義，包含思
想傾向和創作方式兩層面，前者主要是作者與環境的關係，即政治
社會對創作動機、創作視角的影響，後者主要是作者與作品的關係，
即作者對創作題材、寫作手法的選擇。在政治強勢操控文學的時期，
即文革結束前的二十七年中，在政治的話語霸權下，文學只是革命
機器的零件和意識形態的傳聲筒，現實主義文學的思想傾向明顯凌
駕創作方式，創作者只能在「時代主旋律」的夾縫間摸索出路；在
文學逐步脫離政治枷鎖的時期，即文革後的二十餘年間，文學由撥
亂反正的工具，慢慢掙脫政治束縛，回到藝術創作的本體，雖然文
學式微後失去社會影響力，但卻使創作者獲得更大的揮灑空間，主
導地位也不斷提升，現實主義文學的創作方式因而並駕或駕馭思想
傾向，形成眾聲喧嘩的文學新局。

　　本書各章的作家作品析論，在歷史發展的軸線下，透過思想傾向與創作方式，追索大陸當代現實主義小說的發展軌跡：1950 年代中，宗璞的〈紅豆〉，是「雙百」方針提出後產生的「百花文學」；1960 年代初，李準的〈李雙雙小傳〉，是大躍進時期「兩結合」創作手法的產物；北島的小說集《波動》，主要收錄其創作於 1970 年代中至 1980 年代初，且發表於地下刊物《今天》的作品；1970 年代末，茹志鵑的〈剪輯錯了的故事〉，是新時期立足人道主義的反思文學代表作；1980 年代末，劉恆的〈伏羲伏羲〉，不但是新寫實小說的代表，也是大陸文學與影視藝術結合的典型；1990 年代中，王小波的時代首部曲《黃金時代》，以其人其書的人文精神，受到大陸文化界的重視。

　　綜觀半世紀以來的大陸現實主義小說，在思想傾向上，作者的創作動機和創作視角，在 1980 年代中以前，多處於文學主體與政治附庸的掙扎中，1980 年代中以後，隨著大陸社會的改革開放，商品經濟的衝擊逐漸取代了政治對文學的制約。在創作方式上，作者的創作題材與寫作手法，多在反思歷史與人性的主題下，進行形式與語言的探索。

一、在文學與政治間掙扎

　　1980 年代中以前，大陸現實主義小說的發展，深受政治環境的影響，尤其文革結束前，在毛澤東「以政治標準放在第一位，以藝術標準放在第二位」的創作和批評原則下，創作者的發揮空間非常有限，

因此中共十七年文學基本延續延安文學的風格，以圖解政策的農村小說為主流，知識分子題材作品則逐漸邊緣化，甚至左翼文學的革命羅曼史傳統都成為禁忌。1956年，毛澤東將「百花齊放，百家爭鳴」定為施政方針後，創作者大受鼓舞，中共建政後便停筆的宗璞，也因此重新提筆創作〈紅豆〉，並由此奠定文壇地位。但反右鬥爭擴大後，宗璞卻因〈紅豆〉遭逢噩運，作品被禁，下放農村，甚至改變寫作風格。如果沒有「雙百」，就不會有〈紅豆〉，但宗璞幾經考量仍錯估形勢，她文學考量大於政治考量的創作傾向，以及在左翼文學傳統和工農兵文學間的掙扎，都表現出知識分子作家的艱難抉擇。

不僅宗璞等知識分子作家難逃政治的束縛，就連拳拳服膺毛澤東文藝理論而進入主流文壇的李準，也無法完全擺脫政治的局限，對照〈李雙雙小傳〉的初稿與1960年初正式發表的版本，便可見端倪。為配合大躍進時期的總路線「多快好省地建設社會主義」，李準參考了假新聞，設計誇張情節，重新調整原作，並急於將政治理念置入其中，以致被茅盾等評為作品後半平舖直敘而缺乏文學性。李準因為政治立場而犧牲文學審美，雖其間的取捨得失他未曾對外人道，但由其文革後重編舊作時，或採用初稿，或刪修情節的作法，便不難理解他內心的曲折起伏。

不論是宗璞下筆前對創作環境的評估，或是李準發表前對作品內容的修改，都還是遵循中共的體制，以主流刊物作為文學發聲的管道。但在文革中，文學和出版活動被禁止，非官方的地下文學活動，成為北島一代知青表達心聲的另類途徑，從文革中的地下手抄

本〈波動〉，到 1978 至 1980 年的民辦刊物《今天》，都是在主流文壇外，另闢蹊徑以文學抵抗政治的特殊歷史現象。雖然鄧小平上台之初，並未壓制「民主牆」等地下民刊，但在政局由放轉收後，《今天》也難逃停刊命運，之後雖還有小規模的作品討論會，但作為一個文學活動，《今天》已消退成為過往。回顧這些地下文學活動，不論是創刊時懷抱悲壯赴義心情去張貼刊物，或是刊物受到群眾支持後卻被迫停刊，都是創作者在政治夾縫間找尋文學生路的寫照。

1978 年中以後，大陸政局明顯轉為寬鬆，而鄧小平在中共十一屆三中全會的主題報告〈解放思想，實事求是，團結一致向前看〉，更給期待改革的大陸社會注入一股光明希望，茹志鵑因而深受啟發，寫下〈剪輯錯了的故事〉，超越傷痕文學批判文革的視野，跨進大躍進的創作禁區，省思幹部造假的浮誇風氣，因而受到文壇矚目。除了下筆前因突破題材而產生的猶豫外，在創作過程中，因文革殷鑑不遠，茹志鵑仍難完全脫離政治制約，作品結尾處刻意加上的喜迎政治新局的後記，便因無法與全篇銜接而顯突兀，由此不僅看到作者對創作空間的疑慮，也透露出政治黑手仍潛在影響著作家的創作。

這些大陸作家在高舉意識形態的時期投身文學創作，無法避免政治壓力，獲得真正的創作自由，因而掙扎於文學與政治之間。不論是宗璞在評估形勢後才提筆創作、北島以非官方管道發表作品，或者是李準配合政策修改內容、茹志鵑以光明結尾收結小說，都可清楚感到一種來自作家內在或外在環境的政治干預，使創作者不得不採取某種創作上的妥協，戴著政治鐐銬舞出文學之姿。

二、對歷史與人性的反思

　　半世紀以來大陸現實主義小說的主題，除了文革結束前主流作品的服務政治、圖解政策之外，主要呈現出對歷史和人性的反省思考，這類題材曾出現於「百花文學」，然後潛隱於文革地下文學，新時期後再由傷痕文學、反思文學等，逐漸走進各類小說風格中。

（一）反思歷史的現實主義小說

　　以反思歷史為主題的現實主義小說，多表現對歷史環境和政治社會的省思，並以大躍進和文革等政治激進時期為典型環境。以大躍進為題材的作品，例如茹志鵑的〈剪輯錯了的故事〉，以鞭撻政治黑暗為寫作動機，由大躍進的浮誇風氣追索文革動亂的根源，並由此思考導致中共失去民心、幹群關係產生變化的原因。又如王小波的〈革命時期的愛情〉，雖以嘲謔代替鞭撻，但作品中穿插帶入的大煉鋼景象和當時的生活記憶，是在輕描淡寫中以個人敘事映襯歷史情境，更見政治激情後的理性思考。

　　以文革為題材的作品，在新時期文學中數量很多，尤其是文革結束之初的傷痕文學，幾乎都以文革作為背景。但隨著文革的遠去，大陸現實主義小說的文革敘述，也從控訴、反省到嘲諷，產生不同角度的詮釋。例如北島的小說:〈波動〉創作於前途未明的文革末期，描寫文革下鄉知青的愛情悲劇，最後女主人公喪命，男主人公抱憾，作者以人物的憤世不平投射自身對未來的悲觀;〈在廢墟上〉和〈歸

來的陌生人〉寫於充滿期待的改革開放之初，二者皆透過父女親情
的悲喜劇，表現危機的化解和誤會的冰釋，充分展現作者相信未來、
迎向光明的樂觀；〈幸福大街十三號〉寫於政治緊縮、《今天》停刊
之際，以社會的荒謬劇，描繪高壓統治下的光怪陸離，以冷靜旁觀
的筆調，表現局外人的疏離，透露出期待落空後的失望悲哀。

又如王小波的小說：〈黃金時代〉寫王二和陳清揚文革中的愛
情，其中陳清揚被視為「破鞋」的過程和兩人被罰「出鬥爭差」的
情節，生動表現文革時期的荒謬思維；〈似水流年〉寫王二所記錄文
革中親見的兩事件，李先生被踢龜頭血腫和賀先生跳樓腦漿迸散，
冷眼嘻笑中文革社會的集體暴力躍然紙上；〈革命時期的愛情〉透過
王二接受 X 海鷹的「幫助教育」，陳述參加武鬥並與人戀愛的過程，
表現文革中階級差異而導致的人我關係扭曲。王小波運用王二天真
傻氣的口吻，描述遭遇災難的感受，顯現文革社會的失序與非理性。

（二）反思人性的現實主義小說

以反思人性為主題的現實主義小說，多凸顯在特定歷史環境
下，小人物的生活處境、人際關係，以及對人生理想的追尋、對生
命意義的思索等。但由於社會環境的影響和創作傾向的牽引，創作
者對這類題材的詮釋角度，同樣隨著時代氛圍和個人經歷而有所變
化。例如 1950 年代，宗璞的〈紅豆〉延續左翼文學的傳統，表現女
性知識分子在革命與愛情間的難艱抉擇，全篇以人物的成長歷程為
情節主線，描繪年輕的革命工作者如何在革命事業中苦澀成長。

　　又如 1970 年代，北島的〈波動〉以女主人公提出對人生價值的懷疑，以及對國家意識和「階級出身論」的批評，最後將思念女兒的親情作為心靈的歸依；〈在廢墟上〉以男主人公對女兒的摯愛，作為對抗政治壓力、勇敢向前的支持力量，以親情化解尋死的危機；〈歸來的陌生人〉描寫勞改離家二十年的父親，在滿目瘡痍的生活中，與女兒修補親情的空缺和裂痕，重新建立包容理解的親子關係。茹志鵑的〈剪輯錯了的故事〉以農村老黨員對政治環境變化的不解，質疑一味在數字上「躍進」，卻不顧百姓生活，到底是真革命還是假革命，暗示幹部官員在轉換身份地位後，忘卻革命的初衷，將民眾帶向文革的苦果。1970 年代中後期的現實主義小說，以傷痕文學和反思文學為主流，不論是北島以父女親情化解家庭悲劇，或是茹志鵑以人道精神思考幹群關係，都立足於人情人性，省思政治運動帶給民眾的苦難。

　　再如 1980 年代中期以後，政治逐漸失去對文學的影響力，創作者的主導性提升，且世俗文化興起，大陸文壇因而形成新的生態系。劉恆因親人死亡的衝擊，開始懷疑和思考人生意義，以創作作為他悲觀人生的救贖，他以〈伏羲伏羲〉書寫農民生存支柱中的「性」，透過性本能和性心理等精神層面的探討，揭示人物內心最隱密的角落，並藉由生存本能和文化規範的衝突，表現人物無法主宰自身的宿命悲劇。王小波以寫開心有趣的小說自許，在幽默調笑的語言中，置入深具人文精神的自我意識的追尋，〈三十而立〉中王二領悟的「做自己」為其最深刻的人本主題，而《黃金時代》各篇章的主要人物，

不顧外界的批評嘲笑，堅持自己的理想，找尋個人的存在價值，充分表現以存在意識抵抗生存環境的強韌生命力。

隨著大陸政治環境的變化，文學的主體性不斷提升，大陸現實主義小說的主題，由為政治服務的附庸角色，逐漸回到現實主義「寫真實」的基礎上，並在人道主義思潮的洗禮下，表現出以人為本的精神。不論是對歷史主題的反思，或是對人性主題的探尋，都顯現出更深刻的思想義涵和更寬廣的生命關懷。

三、對形式與語言的探索

1949 年後大陸現實主義小說在形式和語言上的發展，可由文革分為前後兩階段：文革結束前，大陸社會高壓封閉，創作者深受毛澤東文藝理論和社會主義現實主義的限制，多以塑造典型人物和典型環境為創作重點，表現出傳統現實主義小說的形式風格；文革結束後，政治環境逐漸寬鬆，創作者開始脫離毛澤東文藝理論的束縛，改革開放後，又有大量西方文學和理論湧入，創作者在不同文藝思潮的激盪下，突破工農兵文學的敘事和語言，進行多樣風格的形式探索，走向現實主義小說的創新開放。

（一）人物性格的塑造

文革前現實主義小說的表現手法，著重於典型人物的塑造，多在人物原型的基礎上，加以形象性格的集中處理，但因受到政治環

境的限制，主流作品常因強調階級性和政治立場，陷入意識形態的兩極對立思維中。例如李準的〈李雙雙小傳〉，男女主人公都取材自作者生活周遭，李雙雙的形象，揣摩融合自李準所見的多位農村婦女，並根據時代特徵，提煉人物的性格；孫喜旺的設計，原型為一位婦女隊長的丈夫，作者透過喜旺和雙雙間既衝突又和諧的夫妻關係，舖陳喜旺的成長。但因受到「主題先行」概念的局限，李準筆下李雙雙的英雄形象，似不如喜旺這個中間人物，來得自然活潑而具可看性。

又如宗璞的〈紅豆〉，在文學考量大於政治考量下，以艾青長詩〈火把〉作為潛文本，成功描繪男女主人公的知識分子形象——溫文而有藝術家氣質的齊虹，以自我為中心傲視一切，卻因愛情磨難而痛苦不堪；天真善良的江玫，苦惱於革命與愛情間的裂隙，最後在遊行中體認出生命意義和人生方向。宗璞以外在環境的變化和人物內心的轉折，逐步舖寫男女主人公的愛戀與衝突，形成兩人交互牽引又各自發展的成長歷程；但另一知識分子蕭素，卻因受制於革命者的完美形象，在政治迫害的描述後，又簡單補充後來的光明際遇，以致削弱人物的感染力，使形象無法有力收結。

1970年代後的現實主義小說，在人物塑造上，已不同於十七年文學以提煉典型為創作重心，也因政治的干預較少，創作者多能透過新技巧，達到凸顯人物性格並傳達創作動機的目的。例如北島的〈波動〉，在描寫知青感情外，也透過男女主人公的對話，探討生命存在的意義，呈現人物的人生態度，而篇中運用的多重敘事觀點，

不但使主要人物直陳內心，產生近似意識流和獨白的效果，也使男女主人公樂觀和悲觀的性格對比自然浮現。

又如茹志鵑的〈剪輯錯了的故事〉，主人公老壽取樣自大陸農村常見的老黨齡基層幹部，作者以意識流表現他的內心世界，透過回憶、想像等心理活動，生動詮釋他對戰爭時共黨愛民傳統的渴望，以及大躍進時幹部與民爭糧的恐懼，作者同時也巧妙運用今昔情境的對照，刻畫甘書記與老甘的形象變化，呼應老壽內心的恐懼與渴望。因為茹志鵑靈活地運用意識流，使口拙木訥的老壽不因外貌形象的限制，表現出立體真實的內在性格。至於劉恆的〈伏羲伏羲〉，雖同樣從現實生活中採取人物原型，如二傻子田鍋即來自作者所見的一位弱智者，但新寫實小說的作者，受到自然主義的影響，對於筆下的人物，較少進行集中提煉的加工，而以還原人生真實面貌為表現特徵。

（二）敘事手法的突破

文革前的現實主義小說，主要以工農兵為服務對象，以傳達政策為要務，須使大眾易於接受，因此敘事方式多為傳統的順敘和倒敘，較少使用特殊複雜的敘事技巧。例如〈李雙雙小傳〉以孫莊大隊的某隊員為敘述者，以順敘進行說故事式的純粹敘事，是常見的工農兵文學敘事風格。相較之下，〈紅豆〉的敘事手法便有較多的設計，透過不知名的隱身敘事者，以第三人稱限知觀點倒敘故事，但因以女主人公為視角人物，以致敘述聲音和敘事眼光分離，在作者不自覺的情況下，形成所謂的「不可靠的敘述者」。

　　自 1970 年代中後期開始，知青的地下讀書潮和地下文學的傳抄，提供創作者不同的創作視野和傳播管道，現實主義小說的敘事手法開始有所變化。例如北島的小說創作，便與其早期詩歌創作相同，都不斷進行新技巧的嘗試：〈波動〉受到福克納小說的影響，運用多重敘事觀點，形成五個人物分別以第一人稱觀點陳述內心的敘事形式；〈稿紙上的月亮〉的各節，透過男主人公與不同人物的互動，表現其生活的不同面向，形成以男主人公為中心的放射狀結構；〈交叉點〉則藉由剪接對照形成隱喻，聚焦兩個敵對人物的唯一互動，凸出戲劇性的衝突。

　　至於茹志鵑〈剪輯錯了的故事〉，不但以意識流表現人物內心，也以人物意識流組織情節，形成意識流型的敘事結構，全篇主要透過低感知度的隱身敘事者，進行第三人稱限知觀點的敘事，但在引言、後記和各節小標題中，又有高感知度的隱含作者介入其中，明顯看出敘事手法已較文革前文學複雜許多。〈剪輯錯了的故事〉以老壽的敘事眼光，加上隱身敘事者的敘述聲音，與〈紅豆〉同為不可靠的敘述者，但是劉恆〈伏羲伏羲〉卻是更進一步運用不可靠敘述者的特性，創造敘事語言的豐富性，即除了以天青的敘事眼光加上高感知度隱身敘事者的敘述聲音之外，還刻意將隱身敘事者的文化背景定位為鄉村秀士，要以幽深華美的文人筆調與底層農民的直率語彙，產生雅俗對比的反差效果。

　　1990 年代後，受到後現代主義文學的影響，新現實主義小說的敘事手法更為複雜多樣，例如王小波的《黃金時代》，便以無所羈絆

的自由敘事呈現如萬花筒般繽紛的色塊，作者在講故事的純粹敘事基礎上，以大量的間接引語，凸出敘述者王二的主導地位和主觀性，並透過多層敘事和多重視角的重複效果，再加以順敘、倒敘、預敘等交錯形成的時間網，產生以繁代簡的特殊風格，形成迷宮般的小說敘事。

（三）語言風格的創新

小說的書寫語言流瀉於字裡行間，是作者烘托人物、營造氣氛的利器，因此不論是意象的設計、方言的運用，或是比喻、象徵、對比、戲擬等修辭技巧的使用，都可提升小說語言的美感。文革前現實主義小說的語言風格，在工農兵文學的方向下，常見方言口語和民間曲藝的運用，例如〈李雙雙小傳〉為農村小說，所以使用了農民語彙和河南方言，表現當地的農村文化，並以李雙雙編寫的小字條、大字報和順口溜等，增加人物特色和趣味性。至於描寫知識分子愛情故事的〈紅豆〉，則以深具文化義涵和愛情意象的「紅豆」為標題，並藉由許多中外文學和音樂的元素，襯托男女主人公的藝術氣質，增添愛情的浪漫氛圍。

文革後現實主義小說的語言表現，配合創作題材和敘事手法的突破，發展出豐富多樣的風格。例如北島的創作，便是將詩歌技巧的實驗，擴大於小說寫作，以意象塑造延伸想像，以情境摹寫營造氣氛，以心理刻畫描繪人物，以電影運鏡增加餘韻，呈現情景交融的美感，形成詩人特有的語言風格。又如〈剪輯錯了的故事〉善用

對比修辭法，以今昔對比的時空、情節、人物地位等，引導讀者在善惡、美醜、苦樂的反差下，思考現象背後的問題根源。在〈伏羲伏羲〉中，劉恆運用大量的比喻和象徵，表現情慾想像和戀愛情節，又為與農民身分和農村情境相合，採用農村事物和自然景象作為喻依和意象，展現出幽深華美的語言風格，另在篇中點綴穿插的人物對話，則以口語的隨興活潑與敘述語言的雅致，構成雅與俗、顯與隱等不同層次的美感。

1990 年代中的《黃金時代》，同樣處理情慾題材，但在表現風格上，卻與〈伏羲伏羲〉的含蓄秀美截然不同。王小波以「狂歡節的語言」，呈現性愛的直觀書寫，立足於大眾文化，以嬉笑嘲謔描寫感官和慾望，試圖達到反威權和反媚雅的目的。全篇在性愛書寫之外，大量運用「黑色幽默」和「紅色戲擬」，在語言態勢和敘說內容形成的反差下，以諷刺訕笑批判文革極權，以諧趣滑稽揭示生存真相，不僅顛覆前人的文革敘述，也在歡快語言中置入沉重思想，形成充滿複合意象和時代象徵的詮釋空間。

整體而言，半世紀以來的大陸現實主義小說，可以文革結束作為分水嶺：文革結束前，歷經現實主義小說的迂迴期和沉潛期，在逐漸加壓的政治環境下，創作者必須掙扎於文學與政治之間，採取創作的妥協，或等待時機，或調整作品，以爭取發聲的機會，文學發展形成明顯的下滑曲線，走向單音獨調的一元模式。文革結束後，現實主義小說經過復甦期，走向開放期，在日漸寬鬆的政治環境下，創作者從脫開政治枷鎖、接受外來思潮、找回文學本體性，到社會

經濟環境改革、大眾文化興起、嚴肅文學式微等，一路走過曲折起伏的文學道路。但在這曲折起伏之間，大陸文學的發展呈現出緩步爬升的趨勢：在主題思想上，從對歷史和人性主題的反思開始，人本精神和個人意識逐漸浮現；在形式風格上，從人物的塑造、敘事的突破，到語言的創新，呈現出對其他流派的包容性與開放性，而在內容與形式的交互影響下，大陸現實主義小說已走出眾聲喧嘩的多元風貌。進入二十一世紀後，大陸文學更明顯地邁向閱讀的分眾，而在具有全世界最多網路人口的中國，已有許多新一代的創作者，透過無遠弗屆的網絡傳播，跨越平面媒體的藩籬，在虛擬世界努力開掘文學的新出口。

參考文獻

　　本書參考文獻分為六類，包括作品集、專書、報紙與期刊論文、會議論文、學位論文、網路資料。專書類，除文學研究專著外，還收入文論、訪談錄、資料彙編等；作品集與專書二類的外文譯著，依作者姓氏字母排列，置於中文書籍之後；創作者於報刊發表的創作談，則收入報紙與期刊論文類。編排方式以作者姓名筆畫為序，同作者的多部專書或論文再依出版時間排序。

作品集

王小波，《黃金時代（上下）》，台北，風雲時代出版公司，1999年2月

王小波，《我的精神家園》，北京，文化藝術出版社，2002年2月

王蒙，《王蒙文集（第七卷）》，北京，華藝出版社，1993年12月

王蒙主編，《中國新文學大系1949-1976（第七集‧短篇小說卷一）》，上海，上海文藝出版社，1997年11月

北島，《歸來的陌生人》，廣州，花城出版社，1986年10月

艾青，《艾青詩選》，北京，人民文學出版社，1984年2月二版

李準，《不能走那條路》，北京，人民文學出版社，1978年11月

宗璞，《宗璞文集（1-4卷）》，北京，華藝出版社，1996年1月

宗璞,《宗璞自述》,鄭州,大象出版社,2005 年 3 月

翁光宇、譚志圖編著,《茹志鵑作品欣賞》,南寧,廣西教育出版社,
　　1987 年 3 月

茹志鵑,《百合花》,北京,人民文學出版社,1978 年 9 月

茹志鵑,《草原上的小路》,天津,百花文藝出版社,1982 年 8 月

趙振開(北島),《波動》,香港,中文大學出版社,1986 年二版

劉恆,《伏羲伏羲》,台北,新地文學出版社,1991 年 4 月

劉恆,《蒼河白日夢》,南京,江蘇文藝出版社,1993 年 3 月

劉恆,《狗日的糧食‧劉恆自選集(第四卷)》,北京,作家出版社,
　　1993 年 8 月

劉恆,《亂彈集》,瀋陽,春風文藝出版社,2000 年 3 月

劉恆,《劉恆》,北京,人民文學出版社,2000 年 11 月

謝冕、錢理群主編,《百年中國文學經典(第六卷‧1958-1978)》,
　　北京,北京大學出版社,1996 年 12 月

安伯托‧艾可(Umberto Eco),張定綺譯,《誤讀》,台北,皇冠文
　　化出版公司,2001 年 9 月 20 日

福克納(William Faulkner),彭小妍、林啟藩譯,《出殯現形記》,台
　　北,桂冠圖書公司,1995 年 3 月

卡夫卡(Franz Kafka),李魁賢譯,《審判》,台北,桂冠圖書公司,
　　1994 年 1 月

尚－保羅‧沙特(Jean-Paul Sartre),陳鼓應、金溟若譯,《沙特小說
　　選》,台北,志文出版社,1993 年 11 月再版

專書

丁景唐主編,《中國新文學大系 1949-1976(第十九集・史料・索引卷一)》,上海,上海文藝出版社,1997 年 11 月

人民文學出版社編,《宗璞文學創作評論集》,北京,人民文學出版社,2003 年 10 月

卜仲康編,《中國當代文學研究資料・李準專集》,南京,江蘇人民出版社,1982 年 3 月

毛澤東,《毛澤東選集(第三卷)》,北京,人民出版社,1966 年 7 月

毛澤東,《毛澤東選集(第五卷)》,上海,人民出版社,1977 年 4 月

王若水,《胡耀邦下台的背景——人道主義在中國的命運》,香港,明鏡出版社,1997 年 8 月

王鐵仙等,《新時期文學二十年》,上海,上海教育出版社,2001 年 4 月

伍蠡甫、胡經之主編,《西方文藝理論名著選編(上卷)》,北京,北京大學出版社,1996 年 5 月

朱永紅主編,《六十年國事紀要(政治卷)》,長沙,湖南人民出版社,2009 年 9 月

吳秀明主編,《中國當代文學史寫真(上中下)》,杭州,浙江大學出版社,2002 年 6 月

宋如珊,《從傷痕文學到尋根文學——文革後十年的大陸文學流派》,台北,秀威資訊科技公司,2006 年 10 月三版

宋如珊,《隔海眺望——大陸當代文學論集》,台北,秀威資訊科技公司,2007 年 10 月

李復威編選,《世紀之交文論》,北京,北京師範大學出版社,1999
　　年9月

周申明主編,《毛澤東文藝思想研究概覽》,河北,人民出版社,1992
　　年5月

孟繁華、程光煒,《中國當代文學發展史》,北京,人民文學出版社,
　　2004年1月

於可訓,《中國當代文學概論》,武昌,武漢大學出版社,2009年3
　　月三版

林建法、王景濤編著,《中國當代作家面面觀──撕碎,撕碎,撕
　　碎了是拼接》,長春,時代文藝出版社,1991年5月

查建英主編,《八十年代:訪談錄》,北京,生活‧讀書‧新知三聯
　　書店,2006年5月

柳鳴九主編,《意識流》,北京,中國社會科學出版社,1989年12月

柳鳴九主編,《二十世紀現實主義》,北京,中國社會科學出版社,
　　1992年2月

洪子誠,《1956:百花時代》,濟南,山東教育出版社,1998年5月

洪子誠,《中國當代文學史》,北京,北京大學出版社,1999年8月

洪子誠主編,《中國當代文學史‧史料選:1945-1999(上下)》,武
　　漢,長江文藝出版社,2002年7月

洪子誠、孟繁華主編,《當代文學關鍵詞》,桂林,廣西師範大學出
　　版社,2002年2月

韋麗華,《焦慮與追尋──論新寫實小說與衝擊波文學》,福州,福
　　建教育出版社,2004年5月

唐翼明,《大陸「新寫實小說」》,台北,東大圖書公司,1996年9月

孫露茜、王鳳伯編,《茹志鵑研究專集》,杭州,浙江人民出版社,
　　1982 年 7 月

徐國源,《遙遠的北島:北島詩、人及其散文評論》,台北,黎明文
　　化出版社,2002 年 9 月

張英編著,《文學的力量:當代著名作家訪談錄》,北京,民族出版
　　社,2001 年 1 月

張揚,《〈第二次握手〉文字獄》,北京:中國社會出版社,1999 年
　　1 月。

張學正,《現實主義文學在當代中國(1976-1996)》,天津,南開大
　　學出版社,1997 年 5 月

盛英主編,《二十世紀中國女性文學史(下卷)》,天津,天津人民
　　出版社,1995 年 6 月

許子東,《當代小說與集體記憶──敘述文革》,台北,麥田出版社,
　　2000 年 7 月

許志英、丁帆主編,《中國新時期小說主潮(上下卷)》,北京,人
　　民文學出版社,2002 年 5 月

陳思和主編,《當代大陸文學史教程(1949-1999)》,台北,聯合文
　　學出版社,2001 年 8 月

陳順馨,《社會主義現實主義理論在中國的接受與轉化》,合肥,安
　　徽教育出版社,2001 年 4 月

陳鳴樹主編,《二十世紀中國文學大典(1930 年－1965 年)》,上海,
　　上海教育出版社,1994 年 12 月

陸梅林、盛同主編,《新時期文藝論爭輯要(上下)》,重慶,重慶
　　出版社,1991 年 10 月

華中師範大學《中國當代文學》編寫組,《中國當代文學》,上海,
　　上海文藝出版社,1989 年 4 月

馮牧主編,《中國新文學大系 1949-1976(第一集・文學理論卷一)》,
　　上海,上海文藝出版社,1997 年 11 月

楊健,《文化大革命中的地下文學》,濟南,朝華出版社,1993 年 1 月

楊健,《中國知青文學史》,北京,中國工人出版社,2002 年 1 月

楊鼎川,《1967:狂亂的文學年代》,濟南,山東教育出版社,1998
　　年 5 月

楊鳳城主編,《中國共產黨史》,北京,中國人民大學出版社,2010
　　年 10 月

熊忠武主編,《當代中國流行語辭典》,長春,吉林文史出版社,1992
　　年 8 月

趙俊賢主編,《中國當代文學發展綜史(上下冊)》,北京,文化藝
　　術出版社,1994 年 7 月

劉康,《對話的喧聲——巴赫汀文化理論述評》,台北,麥田出版公
　　司,1995 年 5 月

鄧小平,《鄧小平文選(1975-1982)》,北京,人民出版社,1983
　　年 7 月

鄧小平,《鄧小平文選(第三卷)》,北京,人民出版社,1993 年 10 月

謝冕、張頤武,《大轉型——後新時期文化研究》,哈爾濱,黑龍江
　　教育出版社,1995 年 12 月

曠晨、潘良編著,《我們的 1950 年代》,北京,中國友誼出版公司,
　　2006 年 12 月二版

費正清(John King Fairbank),《費正清論中國:中國新史》,台北,
　　正中書局,1994 年 7 月

列寧（Vladimir Lenin），中共中央馬克思、恩格斯、列寧、斯大林
　　著作編譯局編，《列寧選集（第一卷）》，北京，人民出版社，
　　1972 年 10 月

馬克思（Karl Marx）、恩格斯（Friedrich Engels），中共中央馬克思、
　　恩格斯、列寧、斯大林著作編譯局編，《馬克思恩格斯選集（第
　　四卷）》，廣東，人民出版社，1976 年 10 月

馬斯洛（Abraham H. Maslow），成明編譯，《馬斯洛人本哲學》，北
　　京，九州出版社，2003 年 8 月

尚－保羅・沙特（Jean-Paul Sartre），陳宜良、杜小貞譯，《存在與
　　虛無》，台北，城邦文化公司，2004 年 3 月

報紙與期刊論文

王小波，〈我寫「黃金時代」〉，《聯合報・副刊》25 版，1991 年 12
　　月 31 日

王小波，〈得獎感言：與人交流〉，《聯合報・副刊》37 版，1995
　　年 3 月 20 日

王光明，〈論「朦朧詩」與北島、多多等人的詩〉，《江漢大學學報
　　（人文科學版）》25 卷 3 期，2006 年 6 月，頁 5-10

王軍，〈預謀與襲擊——「布老虎」現象及其文化啟示〉，《南方文
　　壇》1997 年 4 期，頁 10-11

申丹，〈對敘事視角分類的再認識〉，《國外文學》1994 年 2 期，頁
　　65-74

任振河，〈伏羲、女媧祖籍晉源風峪出生於蒲阪雷澤考略─兼論在歷山開創一夫一妻制之先河〉，《太原理工大學學報（社會科學版）》26 卷 4 期，2008 年 12 月，頁 37-42

安波舜，〈「布老虎」的創作理念與追求──關於後新時期的小說實踐與思考〉，《南方文壇》1997 年 4 期，頁 5-6

艾曉明，〈重說「黃金時代」〉，《二十一世紀雙月刊》總第 30 期，1995 年 8 月，頁 89-93

宋如珊，〈論文革地下小說《第二次握手》及其事件〉，《中國現代文學季刊》創刊號，2004 年 3 月，頁 7-27

宋如珊，〈少年作家寫狂飆〉，《聯合報》兩岸版，2004 年 5 月 24 日

宋如珊，〈人本・自由・狂歡──論王小波小說集《黃金時代》〉，《金榮華教授七秩華誕祝壽論文集》，台北，中國文化大學中國文學系，2007 年 2 月，頁 349-368

李林展，〈震響之後的真實──北島研究綜論〉，《佛山科學技術學院學報（社會科學版）》22 卷 5 期，2004 年 9 月，頁 46-51

李運摶，〈從封閉到開放的風雨歷程──關於中國當代現實主義文學 60 年的描述和思考〉，《名作欣賞》2009 年 15 期，頁 4-10

周揚，〈繼往開來，繁榮社會主義新時期的文藝──在中國文學藝術工作者第四次代表大會上的報告〉（1979 年 11 月 1 日），《文藝報》1979 年 11-12 期，頁 8-26

易暉，〈曠野上的漫遊──讀王小波〉，《北京社會科學》1998 年 4 期，頁 86-91

段育和，〈雅俗共賞的追求──「布老虎現象」探析〉，《重慶廣播電視大學學報》1997 年 3 期，頁 41-43

胡啟立，〈在中國作家協會第四次會員大會上的祝辭〉，《文藝報》
　　1985 年 2 期，頁 3-5

胡璟、劉恆，〈把文學當作畢生的事業──劉恆訪談錄〉，《小說評
　　論》2003 年 4 期，頁 24-29

唐曉渡、北島，〈「我一直在寫作中尋找方向」──北島訪談錄〉，《詩
　　探索》2003 年 3-4 期，頁 164-172

張伯存，〈王小波：死刑遊戲　狂歡化詩學　笑謔藝術〉，《廣播電
　　視大學學報（哲學社會科學版）》2000 年 3 期，頁 54-57

張保華，〈文代會對當代文學走向的影響〉，《太原城市職業技術學
　　院學報》2004 年 1 期，頁 126-127

郭寶亮，〈王朔現象思考〉，《河北師範大學學報（社會科學版）》18
　　卷 4 期，1995 年 10 月，頁 47-54

彭雲，〈試論「王朔現象」〉，《瀋陽師範學院學報（科社版）》1994
　　年 1 期，頁 11-16

黃擎，〈極性思維與戰爭文化心理的紅色交響──兼談毛語體對「文
　　革」文藝批評的影響〉，《中國現代文學》10 期，2006 年 12
　　月，頁 89-99

萬國慶，〈一道曲折的「轍印」──從李準的創作之路看新中國文
　　學坎坷前行的軌跡（一）〉，《喀什師範學院學報》1997 年 2 期，
　　頁 71-77

董小玉，〈新時期現代主義小說的濫觴──論王蒙、茹志鵑、宗璞、
　　諶容對現主義小說技法的嘗試〉，《呼蘭師專學報》17 卷 1 期，
　　2001 年 3 月，頁 24-29

雷達，〈探究生存本相　展示原色魄力──論近期一些小說審美意
　　識的新變〉，《文藝報》2 版，1988 年 3 月 26 日

熊錦華,〈敘事時間與藝術樂趣——從《黃金時代》看王小波對小說藝術的探索〉,《中山大學學報論叢》24 卷 6 期,2004 年,頁 29-35

趙振先,〈《今天》憶往〉,《黃河》1994 年 2 期,頁 63-72

趙振先,〈懷念珊珊〉,《傾向文學人文雜誌》總第六期,1996 年春,頁 189

劉恆,〈自述〉,《小說評論》2003 年 4 期,頁 21-24

閻晶明,〈「倫敦天空的發明者」——我讀王小波小說〉,《當代作家評論》1997 年 5 期,頁 63-99

戴錦華,〈智者戲謔——閱讀王小波〉,《當代作家評論》1998 年 2 期,頁 21-34

羅長青,〈《紅豆》——被革命／愛情雙重主題遮蔽的知識分子藝術訴求〉,《湖北師範學院學報(哲學社會科學版)》2008 年 2 期,頁 35-38

會議論文

宋如珊,〈近五十年的大陸現實主義小說〉,收於《回顧兩岸五十年文學學術研討會論文集(下冊)》,台北,中國文化大學出版部,2004 年 3 月,頁 563-605

宋如珊,〈文革敘述與風格實驗——論北島小說集《歸來的陌生人》〉,收於《2007 海峽兩岸華文文學學術研討會論文選集》,台北,中國現代文學學會,2007 年 9 月,頁 193-214

宋如珊，〈論宗璞小說《紅豆》的人物塑造〉，收於《2009 海峽兩岸華文文學學術研討會論文選集》，台北，中國現代文學學會，2009 年 4 月，頁 95-106

宋如珊，〈生存慾求與死亡界限——論劉恆的農民生活支柱小說〉，收於《2011 海峽兩岸華文文學學術研討會論文選集》，台北，中國現代文學學會，2011 年 6 月，頁 59-74

譚君強，〈論敘事作品中「視點」的意識形態層面〉，收於胡國頌主編，《敘事學的中國之路——全國首屆敘事學學術研討會論文集》，北京，中國社會科學出版社，2006 年 6 月，頁 44-62

學位論文

任小娟，《王小波小說的敘事學分析》，重慶，西南師範大學漢語言文學系中國現當代文學碩士論文，2001 年

邱綉雯，《「在說中沉默，在沉默中說」：林白小說研究》，新竹，清華大學中國文學系碩士論文，2006 年 6 月

馬建珠，《生存困境中的人性探詢——劉恆小說創作論》，南昌，江西師範大學中國現當代文學碩士論文，2008 年 5 月

許嘉雯，《一場文學與歷史的辯證——論王小波「時代三部曲」》，台中，中興大學中國文學所碩士論文，2004 年 1 月

連小杰，《人道主義情懷與劉恆的小說創作》，青島，青島大學中國現當代文學碩士論文，2007 年 6 月

劉秀美，《大陸新寫實小說研究——以劉恆、方方、池莉及劉震雲作品為主》，新竹，清華大學中國文學所碩士論文，2001 年 7 月

網路資料

〈王小波年譜簡編〉(《王小波文集》第四卷，中國青年出版社，1999
　　年9月)，新華網 (http://news.xinhuanet.com/book/2003-04/11/
　　content_826841.htm)

夏辰，〈王小波出版史：生前的冷落與死後的哀榮〉(《南方周末》，
　　2002年4月11日)，中華文化信息網 (http://www.ccnt.com.cn/
　　book/?catog＝hot&file＝2002050903)

老槍，〈北島答記者問實錄〉(《詩歌報》，2003年3月4日)，新華
　　網(http://big5.xinhuanet.com/gate/big5/news.xinhuanet.com/ book/
　　2003-03/04/content_757376.htm)

唯阿，〈解讀詩人北島〉(2003年8月24日)，左岸文集(http://www.
　　eduww.com/lilc/go.asp?id＝2499)

李冰，〈張賢亮：我承認是中國作家首富〉(《北京娛樂信報》，2004
　　年3月27日)，中國網(http://big5.china.com.cn/chinese/feature/
　　524825.htm)

北島，〈為了《今天》的遠行——紀念《今天》文學雜誌創刊25周
　　年開幕式致辭〉，2006年12月12日，象網(http://www.xf1996.
　　com/bbs/ShowPost.asp?ThreadID＝82)

何季民，〈中國作家在1958——50年前《作家通訊》上303位作家
　　的「創作規劃」〉(《中華讀書報》，2008年7月30日)，中華
　　讀書報網(http://www.gmw.cn/01ds/2008-07/30/content_812619.
　　htm)

鳳凰網，〈北島回憶《今天》的故事　有些事讓他憤怒〉，2009 年 1
月 20 日，金羊網（http://ycwb.com.cn/big5/misc/2009-01/20/
content_2050850_7.htm）

蔣慶，〈張賢亮封筆之作只把玩時機成熟再出版〉(《新聞午報》，2007
年 9 月 5 日)，中國網（http://big5.china.com.cn/book/txt/2007-09/
05/content_8822655.htm）

鄭媛，〈八十宗璞無法閱讀後學會傾聽〉(《北京青年報》，2007 年
11 月 5 日)，新華網（http://big5.xinhuanet.com/gate/big5/news.
xinhuanet.com/book/2007-11/05/content_7014927.htm）

語言文學類　PG2455　文學視界 120

掙扎‧反思‧探索
——大陸當代現實主義小說的嬗變

作　　者 / 宋如珊
責任編輯 / 鄭伊庭、杜國維
圖文排版 / 鄭佳雯
封面設計 / 蔡瑋筠

發 行 人 / 宋政坤
法律顧問 / 毛國樑　律師
出版發行 / 秀威資訊科技股份有限公司
　　　　　114 台北市內湖區瑞光路 76 巷 65 號 1 樓
　　　　　電話：+886-2-2796-3638　傳真：+886-2-2796-1377
　　　　　http://www.showwe.com.tw
劃撥帳號 / 19563868　戶名：秀威資訊科技股份有限公司
　　　　　讀者服務信箱：service@showwe.com.tw
展售門市 / 國家書店（松江門市）
　　　　　104 台北市中山區松江路 209 號 1 樓
　　　　　電話：+886-2-2518-0207　傳真：+886-2-2518-0778
網路訂購 / 秀威網路書店：https://store.showwe.tw
　　　　　國家網路書店：https://www.govbooks.com.tw

2020 年 11 月　BOD 三版
定價：350 元
版權所有　翻印必究
本書如有缺頁、破損或裝訂錯誤，請寄回更換

國家圖書館出版品預行編目

掙扎‧反思‧探索：大陸當代現實主義小說的嬗變
/ 宋如珊著. -- 三版. -- 臺北市：秀威資訊科
技, 2020.11
　　面；　　公分. -- (語言文學類；PG2455)
BOD 版
ISBN 978-986-326-850-5(平裝)

1.中國小說　2.現代小說　3.現實主義　4.文學評論

820.9708　　　　　　　　　　　　　　109013557

讀者回函卡

感謝您購買本書，為提升服務品質，請填妥以下資料，將讀者回函卡直接寄回或傳真本公司，收到您的寶貴意見後，我們會收藏記錄及檢討，謝謝！

如您需要了解本公司最新出版書目、購書優惠或企劃活動，歡迎您上網查詢或下載相關資料：http:// www.showwe.com.tw

您購買的書名：＿＿＿＿＿＿＿＿＿＿＿＿＿＿＿＿＿＿＿＿＿＿＿

出生日期：＿＿＿＿＿年＿＿＿＿＿月＿＿＿＿＿日

學歷：□高中 (含) 以下　　□大專　　□研究所 (含) 以上

職業：□製造業　□金融業　□資訊業　□軍警　□傳播業　□自由業
　　　□服務業　□公務員　□教職　　□學生　□家管　□其它＿＿＿

購書地點：□網路書店　□實體書店　□書展　□郵購　□贈閱　□其他

您從何得知本書的消息？

　　□網路書店　□實體書店　□網路搜尋　□電子報　□書訊　□雜誌

　　□傳播媒體　□親友推薦　□網站推薦　□部落格　□其他＿＿＿＿＿

您對本書的評價：(請填代號　1.非常滿意　2.滿意　3.尚可　4.再改進)

　　封面設計＿＿＿　版面編排＿＿＿　內容＿＿＿　文／譯筆＿＿＿　價格＿＿＿

讀完書後您覺得：

□很有收穫　□有收穫　□收穫不多　□沒收穫

對我們的建議：＿＿＿＿＿＿＿＿＿＿＿＿＿＿＿＿＿＿＿＿＿＿＿

＿＿＿＿＿＿＿＿＿＿＿＿＿＿＿＿＿＿＿＿＿＿＿＿＿＿＿＿＿＿＿

＿＿＿＿＿＿＿＿＿＿＿＿＿＿＿＿＿＿＿＿＿＿＿＿＿＿＿＿＿＿＿

＿＿＿＿＿＿＿＿＿＿＿＿＿＿＿＿＿＿＿＿＿＿＿＿＿＿＿＿＿＿＿

11466
台北市內湖區瑞光路 76 巷 65 號 1 樓

秀威資訊科技股份有限公司　　　收

BOD 數位出版事業部

....

（請沿線對折寄回，謝謝！）

姓　　名：_____　年齡：_____　性別：□女　□男

郵遞區號：□□□□□

地　　址：_____

聯絡電話：(日) _____　(夜) _____

E-mail：_____